CHRIS KARLDEN

VERTRAU
DIR
(NICHT)

Psychothriller

AF216918

Chris Karlden, geb. 1971, studierte Rechtswissenschaften. Anschließend übte er für viele Jahre eine Tätigkeit als Jurist aus. Daneben schrieb er Thriller, die er in Verlagen und als Selfpublisher veröffentlichte. Sein Roman DAS MEDIKAMENT wurde zu einem Nr.-1 Bestseller. Seitdem landen seine Bücher regelmäßig auf Spitzenpositionen in den Bestsellerlisten und begeistern hundertausende LeserInnen. Insbesondere seine Thrillerreihe um die Kommissare Adrian Speer und Robert Bogner erfreut sich einer immer größer werdenden Anhängerschaft. Chris Karlden widmet sich beruflich mittlerweile ausschließlich dem Schreiben von Spannungsromanen. Er ist sehr am Austausch mit seinen Leserinnen und Lesern interessiert, die er insbesondere auf Facebook und mit seinem Newsletter auf dem Laufenden hält.

Mehr Informationen unter https://chriskarlden.de

1

Die Bäume links und rechts des Weges bildeten ein grünes Blätterdach. Unzählige Vögel pfiffen in den Wipfeln. Wie oft im Sommer war die Luft schwülwarm. Doch am frühen Abend war es im Wald deutlich angenehmer als unten im Dorf.

Er wischte sich mit dem Unterarm den Schweiß von der Stirn und schaute auf seine Armbanduhr. Ungläubig runzelte er die Stirn. Für die Strecke, auf deren Ende er zusteuerte, brauchte er ungefähr eine Dreiviertelstunde. Um halb sieben war er gestartet. Es hätte demnach kurz nach sieben sein müssen. Seine Uhr zeigte aber halb neun an. Sie musste während des Joggens kaputt gegangen sein. Anders konnte er sich den Zeitsprung nicht erklären.

Er konnte sich auch nicht daran erinnern, weiter als sonst gelaufen zu sein. Gleichzeitig wurde ihm mit einem Schreck bewusst, dass ihm vom Start an jegliche Erinnerung an den Lauf fehlte. Etwas Derartiges war ihm noch nie passiert, aber auch nicht völlig fremd.

Es kam vor, dass er sich am Ende einer Autofahrt nicht mehr an Details erinnerte. Er wusste nicht mehr, ob er an Ampeln gehalten hatte, ob sie Grün gewesen waren oder er sie gar bei Rot überfahren hatte.

Aber das hier fühlte sich anders an. Stärker, intensiver. Eine andere Beschreibung hatte er dafür nicht.

Einen Fuß vor den anderen, der darauf abgestimmte Atemrhythmus. Er liebte es zu laufen. Für ihn kam es einer Meditation gleich. Aber gerade war es eine Qual. Er keuchte und schleppte sich mühsam in einem langsamen Trab voran. Sein Kopf schmerzte und er fühlte sich schwach und ausgelaugt. Endlich kam die letzte Weggabelung in Sicht. Er bog rechts ab. Vor ihm lag nun eine lange Gerade. An deren Ende befand sich der am Waldrand gelegene Parkplatz.

Kurze Zeit später war er an seinem Wagen. Er war froh, die Laufrunde hinter sich zu haben. Seine Kopfschmerzen hatten noch weiter zugenommen. Er fühlte sich kraftlos und ihm war übel. Nach Luft ringend beugte er seinen Oberkörper vor und stützte sich mit den Händen auf seinen Knien ab. Auf die Dehnübungen, die er sonst nach dem Joggen absolvierte, verzichtete er.

Stattdessen holte er den Autoschlüssel aus der Tasche seiner Laufhose, stieg in den Wagen und steckte den Schlüssel ins Zündschloss. Verblüfft starrte er auf die Cockpituhr. Es war zwanzig vor neun. Seine Armbanduhr funktionierte also doch.

Er hielt inne, überlegte, konnte sich aber die Zeit, die viel weiter vorangeschritten war, als er gedacht hatte, nicht erklären. Eine tiefe Unruhe überkam ihn.

Sicher fragte sich Hanna schon, wo er blieb. Er nahm sein Smartphone aus dem Handschuhfach. Die darauf eingeblendete Uhrzeit stimmte mit der auf dem Cockpitdisplay überein. Es waren keine eingegangenen Nachrichten oder Anrufe verzeichnet. Er runzelte die Stirn. Er hätte gewettet, dass seine Frau versucht hatte, ihn zu erreichen.

Er fuhr vom Parkplatz auf den angrenzenden Feldweg, der nach ein paar Hundert Metern in eine Dorfstraße mündete. Dabei blickte er auf die Sonne, die in Kürze hinter einer weit entfernten Hügelkette verschwinden würde.

Fünf Minuten später parkte er seinen Wagen in der Einfahrt seines Hauses. Er schloss kurz die Augen, atmete durch und stieg aus. Er würde eine Schmerztablette einnehmen, viel Wasser trinken und kalt duschen. Danach würde es ihm bestimmt besser gehen.

Er schritt über den von Lavendel gesäumten Vorgartenweg zur Eingangstür, steckte den Hausschlüssel ins Schloss und versuchte, ihn zu drehen. Es funktionierte nicht.

Hektisch wischte er sich den noch immer rinnenden Schweiß von der Stirn. Er probierte nochmals, die Tür zu öffnen.

Diesmal ging er brachialer vor. Es half nichts. Wenn er so weitermachte, würde er den Schlüssel im Schloss abbrechen.

Nervös betätigte er die Klingel. Gleichzeitig erblickte er rechts am Türrahmen das schwarze Band, welches die Sternsinger zum Segen des Hauses alljährlich Anfang Januar neu beschrifteten. Augenblicklich wurden seine Beine weich und er sackte in den Knien ein: Die Jahreszahl, die auf das Band gemalt war, lag fünf Jahre in der Zukunft.

Er schaffte es, den aufkommenden Brechreiz zu unterbinden. Die Tür wurde geöffnet. Er erstarrte. Die freundlich lächelnde Frau ihm gegenüber war nicht seine Ehefrau. Es war nicht Hanna. Er hatte diese Frau noch nie zuvor in seinem Leben gesehen.

Der Schwindel in seinem Kopf nahm zu. Er blickte auf die Jahreszahl am Türrahmen, den nicht passenden Hausschlüssel in seiner Hand, auf die Frau. Das Lächeln in ihrem Gesicht erstarb. »Wer sind Sie?«, fragte sie.

Sein Unterkiefer klappte nach unten. Er wischte einen Speichelfaden von seiner Unterlippe. »Ich ... Ich bin ...« Er schluckte. »Mein Name ist Maik.« Er griff sich mit beiden Händen seitlich an den Kopf und presste die Lider zusammen. Sein Nachname wollte ihm nicht einfallen.

»Sie machen einen verwirrten Eindruck«, sagte die Frau.

Seine Verunsicherung wich allmählich Wut. Er funkelte sie an. »Was machen Sie hier? Das ist mein Haus.«

Die Fremde trat einen Schritt zurück. Ein Ausdruck von Panik legte sich auf ihr Gesicht.

Er versuchte, sich zusammenzureißen, und hob beschwichtigend die Hände. »Keine Angst, ich tue Ihnen nichts.«

Die Frau zog die Augenbrauen zusammen. »Sie liegen falsch. Ich und mein Mann haben dieses Haus vor drei Jahren gekauft. Es stand davor lange Zeit leer.«

»Das kann nicht sein. Ich war nur kurz im Wald joggen«, erwiderte Maik.

Sie musterte ihn. »Auf Ihrem Shirt sind Tannennadeln und dunkle Flecken. Die könnten vom Waldboden stammen. Vielleicht sind Sie gestürzt.«

Instinktiv fasste er sich an die linke Kopfseite und fühlte eine Beule. Sie tat weh, als er darauf drückte.

Die Frau deutete auf das Smartphone in seiner Hand. »Am besten rufen Sie jemanden an, den Sie kennen.«

Er starrte sie wie paralysiert an und versuchte, sich zu konzentrieren. Sein Gedächtnis war wie leer gefegt.

Mit zitternden Händen tippte er auf die Telefonfunktion seines Handys. Ganz oben erschien die Nummer, mit der er am meisten telefoniert hatte. Statt eines zugehörigen Namens war dort nur ein Herzsymbol abgebildet. Er drückte das grüne Hörersymbol und hielt sich mit bebender Lippe das Gerät ans Ohr. Dabei ließ er die fremde Person vor sich, in deren Gesichtsausdruck sich nun Züge tiefen Mitleids mischten, nicht aus den Augen. Druck legte sich auf seine Ohren und sein Atem ging schnell und flach. Endlich ging Hanna ran. »Vincent, wo bist du? Gerade wollte ich dich auch anrufen. Ich hab mir Sorgen gemacht.«

Er war verdutzt und brauchte einen Moment, um das Gehörte zu verarbeiten. »Vincent? Hier ist Maik«, antwortete er schließlich.

Schweigen war in der Leitung. Sein Blick verengte sich zu einem Tunnel, an dessen weit entferntem Ende sich das Gesicht der Frau vor ihm drehte wie ein Glücksrad.

»Vincent, das ist nicht lustig. Von wo aus rufst du an?« Hannas Stimme klang ganz anders als sonst. Er bezweifelte, dass das seine Frau am anderen Ende der Leitung war.

»Ich stehe vor unserem Haus. Eine fremde Frau hat mir geöffnet.« Er sprach betont langsam, um nicht den Eindruck zu erwecken, dass er im Begriff war, durchzudrehen.

»Vincent, das kann doch gar nicht sein.«

»Was? Warum denn nicht?« Seine Stimme zitterte.

»Weil ich daheim in unserem Haus bin. Ich habe, während ich mit dir spreche, vor unserer Haustür nachgesehen. Aber da bist du nicht. Was ist los mit dir? Ich bekomme langsam Angst.«

»Ich weiß es nicht«, stammelte er.

»Vincent, gib mir bitte mal die Frau, die bei dir ist.«

Er hörte die Stimme, die nicht Hannas Stimme war, wie weit entfernt. Statt ihrer Aufforderung nachzukommen, startete er einen weiteren Versuch. »Ich weiß nicht, was hier vor sich geht. Aber mein Name ist Maik und ich will jetzt sofort mit meiner Frau Hanna sprechen. Offensichtlich sind Sie im Besitz ihres Handys.«

Schluchzer drangen an sein Ohr. »Oh mein Gott«, wimmerte die Frau. »Du heißt nicht Maik. Du heißt Vincent. Ich bin deine Verlobte und mein Name ist nicht Hanna, sondern Lisa.«

Die Farben verblassten. Die Welt um ihn herum drehte sich immer schneller, bis alle Formen nur noch schemenhaft zu erkennen waren. Seine Beine gaben nach. Die Frau stützte ihn und er setzte sich auf den Treppenabsatz. Sein Rücken fand Halt an der Hauswand. Dunkelheit überkam ihn und er verlor das Bewusstsein.

2

Mittwoch

Als er zu sich kam und die Augen öffnete, tat sein Kopf höllisch weh, seine Kehle war staubtrocken und die gleißenden Sonnenstrahlen, die durch das große seitliche Fenster in den Raum fielen, verursachten einen stechenden Schmerz auf seinen Netzhäuten.

Er hielt sich den Handrücken vor die Augen und richtete den Oberkörper auf. Als er sich an die Helligkeit gewöhnt hatte, nahm er die Hand weg und sah sich um.

Er lag in einem weiß bezogenen Bett, über ihm ein Triangelgriff an einem Galgen. In seinem linken Handrücken steckte eine Kanüle, die über einen Schlauch mit einem Infusionsbeutel verbunden war, der an einem Tropfständer hing. Die Wanduhr zeigte sieben Uhr fünfundzwanzig an.

Rechts neben ihm stand ein elektronisches Kontrollgerät, mit dem er verkabelt war. Links ein Beistelltisch mit einem Glas und einer Wasserflasche darauf. Daneben ein weiteres fahrbares Bett, das frisch bezogen und unbenutzt war.

Er befand sich in einem Krankenhaus. Aber warum?

Er war mit seinem Wagen zum Waldparkplatz gefahren, um eine Runde zu laufen. Das war seine letzte Erinnerung.

In dem Zimmer gab es einen Tisch an der den Betten gegenüberliegenden Wand. Einer der beiden zugehörigen Stühle stand ihm zugewandt neben seinem Bett.

Die Tür wurde langsam geöffnet und eine junge Frau mit blonden langen Haaren trat zaghaft ein. Als sie ihn sah, verschüttete sie fast den Inhalt des Pappbechers in ihrer Hand.

»Du bist wach!«, rief sie freudestrahlend. »Ich war die ganze Zeit bei dir und nur kurz weg, um mir einen Kaffee zu besorgen.«

Er lächelte. Schnell kam sie mit einem breiten Lachen auf den Lippen näher. Gleichwohl stand ein Ausdruck von Unsicherheit in ihrem Gesicht. Hastig stellte sie den Becher auf dem Tisch ab, umarmte ihn und gab ihm einen Kuss auf den Mund.

Sie löste sich und trat einen Schritt zurück. »Wie geht es dir? Hast du Schmerzen? Soll ich den Arzt rufen?« Ihre Fragen schienen ihm so schnell hintereinander wie die Kugeln eines Maschinengewehrs abgefeuert.

»Lisa, mein Schatz«, sagte er. »Es tut gut, dich zu sehen.«

Lisa atmete tief ein, hielt kurz die Luft an und blies sie in einem Schwall aus. Es schien, als würde eine tonnenschwere Last von ihr abfallen.

»Was ist denn los?«, wunderte er sich.

»Ich bin einfach nur froh. Du erkennst mich und weißt wieder meinen Namen.«

Vincent zog die Stirn kraus. »Warum sollte ich nicht wissen, wer du bist? Ich fühle mich ganz okay. Ich habe nur keine Ahnung, wie ich in dieses Krankenhaus gekommen bin.«

Sie sah ihn eindringlich an. »Wie ist dein Name?«

Er war verdutzt und zog die Augenbrauen zusammen. »Warum fragst du mich das?«

Lisa nahm seine Hand, drückte sie fest und sah ihn mit flehendem Blick an. Ihre Augen wurden feucht. »Sag mir bitte einfach, wie du heißt!«

Er atmete durch und sah sie eindringlich an. »Einverstanden. Aber dann sagst du mir, was los ist: Mein Name ist Vincent Herzog.«

Tränen kullerten aus Lisas Augen. »Gestern hast du behauptet, dass du Maik heißt.«

Er lachte auf. Aber Lisa hatte es ernst gemeint. Sie umarmte ihn abermals und legte ihren Kopf auf seine Brust.

»Daran erinnere ich mich nicht mehr«, sagte er und strich sanft über ihr nach Mango riechendes Haar.

Nach einer Weile richtete sich Lisa auf und setzte sich auf den Stuhl am Bett. Sie wischte sich die Tränen aus den Augen und sah ihn einen Moment schweigend an.

Vincent räusperte sich. »Ich weiß nur, dass ich zum Laufen in den Wald gefahren bin.« Er deutete mit dem Kopf in Richtung des Beistelltischs. »Könntest du mir bitte ein Glas Wasser geben?«

»Selbstverständlich.« Lisa schenkte ihm ein Glas ein und reichte es ihm. Er richtete sich auf, trank es in einem Zug aus und gab ihr das Glas zurück. »Du bist zu einem fremden Haus gefahren und hast an der Tür geläutet. Als die Eigentümerin öffnete, hast du behauptet, es sei dein Haus und du würdest mit deiner Frau Hanna dort leben.«

Vincent hielt einen Moment die Luft an und schluckte. »Das kann ich nicht glauben.«

»Es ist aber so. Du hast mich von diesem Haus aus angerufen und nicht mehr gewusst, wer ich bin.«

»Wie bin ich ins Krankenhaus gekommen?«

»Du bist zusammengebrochen und warst nicht mehr ansprechbar. Die Hauseigentümerin hat den Rettungswagen alarmiert.«

Er senkte den Kopf und starrte die Bettdecke an.

»Der Notarzt hat eine Kopfverletzung bei dir festgestellt und hier im Krankenhaus wurde ein Schädel-Hirn-Trauma diagnostiziert«, fuhr Lisa fort. »Deine Sportsachen waren mit Erde beschmutzt, ebenso deine Haare. Die Ärzte gehen davon aus, dass du beim Laufen gestürzt bist. Das wäre ein Grund für dein merkwürdiges Verhalten.«

Vincent legte sich wieder zurück, sah zur Decke auf und versuchte, sich an den Waldlauf zu erinnern. Auf einmal schossen die passenden Bilder vor sein geistiges Auge. Er stützte sich auf seinen Ellenbogen und sah Lisa an. »Ich bin tatsächlich hingefallen. Auf dem unbefestigten Pfad, der zwei Hauptwege miteinander verbindet. Ich bin über eine Wurzel gestolpert. Danach weiß ich nichts mehr.«

»Immerhin«, sagte Lisa und lächelte. »Ich war die ganze Nacht bei dir. Du bist kein einziges Mal aufgewacht. Ich hatte Angst, dass du in ein Koma gefallen bist und nicht mehr zu Bewusstsein kommst. Vermutlich hast du den langen Schlaf gebraucht. Er scheint einiges in deinem Kopf wieder zurechtgerückt zu haben.«

Es klopfte an der Tür. Ein Mann mit Arztkittel kam ins Zimmer. Er hatte grau melierte Haare und trug eine rahmenlose Brille. Er lachte breit, als er sah, dass Vincent nicht mehr schlief. »Ich bin Dr. Salomon. Ihr behandelnder Arzt.« Er stellte sich vor das Krankenbett. »Sie sind wach. Das ist wunderbar. Wie geht es Ihnen?«

»Eigentlich gut. Nur habe ich ein paar Gedächtnislücken. Allerdings erinnere ich mich wieder an meinen Waldlauf und an den Sturz. Auch sonst fühle ich mich ganz normal.«

»Das ist sehr gut. Als Sie gestern Abend zu uns gebracht wurden, haben wir Ihren Kopf untersucht. Äußerlich ist eine ausgeprägte Beule erkennbar. Das ist nicht schlimm. Aber bei einem Schädel-Hirn-Trauma besteht das Risiko innerer Blutungen. Das schauen wir uns heute nochmals an. Aber ich glaube, Sie sind glimpflich davongekommen.«

Vincent atmete erleichtert aus. »Meine Verlobte hat mir erzählt, dass ich zu einem fremden Haus gefahren bin und sie am Telefon nicht mehr erkannt habe. Das ist doch merkwürdig.«

Der Arzt nickte. »Das ist es und ich kann verstehen, dass Ihnen das Sorge bereitet. Aber so etwas kann vorkommen. Vermutlich waren Sie nach dem Sturz kurz bewusstlos. Der eingetretenen Hirnschwellung dürfte es zuzuschreiben sein, dass Sie sich nicht mehr erinnern, was Sie getan haben, nachdem Sie wieder zu sich gekommen sind.«

»Wie lange muss ich hierbleiben?«, fragte Vincent.

»Wir wollen in zwei Wochen heiraten und haben einiges vorzubereiten«, fügte Lisa hinzu.

Dr. Salomon rückte seine auf dem Nasenrücken nach vorn gerutschte Brille mit dem Zeigefinger zurück an die Stirn. »Auf jeden Fall sollte Herr Herzog zumindest eine weitere Nacht hierbleiben.«

Vincent seufzte. »Ich dachte, ich könnte jetzt gleich nach Hause.«

Lisa lächelte ihm zu. »Eine Nacht. Das ist zu verkraften.«

Dr. Salomon lächelte ebenfalls. »Einer Hochzeit steht danach nichts mehr im Wege.« Der Arzt machte eine Pause und sein Gesichtsausdruck wurde ernst. Er wirkte zögerlich.

»Gibt es noch etwas, das Sie mir sagen möchten?«, fragte Vincent.

Dr. Salomon räusperte sich. »Ich war damals noch nicht in diesem Krankenhaus. Aber ich habe Ihren Unterlagen entnommen, dass Sie vor fünfeinhalb Jahren schon einmal mit einem Schädel-Hirn-Trauma eingeliefert wurden. Damals war die Angelegenheit deutlich ernster. Sie hatten eine offene Schädelfraktur. Es war lebensbedrohlich.«

Vincent nickte betrübt.

»In der Akte steht, dass Sie sich an Ihr Leben vor der Verletzung nicht mehr erinnern. Ist das noch immer so?«

»Ja«, sagte Vincent. Seit diesem *Ereignis*, wie er seinen damals erlittenen kompletten Gedächtnisverlust für sich bezeichnete, hatte sich nichts geändert.

Ein Autofahrer hatte ihn an einer Landstraßenraststätte am Rand eines bewaldeten Hügels bewusstlos auf dem Boden liegend gefunden. Seine Kleidung war übersät gewesen mit Erde und getrocknetem Blut.

Er wusste bis heute nicht sicher, wie er sich die offene Kopfwunde zugezogen haben konnte und wie er dahin gekommen war. Sein Wagen hatte vor seinem Haus in seinem mehrere Kilometer entfernten Wohnort geparkt.

Die Polizei hatte wegen seiner Verletzung ermittelt, aber keine Beweise für Fremdeinwirkung gefunden. Da es an diesem Tag orkanartige Böen gegeben hatte, war man davon ausgegangen, dass ihm bei einem Waldspaziergang ein abgebrochener Ast auf den Kopf gefallen war.

Seine Erinnerungen an sein früheres Leben waren seitdem nicht mehr zurückgekehrt. Welchen Beruf er erlernt hatte, welche Schule er besucht hatte, Erlebnisse, alles weg.

Als er damals aus seiner Bewusstlosigkeit im Krankenhaus erwachte und in den Spiegel sah, kannte er den Mann, dem er ins Gesicht blickte, nicht. Dieses Gefühl war unbeschreiblich. Er hatte sein eigenes Ich verloren.

Wenigstens sein prozedurales Gedächtnis, in dem sein Allgemeinwissen verankert war, war intakt geblieben. Rad- und Autofahren, Kampfsporttechniken und Lesen. Das alles funktionierte tadellos.

Die Ärzte waren anfangs zuversichtlich, dass er sich bald wieder an seine Biografie würde erinnern können.

Aber Vincent Herzog stellte sich als einer jener extrem seltenen Fälle heraus, in denen es bei einer dauerhaften Amnesie blieb. Drei Wochen nach dem Ereignis wurde er aus dem Krankenhaus entlassen. In vielen Sitzungen bei einem Psychologen lernte er zu akzeptieren, was geschehen war, und sein neues Leben anzunehmen.

Da er erst ein Jahr zuvor in das kleine saarländische Dorf gezogen war und allein in dem von ihm gekauften Haus lebte, gab es niemanden, der ihm erzählen konnte, wie sich sein Leben vor dem Umzug gestaltet hatte. In seinem neuen Heim befanden sich keine Fotos oder Unterlagen, mit deren Hilfe alte Freunde,

Verwandte, soziale Kontakte oder frühere Arbeitskollegen zu ermitteln gewesen wären. Nicht einmal das Einwohnermeldeamt war in der Lage, seine frühere Wohnadresse ausfindig zu machen.

Angeblich sei er vor seinem Umzug nirgendwo gemeldet gewesen. Nie hatte ihn ein alter Bekannter, dem er vielleicht die neue Adresse hinterlassen hatte, besucht und in seinem Handy gab es keine Telefonnummern von früheren Freunden, die er hätte anrufen können. Seinen Namen, sein Alter von damals dreiunddreißig Jahren und die Adresse des von ihm erworbenen Hauses hatten die Ärzte seinem Personalausweis entnehmen können, der sich in seiner Geldbörse befunden hatte.

Das eine Jahr seines Lebens in der neuen Heimat hatte Vincent im Laufe der folgenden Wochen mühsam rekonstruiert.

Er arbeitete in einer Security-Firma, bei der er sich ohne schriftliche Bewerbung vorgestellt hatte. Er war sportlich, beherrschte ein paar Selbstverteidigungsgriffe und hatte keine Vorstrafen. Das hatte Hubert Koller, dem Inhaber der Firma, gereicht, um ihn zunächst probeweise und anschließend als freien Mitarbeiter zu beschäftigen. Nach einem Jahr hatte Vincent einen unbefristeten Arbeitsvertrag erhalten.

Sein einziger Freund hieß Anton Heckmann. Nach dem *Ereignis* hatte Anton ihm erzählt, dass sie sich in einer Kneipe kennengelernt hatten. Sie hatten dort neben vielen anderen ein Fußballspiel im Fernsehen angeschaut. Vincent hatte einen Streit zwischen Anton und einem Fan der gegnerischen Mannschaft geschlichtet. Anton hatte ihm daraufhin ein Bier ausgegeben. Bei dem einen Getränk war es nicht geblieben. Am Ende waren sie beide betrunken nach Hause gewankt. Sie hatten ihre Telefonnummern ausgetauscht und ein paar Tage später hatte Anton angerufen, um Vincent zu fragen, ob er mit zum Bowling kommen würde. Vincent hatte zugesagt. Seitdem trafen sie sich regelmäßig zum Bowlen und Fußballschauen.

Anton war vierundfünfzig Jahre alt, hatte eine erwachsene Tochter und war seit acht Jahren geschieden.

Seinen Job als Kundenberater bei einer Bank hatte er vor einigen Jahren aufgrund seines Alkoholkonsums und seiner Verschrobenheit verloren. Anton hing so manchen Verschwörungstheorien nach und hatte sie an die Bankkunden verbreitet. Zu allem Übel glaubte er fest an das, was er von sich gab.

Die stattliche Abfindung, mit der man ihn als langjährigen Mitarbeiter aus der Bank komplimentierte, war längst für Spielautomaten und beim Pokern draufgegangen.

Anton fand es merkwürdig, dass Vincent nach dem Gedächtnisverlust nicht mehr so ausgiebig mit ihm trank, und war anfangs deswegen sogar beleidigt gewesen. Doch mit der Zeit hatte er sich damit abgefunden, dass Vincent lieber nüchtern blieb.

Manchmal hatte Vincent mit Tonis Art so seine Schwierigkeiten, aber sie lachten doch häufig gemeinsam über die allzu oft verrückte Welt und drückten bei Sportübertragungen den Underdogs die Daumen.

Nach seinem Umzug und der Amnesie war Vincent froh gewesen, überhaupt jemanden zu haben, dem er vertrauen konnte. Sie hatten sich verbunden gefühlt, weil sie beide einsame Seelen gewesen waren.

Für Vincent hatte sich dieser Zustand geändert, nachdem er mit Lisa zusammengekommen war. In gewisser Weise tat es Vincent leid, dass Toni nicht ebenfalls das Glück gehabt hatte, eine neue Beziehung zu finden.

Für Vincent war Toni ein treuer Freund, der von der komplexen Welt überfordert dauernd Schiffbruch erlitt und dem, wenn er es nicht tat, niemand sonst einen Rettungsring zuwarf. Auch wenn es anders schien, so war Toni doch ein sehr liebenswerter Mensch, der bereit war, für jemanden, den er mochte, sein letztes Hemd zu geben. Er verhielt sich nur leider oft wie ein verspielter Elefant im Porzellanladen und gab äußerlich den harten Mann, während er innerlich sehr verletzlich war. Vincent war davon überzeugt, dass Toni so viel trank, weil er mithilfe des Alkohols versuchte, den Schmerz, den die Trennung von seiner Familie in ihm ausgelöst hatte, zu verdrängen.

Dr. Salomon sah seinen Patienten nun nachdenklich an. Vincents Gesicht verfinsterte sich. Das tat es immer, wenn das damalige Trauma, mit dem sein zweites Leben begonnen hatte, zum Thema wurde.

Er hatte Eltern, an die er sich nicht erinnerte. Lebten sie noch oder waren sie bereits gestorben? Hatte er Geschwister? Er wusste es nicht.

»Warum sprechen Sie mich darauf an?«, fragte Vincent.

Dr. Salomon schien zu bemerken, dass Vincent Herzog dieser Punkt äußerst unangenehm war. Kurz presste er die Lippen zusammen und machte eine entschuldigende Geste. »Vielleicht hätte ich das Thema nicht berühren sollen. Vermutlich haben beide Vorfälle nichts miteinander zu tun.«

»Gibt es denn trotzdem etwas, das wir noch wissen sollten?«, hakte Lisa nach.

»Nicht direkt. Es ist nur eine Idee, die mir in den Kopf kam, als ich Ihre Krankenakte las.«

Lisa wandte sich Vincent zu. »Ich würde gern hören, was der Doktor meint, wenn du nichts dagegen hast.«

Vincent behagte die Situation nicht. Dennoch nickte er zustimmend.

»Der Gedanke ist weit hergeholt und medizinisch nicht belegt«, begann Dr. Salomon. »Aber vielleicht sind Sie nicht zufällig zu diesem fremden Haus gefahren.«

Lisas Stirn legte sich in Falten. »Mein Verlobter war nie zuvor in dieser Straße. Sie liegt abgelegen am Waldrand. Wir kennen niemanden dort. Es gibt kein Geschäft oder sonst einen Grund, warum er jemals dort gewesen sein sollte.«

Dr. Salomon hob die Augenbrauen. »Das wiederum können Sie nicht mit Sicherheit wissen. Vielleicht ist dieses Haus Teil einer Vergangenheit, die aus seiner Erinnerung gelöscht ist.« Er sah zu Vincent. »Das erneute Schädeltrauma könnte einen verschütteten Teil Ihrer Erinnerung freigelegt haben.«

Lisa stützte ihre Hände in die Hüften und spreizte die Ellenbogen ab. »Das glaube ich nicht. Es ergibt keinen Sinn. Mein Verlobter meinte, dass er mit seiner Frau in diesem Haus leben würde. Aber als er vor fünfeinhalb Jahren den Unfall hatte, wohnte er bereits in seinem jetzigen Haus und verheiratet war Vincent auch nicht.«

3

Freitag

Die Laubbäume des Waldes waren kahl und es regnete. Seine Kleidung war durchnässt und schmutzig, als wäre er durch Schlamm gekrochen. Dunkle Wolken verdüsterten den Himmel. Vincent lag bäuchlings umgeben von Unterholz am Waldrand, zitterte vor Kälte und spähte aus leicht erhöhter Position auf die Rückseite seines Hauses. An den rückwärtigen Fenstern und der Terrassentür waren keine Gardinen angebracht.

Seine Frau Hanna hielt sich im nach hinten gelegenen hell erleuchteten Wohnzimmer auf. Es war später Vormittag. Aber draußen war es dunkel wie am frühen Abend.

Er befand sich etwa hundert Meter entfernt. Zwischen ihm und dem Haus lag ein Feld, das bis zu dem mit Drahtzaun umgrenzten Garten reichte. Neben seinem Haus verlief ein Wirtschaftsweg, der aber kurz vor den Bäumen endete. Das Gebäude lag einsam. Die nächsten Nachbarn lebten gut hundert Meter entfernt.

Wie aus dem Nichts stand plötzlich jemand bei Hanna im Zimmer. Ein Mann mit einer schwarzen Sturmhaube. Vincents Herz schlug wie ein Hammer in seiner Brust, sein Hals war wie zugeschnürt und in seinem Magen wütete ein Brennen wie von einem glühenden Eisen.

Er versuchte aufzustehen, aber er konnte sich nicht bewegen. Er wollte schreien. Doch seine Lippen klebten aneinander und er schaffte es nicht, den Mund zu öffnen. Trotz der Kälte schwitzte er. Er kämpfte gegen seine Starre an, wollte aufspringen und loslaufen. Stattdessen verharrte er wie festgetackert im

Morast der nassen Walderde. Mit aufgerissenen Augen blickte er aus der Ferne in das Wohnzimmer seines Hauses.

Hanna wich mit angstverzerrtem Gesicht vor dem Eindringling zurück. Ihr Mund war weit geöffnet. Sie schrie vermutlich. Doch durch die Scheiben drang kaum ein Laut nach draußen und auf die Entfernung hörte Vincent sie nicht.

Sie stolperte rücklings über einen Sessel. Der Maskierte ließ sich Zeit, als er auf sie zuging. Sie kroch auf dem Rücken liegend weg von ihm, bis die Wand ihr Einhalt gebot. Der Mann mit der Sturmhaube blieb vor ihr stehen und sah auf sie hinab. Dann schnappte er zu, zog sie an den Haaren hoch, um sie erneut zu Boden zu schleudern. Er zog eine Pistole. Vincent stockte der Atem. Der Einbrecher zielte auf Hannas Kopf und schoss.

Vincent konnte noch immer den Mund nicht öffnen und seine Muskulatur blieb weiterhin gelähmt. Tränen rannen seine Wangen hinab.

Ich bin schuld, dachte er. Ich bin schuld. Immer wieder und wieder hallte dieser eine Satz in seinem Kopf. Der Maskierte übergoss Hannas Leichnam mit einer Flüssigkeit, zündete ein Streichholz an und warf es auf sie. Ihr Körper ging in Flammen auf. Der Fremde entfernte sich. Kurz darauf brannte das ganze Haus.

»Nein«, schrie Vincent. Er schreckte im Bett hoch und blieb aufrecht darin sitzen. Er war schweißgebadet und brauchte ein paar Sekunden, um sich zu orientieren.

Die wie Teufelsaugen anmutenden roten Leuchtdioden seines Weckers spuckten ihm die Uhrzeit zwei Uhr einunddreißig entgegen.

Gestern Mittag war er aus dem Krankenhaus entlassen worden. Vincent schaltete seine Nachttischlampe ein. Lisa stand der Schreck ins Gesicht geschrieben.

»Nur ein Albtraum«, sagte Vincent beschwichtigend und zwang ein Lächeln auf seine Lippen. Er legte sich wieder hin und wandte sich Lisa zu, die ihn aus verängstigten Augen ansah. »Möchtest du mir erzählen, was du geträumt hast?«

Vincents Herz galoppierte wie ein Rennpferd auf der Zielgeraden und die durch den Albtraum ausgelöste Todesangst wollte nicht verebben.

Es fiel ihm schwer, äußerlich Gelassenheit auszustrahlen. Doch auf keinen Fall wollte er Lisa mit dem noch präsenten und nachwirkenden Traum belasten.

Das Geschehen darin hatte vollkommen real auf ihn gewirkt.

»Es war unsinniges Zeug. Nicht der Rede wert. Schlaf bitte weiter«, beschwichtigte er sie.

»Okay, ich versuch's.« Sie lächelte und schloss die Augen.

Lisa war ein Engel. Sie hatten sich vor vier Jahren über ein Dating-Portal kennengelernt. Sie teilten ihre gemeinsame Leidenschaft für sportliche Betätigung. Lisa hatte von Kindesbeinen an Leichtathletik getrieben. Zudem war sie eine wundervolle Sängerin. Ihre Stimme hatte einen angenehmen und wohltemperierten Klang. Am liebsten sang Lisa Schlager. Sie wagte sich aber auch mal an die aktuellen englischsprachigen Popsongs. Vincent liebte es, wenn sie für ihn sang. Eine weitere Leidenschaft galt dem Tanzen. Dem hatte Vincent zunächst wenig abgewinnen können. Doch Lisa zuliebe hatte er schließlich gemeinsam mit ihr einen Salsa-Kurs belegt und irgendwann hatte es ihm sogar Spaß gemacht.

Nachdem sie ein Jahr liiert gewesen waren, hatten sie beschlossen, dass Lisa ihre Wohnung aufgeben und in sein Haus, das er vor sechseinhalb Jahren gekauft hatte, einziehen würde. Ihr Zusammenleben funktionierte harmonisch und hatte ihre Beziehung noch weiter intensiviert.

Er schaltete das Licht aus. Fünf Minuten später hörte er Lisas lang gezogenes Atmen. Vincent stieß einen leisen Seufzer aus. Er war froh, dass sie so schnell wieder eingeschlafen war.

Sein Herz schlug ihm noch immer bis zum Hals und er war hellwach. Im Dunkeln starrte er an die Zimmerdecke. Immer wieder musste er an den Traum denken. Um sich zu beruhigen, versuchte er, sich auf seinen Atem zu konzentrieren. Es gelang ihm nicht ganz. Wieder und wieder lief der Albtraum wie ein Film vor seinem geistigen Auge ab. Warum hatte er die Frau in dem Haus für seine Ehefrau gehalten? Und was hatte es mit diesem Haus auf sich? Lisa hatte ihm erzählt, er sei nach seinem Laufunfall zu einer fremden Adresse gefahren, von der er offenbar angenommen hatte, dass er dort mit seiner Frau wohnen würde.

Zu diesen trüben Gedanken mischte sich sein seelischer Schmerz, den er wie einen Schatten mit sich trug und der daher rührte, dass er nicht wusste, wer er wirklich war.

Die ersten dreiunddreißig Jahre seines Lebens lagen nach seinem Gedächtnisverlust vor fünfeinhalb Jahren im Dunkeln. Nicht eine einzige Erinnerung daran war ihm geblieben. Wie war er zu dem Menschen geworden, der er heute war? Er fühlte eine tiefe Traurigkeit, die sich wie zähflüssiges schwarzes Öl in ihm ausbreitete.

Den Rest der Nacht verbrachte er in stetem Wechsel zwischen kurzzeitigem Einnicken und lang anhaltenden Wachphasen, in denen er sich im Bett herumwälzte.

Gegen sechs Uhr dreißig gab er schließlich auf und ging ins Bad. Er öffnete das Dachfenster, atmete die frische Luft ein und schaute hinaus in die Gärten der umliegenden Häuser. Die Sonne schien, der Himmel war nur leicht bewölkt und die Vögel zwitscherten wie in einem Wettstreit.

Sein Haus stand in einem Gebiet, das in den frühen Neunzigerjahren bebaut worden war. Es gab einige Bungalows. Aber die meisten der im Karree angeordneten Häuser hatten Satteldächer. Die dahinter gelegenen Gärten grenzten aneinander, sodass sich insgesamt eine Grünfläche von der ungefähren Größe eines Fußballfeldes ergab.

Er ließ das Fenster einen Spalt weit offen und nahm eine Dusche. Als er im Bad fertig war, zog er sich an, setzte eine Kanne Kaffee auf und bereitete für Lisa und sich eine Schale Müsli mit Joghurt, Früchten und Nüssen als Frühstück zu.

Er hatte bereits eine Tasse Kaffee getrunken, als Lisa um Viertel nach sieben noch im Schlafanzug zu ihm kam. Sie gab ihm einen Kuss und wünschte ihm einen guten Morgen. Lisa arbeitete als Verkäuferin in einem Modehaus und musste heute erst um dreizehn Uhr dreißig anfangen.

Da es draußen angenehm warm war, frühstückten sie auf der Terrasse.

»Wir haben um elf Uhr einen Termin in *Helgas Scheune.*«

»Ich weiß«, sagte Vincent und schaufelte einen Löffel Müsli in den Mund.

Die Scheune war ein Lokal mit einem schönen Festsaal. Sie würden ihre Hochzeit dort feiern und heute wollten sie die Details wie den Saal- und den Tischschmuck festlegen.

»Ich würde gern davor ins Fitnessstudio. Der neue Spinning-Kurs fängt heute an. Wäre das für dich in Ordnung?«, fragte Lisa.

»Ja, natürlich. Nur weil der Arzt mir Ruhe verordnet hat, brauchst du nicht auf deinen Sport zu verzichten.«

Lisa strahlte. »Schließlich soll das Hochzeitskleid in zwei Wochen auch noch passen.«

»Diesbezüglich habe ich keine Sorge.«

»Treffen wir uns um elf vor der Scheune?«

Das Lokal lag ungefähr in der Mitte zwischen dem Fitnessstudio und Vincents Haus. Es bot sich also an, dass jeder mit seinem eigenen Auto dorthin fuhr.

»Geht klar.«

»Was machst du in der Zwischenzeit?«

Vincent streckte sich und gähnte ausgiebig. »Schätze, ich lege mich auf die faule Haut.«

»Das ist nicht dein Ernst.«

Er lachte. »Vielleicht gehe ich eine Runde spazieren.«

»Das wird dir sicher guttun«, stimmte Lisa zu.

»Ab morgen ist aber Schluss mit dem Schonprogramm. Ich sehe keinen Grund, warum ich nicht wieder arbeiten sollte.«

Seine Freundin zog missbilligend die rechte Augenbraue hoch und machte einen Schmollmund.

»Was?«

»Mir wäre es lieber, wenn du ein paar Tage länger zu Hause bleiben würdest.«

Er wusste, dass Lisa sehr um seine Gesundheit besorgt war, und lächelte. »Hier ist mir jetzt schon langweilig, und ich fühle mich bei dem Wetter wie eingesperrt. Das drückt auf meine Stimmung. Schließlich fühle ich mich fit.«

Lisa erwiderte sein Lächeln und winkte ab. »Von mir aus. Du machst ohnehin, was du willst.«

Um kurz nach halb neun verließ sie das Haus. Vincent tauschte eine kaputte Glühbirne im Esszimmer aus. Anschließend mähte er den Rasen. Um Viertel nach neun war er damit fertig und überlegte bei einer weiteren Tasse Kaffee auf der Terrasse, ob er mit dem Wagen zum Waldparkplatz fahren oder von hier aus zu einem Spaziergang durch das Dorf aufbrechen sollte.

Plötzlich kam ihm in den Sinn, was Dr. Salomon gesagt hatte. War es womöglich gar kein Zufall, dass er nach seinem Laufunfall zu dem fremden Haus gefahren war? Sein Unterbewusstsein könnte ihn automatisch dorthin gelotst haben, weil er schon einmal dort gewesen war, hatte der Arzt gesagt. Das ergab eigentlich keinen Sinn. Von Lisa hatte er die Adresse des

Hauses erfahren. Es stand etwa einen Kilometer entfernt in einer Seitenstraße. Er trank den letzten Schluck Kaffee aus, steckte sich einen Kaugummi in den Mund und marschierte los.

Die Villa im Stil eines Herrenhauses von Anfang des zwanzigsten Jahrhunderts stand abseits der übrigen Häuser am Scheitelpunkt einer u-förmigen Straße.

Als er das Gebäude von Weitem sah, stockte ihm der Atem. Es sah genauso aus wie in seinem Albtraum von letzter Nacht. Ebenso die Umgebung. Auf der Rückseite schloss sich der Garten an und am Ende des Feldes dahinter befand sich der Wald.

Vermutlich hatte sein Unterbewusstsein das Haus und die Umgebung abgespeichert, als er vor zwei Tagen nach dem Laufunfall hierhergefahren war, und die entsprechenden Bilder in seinem Albtraum reproduziert. Sein Herz schlug schneller, je näher er der Villa kam.

Kurz darauf stand er vor der Eingangstür. Auf dem Klingelschild stand der Name Schiffer. Nach kurzem Zögern läutete er. Eine Frau, die er auf Anfang dreißig schätzte, öffnete ihm. Sie hatte ein Baby auf dem Arm. Als sie ihn sah, schrak sie sichtlich zusammen. Aus ihrer Reaktion musste er schließen, dass sie es war, vor der er zusammengebrochen war und die den Rettungswagen gerufen hatte.

»Verzeihen Sie die Störung«, sagte er. »Ich möchte mich bei Ihnen bedanken. Außerdem entschuldige ich mich für die Unannehmlichkeiten, die ich Ihnen bereitet habe. Ich war stark verwirrt, offenbar, weil ich beim Laufen auf den Kopf gestürzt bin. Tut mir wirklich sehr leid.«

Frau Schiffer schien nun entspannter und nahm eine lockerere Haltung an. »Sie brauchen sich nicht zu entschuldigen. Ich habe gern Hilfe geholt. Das ist in so einer Situation doch selbstverständlich.«

Ihr Baby sah Vincent mit großen Augen an und saugte an seinem Schnuller.

»Ein hübsches Baby haben Sie.«

»Ja, das sagen alle.« Sie strahlte.

»Ist es ein Mädchen?«

Sie nickte. »Ihr Name ist Paula. Geht es Ihnen wieder besser?«

»Es ist alles in Ordnung.«

»Das freut mich für Sie.«

»Ich heiße übrigens Vincent Herzog und wohne mit meiner Verlobten gar nicht weit von hier.« Er nannte ihr den Straßennamen und beschrieb, wo sich die Straße im Ort befand. Im Flur hinter Frau Schiffer sah Vincent Kinderschuhe in zwei verschiedenen Größen vor einer Garderobe. Sie hatte augenscheinlich neben dem Baby zwei weitere Kinder, die jetzt, da es im Haus still war, vermutlich im Kindergarten waren oder in der Schule.

»Ich freue mich, dass es Ihnen wieder besser geht. Nun müsste ich allerdings ...« Frau Schiffer trat einen Schritt zurück und legte eine Hand an den Türrahmen.

»Wenn Sie gestatten, da wäre noch etwas, das ich Sie gern fragen würde«, bat Vincent.

Frau Schiffer hielt inne. »Ja?«, entgegnete sie nach einem kurzen Moment.

»Haben Sie eine Erklärung dafür, warum ich ausgerechnet an Ihrer Tür geklingelt habe?«

Frau Schiffers Baby wurde unruhig und fing an zu quengeln.

»Das war vermutlich ein Zufall«, sagte sie.

»Kann sein. Aber vielleicht auch nicht«, entgegnete er. Die Worte kamen ihm nun spürbar schwerer über die Lippen.

»Wie meinen Sie das?«

Vincent atmete durch. »Vor fünfeinhalb Jahren, es war im Januar, habe ich aufgrund eines Unfalls mein Gedächtnis verloren. Seitdem erinnere ich mich an rein gar nichts mehr aus der Zeit davor. Der Arzt im Krankenhaus deutete an, dass ich aufgrund der neuerlichen Kopfverletzung zu Ihrem Haus gefahren sein könnte, weil es etwas mit meiner Vergangenheit zu tun haben könnte.«

Frau Schiffer sah ihn mit einem Blick an, der verriet, dass sie nun doch ein wenig an seiner Zurechnungsfähigkeit zweifelte.

»Ich weiß, wie das klingt«, räumte Vincent ein.

»Ziemlich verrückt.«

Vincent nickte und lächelte zustimmend. »So ist es.«

»Ich wüsste nicht, wie ich Ihnen helfen kann«, bedauerte Frau Schiffer.

Ihr Baby hatte aufgehört zu jammern. Sie schien nun wieder entspannter zu sein.

»Wenn Sie mir ein paar weitere Fragen beantworten würden, könnte das vielleicht Licht ins Dunkel bringen«, beharrte Vincent.

Frau Schiffer hob die Augenbrauen und verzog verdrießlich den Mund. »Aber nur, wenn es schnell geht.«

»Das wird es. Dies ist ein wunderschönes Objekt in einer hervorragenden Lage. Wer hat vor Ihnen hier gewohnt?«

Das Gesicht von Frau Schiffer verfinsterte sich schlagartig.

»Darüber rede ich nicht gern.«

Vincent war verdutzt. Für einen Moment herrschte Schweigen. Paula quengelte erneut und diesmal stärker.

Frau Schiffer wiegte ihr Baby, aber es wurde nur noch schlimmer. »Sie sehen ja, die Kleine hat Hunger. Bitte entschuldigen Sie mich.«

Sie machte Anstalten, die Tür zu schließen. Vincent hob die Hände. »Bitte, nur die eine Frage noch. Wer waren die Vorbesitzer?«

Frau Schiffer zögerte. »Also gut«, sagte sie schließlich sichtlich genervt. »Aber dann muss ich Paula wirklich ihr Fläschchen geben und mit meiner Hausarbeit weitermachen. Wir haben es erst erfahren, nachdem wir den Kaufvertrag unterschrieben hatten. Deshalb wollte keiner aus der Gegend das Objekt haben und deshalb war es auch so günstig. Die Frau, die hier früher mit ihrem Mann lebte, wurde in diesem Haus ermordet.«

4

Eine Frau war in dem Haus ermordet worden, genau wie in seinem Traum die Frau, die Hanna hieß und von der er meinte, sie sei seine Ehefrau. Der Boden schien sich unter Vincents Füßen zu drehen. Ihm wurde schwindlig. Seine Beine gaben leicht nach. Er musste sich am Türrahmen festhalten.

»Wenn ich wieder den Notarzt rufen muss, bin ich böse mit Ihnen«, sagte Frau Schiffer. Ihre Stimme war mit jedem Wort energischer geworden. Paula hörte schlagartig auf zu jammern und starrte ihre Mutter an.

»Das müssen Sie nicht. Mir geht es gut«, entgegnete Vincent schnell. Er drückte sein Kreuz durch. »Nach meinem Unfall habe ich manchmal noch Kreislaufprobleme. Wie lange ist der Mord her?«

Frau Schiffer schien froh zu sein, dass er diesmal nicht vor ihrer Tür zusammengebrochen war, und gab ihm nun anstandslos weiter Auskunft.

»Das muss so vor etwa fünf Jahren passiert sein«, erinnerte sie sich. »So genau habe ich mich nicht damit befasst. Sie wissen schon ...«

»... schlechtes Karma.«

»Genau.«

»Wie hieß denn die Frau?«

»Den Vornamen kenne ich nicht. Mit Nachnamen vermutlich Faber, wie Ihr Ehemann, von dem wir das Objekt gekauft haben.«

Vincent hatte sein eigenes Haus bereits vor über sechs Jahren bezogen. In seinem Albtraum hielt er das der Schiffers für seines. Das konnte also nicht stimmen. Und die Ermordete war ebenso wenig seine Frau gewesen. Sie war mit einem Mann namens Faber verheiratet gewesen. Andererseits hatte er von einem Mord geträumt, der wirklich geschehen war.

»Haben Sie vielleicht rein zufällig Fotos, auf denen die Fabers zu sehen sind?« Frau Schiffer zog genervt die Augenbrauen hoch.

»Ich habe heute jede Menge Wäsche zu waschen und zu bügeln«, sagte sie.

Er nickte verständnisvoll. Seine Fragen mussten seltsam und verstörend auf die Frau wirken.

»Wenn das alles ist, wäre ich Ihnen dankbar, wenn Sie jetzt gehen würden. Alles Gute«, wünschte sie ihm noch und war bereits im Begriff, die Tür vor seiner Nase zuzudrücken.

»Kennen Sie die neue Adresse des ehemaligen Eigentümers?«, fragte Vincent noch schnell.

»Auf Wiedersehen.« Mit diesen Worten schloss Frau Schiffer die Tür.

Vincent wandte sich um und ging wie in Trance die Treppe hinab. Auf dem Gehweg wandte er sich zu dem Haus um. Er spürte, dass es etwas mit seiner Vergangenheit zu tun hatte. Er musste herausfinden, ob die Ermordete Hanna hieß und vielleicht der Frau in seinem Traum ähnelte. Sicher würde er im Internet etwas über das Verbrechen von damals finden.

Als er zu dem nächstgelegenen Nachbarhaus kam, blieb er stehen.

Nach kurzer Überlegung fasste er sich ein Herz und läutete an der Tür. Ein Mann öffnete. Er hatte einen Schnauzbart und war ungefähr sechzig Jahre alt. Mit seinen eng stehenden Augen sah er Vincent argwöhnisch an.

»Entschuldigen Sie die Störung«, begann Vincent.

Der Mann hob den Arm und hielt ihm seine Handfläche vor die Nase. »Stopp. Sparen Sie sich Ihre Worte. Ich kaufe nichts, ich unterschreibe nichts.« Er setzte an, die Tür zu schließen.

»Ich will Ihnen nichts verkaufen. Ich wohne ein paar Straßen entfernt und möchte Sie etwas fragen.«

Der Mann runzelte die Stirn und zog die Tür ein Stück weit wieder auf.

»Na gut, aber fassen Sie sich kurz. Ich muss gleich zur Arbeit und habe davor noch etwas zu erledigen.«

Vincent nickte. »In dem Haus am Ende der Straße wurde vor ungefähr fünf Jahren eine Frau ermordet. Kennen Sie zufällig ihren Namen?«

Der Mann zog die buschigen Augenbrauen zusammen und streifte sich über seinen Oberlippenbart. »Sind Sie von der Presse oder warum wollen Sie das wissen?«

»Das hat rein private Gründe. Sie würden mir sehr helfen.«

»Wir hatten keinen Kontakt zu den Fabers. Die lebten sehr zurückgezogen. Den Vornamen der Frau weiß ich ehrlich gesagt gar nicht.«

»Haben Sie zufällig ein Foto, auf dem Frau Faber zu sehen ist?«, fragte Vincent.

Der Blick des Schnauzbärtigen verfinsterte sich. Offenbar hatte Vincent seine Geduld überstrapaziert.

»Ich kenne Sie nicht«, murrte der Mann. »Ihre Frage ist mehr als merkwürdig und ich rede nicht gerne über Verstorbene.«

»Das verstehe ich. Aber ich …«

»Ich habe jetzt keine Zeit mehr.«

Die Tür fiel ins Schloss. Vincent seufzte und machte sich auf den Heimweg. Er musste so schnell wie möglich an seinen Computer, um im Internet zu recherchieren.

Nach etwa hundert Metern kam eine ältere Dame aus einem der Häuser. Sie führte einen Mischlingshund an der Leine und lächelte ihm freundlich zu. Als sie auf den Gehweg trat, wünschte Vincent ihr einen guten Morgen und sie erwiderte den Gruß.

»Einen schönen Hund haben Sie da«, sagte Vincent. Der Mischling wedelte mit dem Schwanz, sah ihn mit treuen Augen an und beschnupperte ihn. Vincent beugte sich hinunter und streichelte ihm über den Rücken.

»Danke. Sie können sich geehrt fühlen. Normalerweise mag er keine Männer.«

Vincent lächelte. »Darf ich Sie etwas fragen?«

»Nur zu junger Mann.«

»Es hört sich für Sie bestimmt seltsam an. Ich habe mir vor Jahren eine schwere Kopfverletzung zugezogen. Seitdem fehlen mir die Erinnerungen an die Zeit davor. Das Haus dahinten am Ende der Straße scheint mit meiner Vergangenheit etwas zu tun zu haben. Ich weiß, dass dort eine Familie Faber lebte und die Frau tragischerweise ermordet wurde. Können Sie mir ihren Vornamen sagen? Ich habe das Gefühl, sie gekannt zu haben.«

Mit jedem seiner Worte war ein wenig mehr Fröhlichkeit aus dem Gesicht der Hundebesitzerin gewichen. Das in ihrer Nähe geschehene Verbrechen nahm sie sichtlich auch nach all den Jahren noch mit. »Das war schlimm damals. Sie war sehr nett und hat sich immer Zeit genommen, um mit mir zu reden, wenn sie draußen vor dem Haus war und ich Mickie zum Wald hinauf Gassi geführt habe.«

»Erinnern Sie sich an ihren Vornamen?«

»Ja natürlich. Sie hieß Viola.«

»Viola«, wiederholte Vincent geistesabwesend. »Und haben Sie zufällig ein Foto von ihr oder wissen Sie, wohin ihr Mann gezogen ist?«

Die ältere Dame schüttelte den Kopf. »Nein, bedaure. Herr Faber war die meiste Zeit auf der Arbeit. Viola hat mir mal erzählt, dass er bei einer Versicherung als Sachbearbeiter angestellt ist. Er hat mich immer nett gegrüßt, wenn er mit seinem Wagen an mir vorbeigefahren ist. Aber mit ihm unterhalten habe ich mich nie.«

»Wurde der Mörder gefasst?«

»Ja, es war Violas Ex-Mann. Die Zeitungen haben damals ausgiebig darüber berichtet. Sie hat ihn in ganz jungen Jahren geheiratet. Er hat sie geschlagen. Sie hatte ihn deshalb verlassen.«

Viola, nicht Hanna, dachte Vincent erleichtert, nachdem er sich von der Dame verabschiedet und seinen Nachhauseweg fortgesetzt hatte.

Seine Fantasie hatte ihm im Traum einen Streich gespielt und den Namen Hanna erfunden, ebenso wie die Tatsache, dass sie seine Frau sein sollte.

Allerdings war in dem Haus tatsächlich ein Mord geschehen. Warum er dies in seinem Traum gewusst hatte, konnte er sich nicht erklären. Er hoffte, bald eine Antwort auf diese Frage zu finden.

5

Vincent schloss die Haustür auf und setzte sich am Esszimmertisch vor seinen Laptop. Ungeduldig wartete er, bis der in die Jahre gekommene Rechner hochgefahren war.

Als endlich das weiße Eingabefeld der Internetsuchmaschine auf dem Display erschien, tippte er ein paar Stichworte ein, die ihm geeignet dazu erschienen, damals veröffentlichte Artikel zu dem Mord an Viola Faber zu finden.

Auf Anhieb landete er mehrere Treffer. Gespannt überflog er die Berichte, die im Grunde genommen alle den gleichen Inhalt mit anderen Worten hatten. Viola Faber war vormittags, während ihr Mann im Büro bei der Arbeit gewesen war, durch mehrere Messerstiche in ihrem Haus getötet worden.

Anfangs vermutete die Polizei einen Einbrecher als Täter, da die Terrassentür aufgehebelt worden war. Möglicherweise habe dieser irrtümlich angenommen, dass niemand im Haus wäre, und sei durch die Anwesenheit des Opfers überrascht worden.

Nach dem ungeplanten Mord sei der Täter in Panik geraten und habe den Tatort ohne Diebesgut verlassen. Zwei Tage nach dem Mord wurde der Täter überführt und der Öffentlichkeit präsentiert. Es handelte sich um Viola Fabers Ex-Mann Luis S., der wegen schwerer Körperverletzung vorbestraft war und deshalb mehrfach im Gefängnis gesessen hatte.

Vincent lehnte sich in seinen Stuhl zurück und ließ die Informationen auf sich wirken. Er hatte geträumt, die Frau sei erschossen und anschließend angezündet worden. In der Realität hingegen hatte der Täter sie erstochen. Nirgendwo war ein Foto des Opfers abgebildet. Das Klingeln seines Handys riss Vincent aus seinen Gedanken. Es war Lisa. Schlagartig fiel ihm ihre Verabredung mit der Wirtin der Scheune ein. Das hatte er völlig vergessen.

Hektisch sah er auf die Uhr. Es war bereits zehn nach elf. Er schloss die Augen, klopfte sich mit der flachen Hand gegen die Stirn und fluchte in sich hinein.

»Wo bleibst du denn?«, fragte Lisa grußlos, als er abhob. »Es ist hoffentlich nichts passiert?«

»Nein, alles in Ordnung.«

»Und wo bist du dann? Was glaubst du, wie peinlich es mir vor Helga war, dass du nicht gekommen bist? Sie meinte, ich soll mir keine Sorgen machen. Hauptsache, du würdest am Traualtar pünktlich erscheinen.«

Vincent wusste nicht gleich, was er sagen sollte. Lügen wollte er nicht. »Es tut mir leid. Ich habe mich bei der Frau, vor deren Haustür ich zusammengebrochen bin, entschuldigt und bedankt, dass sie den Notarzt gerufen hat.«

»Dagegen ist nichts einzuwenden. Nur weiß ich immer noch nicht, warum du unseren Termin verpasst hast.«

»Ich habe vor Ort ein paar Dinge in Erfahrung gebracht, über die ich nachdenken musste. Dabei habe ich den Termin vergessen. Es tut mir wirklich sehr leid.«

Eine kurze Pause trat ein.

»Du warst also bei diesem Haus, von dem du nach deinem Sturz im Wald gedacht hast, es wäre deins und du würdest mit deiner Frau darin wohnen, und hast Dinge erfahren?« Mit jedem Wort wurde Lisas Tonfall schriller. »Was denn für Dinge?«

Vincent wurde bewusst, dass jetzt kein guter Zeitpunkt war, um mit Lisa darüber zu reden. »Das ist zu kompliziert und würde zu lange dauern, um es am Telefon zu erklären.«

»Deine Entschuldigung kannst du dir sparen. Ich hatte gehofft, unsere Hochzeit wäre dir genauso wichtig wie mir.«

Der Artikel, den Vincent zuletzt gelesen hatte, war noch auf dem Bildschirm seines Laptops geöffnet. Während Lisa schimpfte, fiel Vincents Blick auf ein Detail, dem er bisher noch keine Aufmerksamkeit geschenkt hatte. Jetzt traf es ihn wie ein Faustschlag ins Gesicht.

»Bist du noch dran?«, fragte Lisa. Sie klang gereizt, was er ihr nicht verdenken konnte.

»Ich...«, er konnte nicht weiterreden. Seine Konzentration war nun vollständig auf die ersten Zeilen des Artikels gerichtet. Dort war das Datum vermerkt, an dem der Mord an Viola Faber geschehen war.

Es war derselbe Tag, an dem er schwer verletzt und bewusstlos fünf Kilometer entfernt am Straßenrand gefunden worden war. Es war der Tag im Januar vor fünfeinhalb Jahren, an dem er sein Gedächtnis verloren hatte.

»Es scheint dich überhaupt nicht zu interessieren, wie es mir geht«, zeterte Lisa, die sein Schweigen falsch deutete. »Du hast mich versetzt. Außerdem habe ich mir Sorgen gemacht, dass dir etwas passiert sein könnte. Wo du sonst immer pünktlich bist.« Er merkte ihrem Tonfall an, dass sie mit den Tränen kämpfte.

»Es tut mir unendlich leid. Ich steige ins Auto und bin in ein paar Minuten bei dir.«

»Dafür reicht meine Zeit nicht mehr. Wie du weißt, muss ich nachher zur Arbeit. Und Helga will ich auch nicht länger warten lassen. Ich muss jetzt wohl einfach alles allein mit ihr abstimmen.«

»Lisa ...«

Sie legte auf.

Verdammt, dachte er. Er wusste, wie wichtig Lisa die Hochzeitsvorbereitungen waren. Dass er sie enttäuscht hatte, tat ihm unendlich leid. Lisa war freundlich, hilfsbereit und zuverlässig. Er liebte sie über alles. Aber wenn sie sich wie jetzt durch sein

Verhalten verletzt fühlte, konnte sie auch nachtragend sein und manchmal recht aufbrausend oder schnippisch reagieren. Es würde ihn einige Mühe kosten, ihr Wohlwollen zurückzugewinnen.

Vincent atmete tief durch. Er gab den Namen Viola Faber und den Wohnort bei Google ein. Die gefundenen Fotos konnten allein vom Alter der abgebildeten Personen her nicht passen.

Es gab nur einen schriftlichen Eintrag. Ein kurzer Zeitungsbericht. Danach hatte die Damenmannschaft des örtlichen Tennisvereins bei einem Turnier im benachbarten Luxemburg den Sieg davongetragen. Eine der Spielerinnen hieß Viola Faber.

Vincent musste eine Zeit lang suchen, bis er auf der Homepage des Tennisvereins ein Archiv fand, in dem die Vereinsnachrichten der vergangenen Jahre gesammelt waren.

Nach ein paar Klicks stieß er auf einen Bericht über die Vereinsmeisterschaften vor sechs Jahren. Unter dem Artikel war ein Gruppenfoto der drei Gewinnerinnen in der Damenkonkurrenz abgebildet. Die Zweitplatzierte hieß Viola Faber.

Vincent rückte näher an den Bildschirm heran. Die Frau trug ein Stirnband und einen weißen Tennisrock. Ihre Arme waren nach oben gereckt. In einer Hand hielt sie einen Tennisschläger, in der anderen einen Pokal. Ihre blauen Augen strahlten vor Freude, ihr braunes Haar war zu einem Pferdeschwanz zusammengebunden. Ein breites Lachen zierte ihr anmutiges Gesicht.

Es gab keinen Zweifel. Viola Faber war die Frau, die er in seinem Albtraum hatte sterben sehen. Sein Blick klebte an ihr. Sein Inneres geriet in Aufruhr. Er schnappte nach Luft. Es gab eine Verbindung zwischen ihr und ihm. Er war sich auf einmal sicher.

Die Haustür wurde aufgesperrt und fiel kurz darauf krachend ins Schloss. Vincent schreckte von seinem Stuhl hoch. Ihm war das Zeitgefühl abhandengekommen. Ein Blick auf die

Wanduhr verriet ihm, dass er ungefähr zehn Minuten in Gedanken versunken auf den Bildschirm gestarrt haben musste.

Lisa kam wie ein Sturmwind ins Zimmer gefegt. Sie schmiss ihre Handtasche achtlos auf den Sessel. Ihre Augen funkelten ihn an. Dennoch beherrschte sie sich und sprach, ohne laut zu werden, auf eine um Verständnis bemühte Art mit ihm. »Bitte erklär's mir, was war so wichtig, dass du darüber unseren Termin vergessen hast?«

Vincent senkte schuldbewusst den Kopf. »Du weißt, dass du dich normalerweise auf mich verlassen kannst.«

Sie nickte, nun schon etwas versöhnlicher.

»Mein Albtraum vergangene Nacht. Ich habe darin beobachtet, wie in dem Haus, zu dem ich vorgestern nach meinem Laufunfall gefahren bin, eine Frau ermordet wurde.«

Lisas Gesicht nahm einen bestürzten Ausdruck an. Vincent musste schlucken. Es fiel ihm schwer, die richtigen Worte zu finden. Lisas Blick forderte ihn auf, weiterzureden.

»Gerade habe ich herausgefunden, dass vor fünfeinhalb Jahren tatsächlich eine Frau in diesem Haus ermordet wurde. Sie wurde erstochen. Ich habe im Internet ein Foto von ihr gefunden. Es war die Frau aus meinem Traum, die ich zudem für meine Ehefrau hielt. In meinem Albtraum wurde sie aber nicht erstochen, sondern erschossen und anschließend in Brand gesetzt.«

Lisa setzte sich wie in Zeitlupe auf einen Stuhl. »Das ist gruselig«, sagte sie.

»Das ist noch nicht alles. Sie starb an dem Tag, an dem ich meine Erinnerung an mein früheres Leben verlor.«

Lisa sah ihn nun fassungslos an, dann strich sie sich eine Haarsträhne aus der Stirn. »Was willst du jetzt machen?«

»Dr. Salomon meinte, die neuerliche Kopfverletzung könnte verschüttete Erinnerungen freigelegt haben. Ich glaube, das Haus und die Frau haben etwas mit meiner Vergangenheit zu tun. Ich muss herausfinden, was.«

Lisas Gesicht war aschfahl geworden.

»Du hast dir bei dem Sturz im Wald eine Gehirnerschütterung zugezogen. Dein Kopf spielt verrückt.«

»Und warum habe ich von einem Mord geträumt, von dem ich nichts wusste, der aber tatsächlich geschehen ist?«

»Das ist so lange her. Du könntest damals in der Zeitung davon gelesen haben. Sicher war das Verbrechen Gegenstand ausgiebiger Berichterstattung. Ein Mord auf dem Dorf. Wann passiert so etwas schon mal. Für die ortsansässige Presse war das sicher ein Highlight. Außerdem hast du vermutlich nach deinem Unfall damals viel Zeitung gelesen, um deine Erinnerungen anzuregen, aber das Gelesene wieder vergessen.«

Vincent setzte sich ebenfalls. Er senkte den Blick und dachte darüber nach, was Lisa gesagt hatte. Auszuschließen war es nicht, dass er damals etwas von dem Mord mitbekommen hatte.

Er sah sie an. »Ich habe die Artikel im Internet dazu gelesen. In keinem stand die Adresse des Tatorts. Woher hätte ich wissen sollen, in welchem Haus der Mord begangen wurde? Auch war nirgends ein Foto der ermordeten Frau abgebildet.«

Lisa erhob sich ruckartig von ihrem Stuhl. »Keine Ahnung. Aber es gibt dafür sicher eine harmlose und logische Erklärung.«

»Ich möchte zu dem Rastplatz fahren, an dem ich damals bewusstlos aufgefunden wurde.«

»Was soll das denn bitte bringen?«

»Vielleicht bin ich den Erinnerungen meiner Vergangenheit ganz nah. Vielleicht braucht es nur noch einen kleinen Stoß in die richtige Richtung, um sie zutage zu fördern.«

Lisa ging vor ihm in die Knie und nahm seine beiden Hände. »Ich halte das für keine gute Idee. Dein Leben findet jetzt in diesem Moment statt. Wir wollen heiraten und wir sind glücklich. Alles ist gut. Was, wenn deine Vergangenheit nicht schön war? Vergessen kann manchmal eine Gnade sein.«

Lisas Worte hatten eine beruhigende Wirkung auf ihn. Vielleicht sollte er wirklich seinen Traum nicht überbewerten. »Ist gut. Gib mir ein bisschen Zeit, darüber nachzudenken«, lenkte er ein und lächelte ihr zu.

»Wenn deine Erinnerungen zurückkehren wollen, tun sie das, aber du kannst es nicht erzwingen«, sagte Lisa. Sie gab ihm einen Kuss auf den Mund und erhob sich. »Ich muss mich für die Arbeit fertigmachen.«

Vincent sah ihr hinterher, als sie zur Tür hinausging, und hörte ihre Schritte auf der Holztreppe im Flur nach oben wandern.

Er ging in die Küche und begann, ein Mittagessen für Lisa und sich zuzubereiten. Der Rastplatz, auf dem er fast gestorben wäre, wollte ihm währenddessen nicht mehr aus dem Kopf gehen.

6

Lisa war nach dem Mittagessen zur Arbeit gefahren und würde erst gegen acht Uhr abends heimkommen. Zum ersten Mal seit Langem bedrückten Vincent die Stille und die Einsamkeit in seinen eigenen vier Wänden.

Nachdem er den Abwasch erledigt hatte, stellte er eine Waschmaschine an und hängte die gewaschene Kleidung an der Wäschespinne im Garten auf. Die Sonne brannte sengend heiß vom Himmel. Gegen vierzehn Uhr legte er sich mit seinem E-Reader auf die hölzerne Gartenliege unter einen der drei Bäume, die der Vorbesitzer gepflanzt hatte. Die Baumkronen spendeten im Sommer wertvollen Schatten. Dafür musste er im Herbst eine Menge Laub beseitigen. Nichts im Leben war umsonst.

Er begann in einem Thriller einer seiner Lieblingsautoren zu lesen. Doch er konnte sich nicht auf den Inhalt konzentrieren. Nach wenigen Zeilen legte er den Reader auf den Gartentisch.

Ein totaler Gedächtnisverlust war die Hölle. In den ersten beiden Jahren danach hatte er darunter seelisch sehr stark gelitten und war fast in eine Depression geschlittert. Nur die Hilfe seines Psychologen Dr. Feist hatte ihn davor bewahrt. Eine tiefe Leere hatte damals Besitz von ihm ergriffen. Schlafstörungen und Albträume, in denen er auf unterschiedlichste Art und Weise aus dem Leben schied, waren seine stetigen Begleiter gewesen. Dr. Feist hatte ihm Tipps gegeben, was er gegen die Träume tun konnte. Vor allem sollte er aufhören, sich an sein altes, ihm nun unbekanntes Leben zu klammern und davon Abstand nehmen, sich mit Gewalt erinnern zu wollen. Es war ihm schwergefallen. Doch als er sich schließlich auf das Experiment einließ, hatten die Schlafstörungen tatsächlich allmählich nachgelassen.

Nun, über fünf Jahre danach, hatte er das Gefühl, dass eine Veränderung in seinem Gehirn stattfand, die ihm vielleicht Teile seiner Erinnerung zurückbrachte.

Seine innere Stimme drängte ihn, zu dem Rastplatz zu fahren, auf dem er bewusstlos vorgefunden worden war. Lisa war dagegen. Das hatte sie klar zum Ausdruck gebracht. Er hatte ihr von seinem Leiden in der Anfangszeit berichtet und sie wollte nicht, dass er das noch einmal durchmachen musste. Sie meinte es sicher nur gut mit ihm. Dennoch kam er nicht gegen den Drang an, sich zu dem Ort zu begeben, der das Ende seines früheren Lebens markierte.

Als er fünf Minuten später zu seinem Auto ging, um sich auf den Weg zu machen, läutete sein Handy. Es war Anton Heckmann. Vincent stand zwar nicht der Sinn nach einem Gespräch. Aber Toni war sein einziger Freund und die geborene Frohnatur. Ein Plausch mit ihm würde sicher guttun. Daher nahm er das Gespräch an. »Hallo Toni, wie geht's?«

»Hervorragend, wenn mein Kühlschrank nicht so gähnend leer wäre.«

Toni hatte seinen Führerschein vor Jahren zum wiederholten Mal wegen Alkohol am Steuer abgeben müssen und ihn nicht wiederbekommen. Seine Wohnungsmiete war moderat, aber dafür lag kein Lebensmittel-Discounter oder Supermarkt in der Nähe. Hin und wieder bat er Vincent, ihn mit dem Auto zum Einkaufen zu chauffieren.

»Ich bin in zehn Minuten bei dir«, sagte Vincent. Zu dem Rastplatz konnte er später immer noch fahren. Zeit hatte er momentan zur Genüge.

»Super. Du bist ein wahrer Freund, das lobe ich mir«, freute sich Toni.

Zehn Minuten später hielt Vincent vor dem Mehrfamilienhaus, in dem Toni wohnte. Sein Freund wartete auf einem der vor dem Haus gelegenen Parkplätze im Schatten der Hauswand. Vincent hielt neben ihm auf dem Parkplatz und beide hoben gleichzeitig die Hand zur Begrüßung.

»Bist du heute noch krankgeschrieben?«, fragte Toni, als er sich auf den Beifahrersitz fallen ließ und den Gurt umlegte.

»Ja, bin ich, woher weißt du davon?«, wunderte sich Vincent.

Er sah sich nach allen Seiten um und ließ den Wagen zurück auf die Straße rollen.

»Ich hab deinen Chef in der Kneipe getroffen. Hubert spielt übrigens sehr passabel Darts. Ich hätte es mir leichter vorgestellt, gegen ihn zu gewinnen. Er hat mir von deinem Sturz beim Laufen erzählt und er war nicht gerade angetan davon, dass du ein paar Tage ausfällst.«

Typisch Hubert, dachte Vincent. Hubert Koller war ein glatzköpfiger und pockennarbiger Koloss, der kein Blatt vor den Mund nahm.

Früher hatte Hubert jahrelang als Türsteher in einer Disco gearbeitet. Als dem Laden nach einer Drogenrazzia die Konzession entzogen worden war, hatte Hubert einen Sicherheitsdienst gegründet, der anfangs nur aus ihm allein bestanden hatte. Mit der Zeit war die Nachfrage gestiegen und er hatte inzwischen drei fest angestellte Mitarbeiter. Einer davon war Vincent.

»Wie geht es dir?«, wollte Toni wissen, jetzt etwas ernster.

»Gut. Es ist nur ...«

»Was denn?«

»Ich habe das Gefühl, dass ich beginne, mich an meine Vergangenheit zu erinnern.«

»Hey, das wäre ja der Wahnsinn, einfach sensationell.« Toni klopfte sich mit beiden Händen auf die Oberschenkel.

»Freust du dich denn nicht? Wenn du mich fragst, ist das ein Grund zum Feiern.«

»Das mit den zurückkehrenden Erinnerungen ist erst mal nur eine Vermutung.« Vincent erzählte Toni in knappen Worten von dem fremden Haus, zu dem er gefahren war, und dem Mord, der darin stattgefunden und von dem er geträumt hatte.

»Mysteriös«, raunte Toni. »Darf ich hier drin rauchen?«

»Das fragst du mich jedes Mal und die Antwort ist immer die gleiche. Nein.«

»Hätte ja sein können, dass du das nach deinem Sturz vergessen hast«, scherzte Toni.

»Ich weiß nicht, was ich von dem Traum halten soll.«

»Hast du dir schon mal die Frage gestellt, ob du etwas mit dem Mord zu tun haben könntest?«

Vincent warf ihm einen missbilligenden Blick zu. »Der Mörder sitzt im Knast.«

Toni hob die Hände und gab sich beleidigt. »Hätte doch sein können. Ich versuche nur, dir bei dem Rätsel zu helfen.«

Toni hatte unbedarft losgeredet und es nicht ernst gemeint. Doch in Vincent rumorte es, als ob Toni einen wunden Punkt berührt hätte.

Eine Weile fuhren sie schweigend in Richtung des Lebensmittel-Discounters.

»Sag mal, kannst du mir ein bisschen Geld borgen?«, unterbrach Toni die Stille. »Ich bin total abgebrannt.«

Vincent warf ihm einen empörten Blick zu. Toni tat, als könnte er kein Wässerchen trüben. »Ich habe gezockt und leider verloren, okay. Beim nächsten Mal gewinne ich wieder. So ist das Leben. Auf und Ab. Yin und Yang.«

»Wie viel brauchst du?«, fragte Vincent leicht genervt.

»Hundert Euronen würden mir reichen, um über die Runden zu kommen.«

»So viel hab ich nicht bei mir.«

»Wozu gibt es Geldautomaten?«, feixte Toni. »Du bekommst es mit der nächsten Überweisung vom Jobcenter zurück.«

Toni bezog mittlerweile Arbeitslosengeld II. Ob er je wieder eine Anstellung finden würde, war fraglich.

»Vermutlich brauchst du die Kohle, um einzukaufen«, folgerte Vincent.

»So ist es.«

»Dann also zuerst zum Geldautomaten«, entschied Vincent. Der Automat der Sparkasse, bei dem er sein Konto hatte, befand sich im Nachbarort auf der anderen Seite der Saar.

Nachdem Vincent das Geld abgehoben und sich wieder hinter das Lenkrad seines Autos gesetzt hatte, gab er Toni die Scheine.

»Danke«, sagte Toni und klopfte ihm auf die Schulter.

»Kein Ding. Aber du solltest mit den Spielautomaten und dem Pokern aufhören.«

»Sobald ich mein Geld zurückgewonnen habe.« Tonis Kehle entwich ein raues, etwas verkommenes Lachen.

»Der Rastplatz, an dem ich damals bewusstlos gefunden wurde, ist ganz in der Nähe. Hättest du Lust, vor dem Einkauf mit mir dorthin zu fahren?«, fragte Vincent.

»Klar, aber warum willst du an den Ort zurück, an dem du fast draufgegangen wärst?«

Vincent zuckte mit den Schultern. »Ich hab das Gefühl, es könnte beim Erinnern helfen. Dr. Feist, der Psychologe, bei dem ich nach dem Gedächtnisverlust in Therapie war, meinte, es könnte die Erinnerungen an die Ereignisse zurückbringen, wenn man sich an den Ort des Geschehens begibt. Ich war damals bereits an diesem Rastplatz. Es hat aber nichts bei mir ausgelöst.«

»Ich persönlich vermeide es lieber, mich an Scheißtage zu erinnern. Einen schlechten Film schaue ich mir ja auch nicht zweimal an. Aber du musst selbst wissen, was gut und was schlecht für dich ist.«

Vincent startete den Motor und schaltete das Radio an. Aus den Lautsprecherboxen erklang ein aktueller Popsong von Billie Eilish.

Der Rastplatz befand sich ungefähr in der Mitte eines vier Kilometer langen Landstraßenabschnitts, der zwei Dörfer miteinander verband. Links der Straße ragte ein bewaldeter Hügel auf. Rechts daneben erstreckten sich Felder bis zur Autobahn, die in etwa hundert Metern Entfernung parallel zur Landstraße verlief.

Als der an der Gegenfahrbahn gelegene Rastplatz in Sicht kam, setzte Vincent den linken Blinker und fuhr an die steinerne Sitzgruppe heran, neben der er mehr tot als lebendig gefunden worden war.

Sie stiegen aus und sahen sich um. Toni zündete sich eine Zigarette an. »Schön kühl hier«, sagte er.

Hin und wieder fuhren Autos an ihnen vorbei und übertönten das Vogelgezwitscher, das aus der Bewaldung am Rastplatz drang.

Die Bank und der Tisch waren von grünen Flechten überzogen. Zehn Meter weiter befand sich ein Kneippbecken, das einst von dem kalten Wasser einer Quelle gespeist wurde. Nun war das Becken trocken und allerhand Unrat lag darin. Darunter Zigarettenstummel, Papiertaschentücher und leere Getränkedosen.

Im nahen Umkreis des Tisches und der Bank sah es ein wenig sauberer aus. Dies war vermutlich dem unmittelbar daneben an einer Stange befestigten Müllbehälter zuzuschreiben.

»Der Autofahrer, der mich damals entdeckt hat, hat angegeben, dass ich etwa zwei Meter hinter der linken Steinbank gelegen habe.«

Vincent zeigte auf die Stelle. Sie gingen näher heran.

»Klingelt da was bei dir?«, fragte Toni und zog an seiner Zigarette.

»Nein, nicht die Spur«, erwiderte Vincent.

Hinter der Sitzbank führte ein schmaler Trampelpfad am Fuß des bewaldeten Berghangs entlang.

Vincent ging darauf zu und schob mit dem Fuß die in den Wegeingang hineinragenden Sträucher beiseite.

»Meine Kleidung war mit Erde beschmutzt. Vielleicht bin ich über diesen Pfad aus dem Wald auf den Rastplatz gelangt«, sagte Vincent.

»Na dann los! Machen wir einen Spaziergang in der Natur«, sagte Toni und trat seine aufgerauchte Zigarette auf dem Boden aus.

Sie kamen anfangs wegen des in den Pfad wachsenden Gestrüpps nur schleppend voran. Nach fünfzig Metern wurde die Vegetation im Unterholz spärlicher. Die dichten Baumkronen befanden sich so nah beieinander, dass die Sonne kaum noch durchdrang. Vincent blieb des Öfteren stehen und sah sich um.

Damals im Januar hatte stürmisches, nasskaltes Wetter geherrscht. Es war gut möglich, dass ein abgebrochener Ast auf ihn herabgekracht war und ihm die schlimme Kopfverletzung zugefügt hatte. Aber aus welchem Grund mochte er während eines Sturms in diesem unwegsamen Gelände unterwegs gewesen sein? Er stellte sich vor, wie die Bäume laut ächzend im Wind wogten. Das musste beängstigend gewesen sein.

Jetzt im Sommer wirkte die Umgebung freundlich. Der Geruch des Waldes und die Geräusche waren nicht mit denen des Winters vergleichbar. Vielleicht lag es daran, dass die ersehnte Erinnerung an jenen schicksalhaften Tag ausblieb.

Je weiter sie gingen, desto mehr trübte sich Vincents Stimmung ein.

»Vielleicht war das hier eine deiner Laufstrecken«, meinte Toni.

»Wenn mein Auto auf dem Rastplatz geparkt hätte, würde ich das in Betracht ziehen. Aber mein Wagen stand zu Hause.«

»Bis hierher sind es von deinem Haus vier, vielleicht fünf Kilometer. Du warst damals wie heute ein trainierter Läufer. Die Distanz hättest du locker geschafft.«

»Mag sein«, überlegte Vincent. Tatsächlich war er sportlich bekleidet gewesen, als man ihn gefunden hatte.

Nach etwa zwanzig Minuten gelangten sie auf eine große mit Gras bewachsene Lichtung. Es war wunderbar still. Der Berg und die Vegetation hatten das sonst allgegenwärtige Autobahnrauschen verschluckt.

Nicht weit von ihnen entfernt entdeckten sie einen Jagdhochsitz zwischen den Bäumen am Waldrand.

»Auf so einen Turm wollte ich schon immer mal rauf«, sagte Toni und marschierte darauf zu. Vincent folgte ihm kopfschüttelnd. Dass Toni auf diesen Hochsitz klettern wollte, passte zu ihm.

Toni war über fünfzig Jahre alt, aber im Inneren keineswegs erwachsen. Er spielte leidenschaftlich gern Karten, Darts und Bowling. Leider ging es Toni dabei nicht wie einem Kind um die Ehre des Gewinnens. Den richtigen Kick verschaffte ihm das Spielen nur, wenn es um Geld ging.

Toni war kein Freund von Spaziergängen und bewegte sich auch sonst nicht gern zu Fuß fort. Vincent rechnete es ihm hoch an, dass er ihn, ohne zu murren, durch das Dickicht des Waldes begleitet hatte. Daher widersprach er nicht, als Toni die morschen Sprossen der Holzleiter hinauf in den Hochsitz krabbelte. Oben angekommen verschwand sein Kumpel in dem Häuschen und winkte Vincent kurz darauf durch die zum Feld weisende Sichtaussparung zu.

»Was für ein Blick«, begeisterte er sich. »Willst du nicht auch raufkommen?«

Vincent verspürte keine sonderliche Lust dazu.

Kritisch betrachtete er die Konstruktion, an der der Zahn der Zeit seine sichtbaren Spuren hinterlassen hatte. Die Stelzen, auf denen der Hochsitz ruhte, bewegten sich unter Tonis Gewicht bedenklich hin und her.

»Mir reicht die Aussicht von hier unten«, sagte er und ließ den Blick schweifen.

Er hätte schwören können, zum ersten Mal diesen Teil des Waldes durchschritten zu haben und auf diese Lichtung zu schauen. Genauso wie damals vor fünf Jahren, als er nach dem Krankenhausaufenthalt zum ersten Mal sein Haus betreten hatte. Es war ihm vollkommen fremd erschienen.

Er wusste nicht, wo das Bad oder die Küche waren. Hinter jeder Tür, in jedem Schrank und in jeder Schublade hatten neue Überraschungen auf ihn gewartet.

Der Hochsitz und die Umgebung waren ihm ebenso unbekannt. Doch das schloss nicht aus, dass er schon mal hier gewesen war.

Tonis Kopf verschwand und lugte kurz darauf wieder aus der Öffnung. »Sieh mal, was hier versteckt war!« Er hielt freudestrahlend ein Fernglas in der Hand und führte es vor die Augen. »Echt klasse!«

Als er wieder herunterkam, brachte er seinen Fund mit.

»Was willst du damit?«, fragte Vincent.

»So eins wollte ich immer schon. Es hat sogar eine Nachtsichtfunktion.«

»Das hat garantiert jemand da oben vergessen. Derjenige wird es beim nächsten Besuch mitnehmen wollen.«

»Ich leihe es mir nur aus«, sagte Toni. »In ein paar Tagen bringe ich es zurück. Okay?«

Vincent schüttelte den Kopf, ließ es aber dabei bewenden.

Auf dem Rückweg schaute Toni immer wieder mit einer Freude durch das Fernglas, als ob es ein Geschenk wäre, das ihm das Christkind unter den Baum gelegt hatte.

»Schade, dass dir die Tour nichts gebracht hat«, sagte er, als sie wieder im Wagen saßen. »Vielleicht ist es dir ein Trost, dass ich unseren Ausflug genossen habe und er sich zumindest für mich gelohnt hat.« Er deutete auf das Fernglas.

Vincent überkam eine tiefe Traurigkeit. Er lächelte trotzdem. Nicht den Funken einer Erinnerung hatten der Rastplatz und der Waldspaziergang in ihm ausgelöst. Enttäuscht startete er den Motor und fuhr in Richtung des Lebensmittel-Discounters.

7

Während Toni im Supermarkt seine Einkäufe erledigte, wartete Vincent im Wagen und beobachtete die Menschen, die aus dem Geschäft kamen und ihre vollen Einkaufswagen vor sich herschoben. Sie alle hatten eine Vergangenheit. Die schlechten Erinnerungen würden die meisten von ihnen gern für immer hinter sich lassen. Doch wenn der Preis dafür wäre, künftig auch auf die guten verzichten zu müssen, würde sich niemand freiwillig dazu bereit erklären.

Vincents Handy klingelte. Der Name Hubert Koller erschien auf dem Display. Nach kurzem Zögern drückte Vincent auf das grüne Hörersymbol. »Hallo Hubert.«

»Aloha Vincent, wie geht es meinem Mitarbeiter? Bist du wieder fit und einsatzbereit?«

»Danke der Nachfrage. Alles im grünen Bereich. Ich kann ab morgen wieder arbeiten.«

»Hervorragend. Das wollte ich hören. Dann trage ich dich für das Open Air morgen Abend am See ein, okay?«

»Das kannst du gerne machen.«

»Der Veranstalter hat uns von siebzehn bis um ein Uhr gebucht. Wir treffen uns um sechzehn Uhr in der Firma und fahren zusammen hin.«

»Geht klar.«

Ein paar Minuten nach dem Telefonat kam Toni aus dem Geschäft. Gemeinsam luden sie seine Einkäufe, darunter ein Kasten Bier und ein Karton Wein, in den Kofferraum.

Als sie wenig später in Tonis Straße einbogen, schnallte er plötzlich hektisch den Sicherheitsgurt ab. »Scheiße, fahr weiter, nicht langsamer werden«, zischte er, rutschte von seinem Sitz nach unten und duckte sich, sodass er von der Straße aus nicht mehr zu sehen war. In der Regel war Toni fröhlich und entspannt. Nun stand ihm panische Angst ins Gesicht geschrieben.

»Was ist denn los?«, fragte Vincent.

»Später, halt bloß nicht an.«

Sie waren fast auf Höhe des Mehrfamilienhauses. Ein protziger knallroter Wagen, dem man ansah, dass er nicht hierhingehörte, parkte auf einem der für die Mieter reservierten Plätze vor dem Haus.

Vor der Eingangstür standen zwei breit gebaute Typen und studierten die Klingelschilder. Der etwas größere von ihnen drückte schließlich auf einen der Knöpfe.

Der andere drehte sich unvermittelt um und sah sich die vorbeifahrenden Autos an. Da es sich um eine viel befahrene Straße handelte und sich auf beiden Spuren die Autos wie eine Perlenkette aneinanderreihten, fiel Vincents Wagen nicht auf.

Doch für einen kurzen Moment hatte er Blickkontakt mit dem Kerl. Dessen platt gedrückte Nase verlieh dem stoppelbärtigen Gesicht einen brutalen Ausdruck. Der Stiernacken und der runde Kopf mit der Millimeterrasur bestärkten den Eindruck, dass mit dem Mann nicht zu spaßen war.

»Und wohin soll ich jetzt fahren?«, fragte Vincent, als sie das Haus hundert Meter hinter sich gelassen hatten.

»Keine Ahnung. Am besten erst mal zu dir«, schlug Toni vor. »Haben die was bemerkt?«

Vincent bog rechts ab. »Ich denke nicht. Wir sind außer Sicht. Du kannst da unten rauskommen.«

Toni setzte sich auf seinen Platz und strich sich mit der Hand durch seine akkurat frisierten graublonden Haare.

»Danke«, sagte er. »Du hast mich gerettet.«

»Was sind das für Typen? Warum hast du solche Angst vor denen?«

»Die wollen Geld von mir.«

»Spielschulden?«

Toni nickte.

»Wie viel?«

»Mit den Zinsen inzwischen zweitausend Euro. Gestern ist meine Zahlungsfrist abgelaufen.«

Vincent konnte es nicht fassen. »Also gut, dann zu mir.« Lisa würde nicht begeistert sein. Sie mochte Toni nicht. Aber er konnte seinen Freund nicht hängen lassen.

»Wie willst du das Geld auftreiben?«, fragte Vincent.

»Wenn ich ein paar Tage bei dir untertauchen könnte, fällt mir bestimmt was ein.« Toni lächelte. Es sah gequält aus.

»Du kannst auf der Couch schlafen«, versicherte ihm Vincent.

Toni blies einen Schwall Luft aus und legte die rechte Hand auf die Brust. »Mann, da fällt mir ein Stein vom Herzen. Du weißt gar nicht, wie dankbar ich dir bin.«

»Schon gut«, sagte Vincent. Er war sicher, Toni würde das Gleiche auch für ihn tun.

»Schön habt ihr es hier«, lobte Toni und sah sich anerkennend um.

»Ich weiß«, gab Vincent zurück.

Sie saßen seit zwei Stunden in Vincents Garten in einem vor den neugierigen Blicken der Nachbarn geschützten Teil und redeten über dies und das.

Toni trank von seinem Bier, stellte die Flasche neben sich ins Gras und lehnte sich in den Gartenstuhl zurück.

Er hatte sich in den letzten zwei Stunden bereits mehrere Flaschen gegönnt. Seine im Auto gezeigte Angst schien verflogen zu sein.

»Ich würde dir das Geld leihen«, sagte Vincent. »Aber für die Hochzeit und die Flitterwochen im Herbst benötigen wir unsere gesamten Ersparnisse. Wenn Lisas Eltern nicht noch was zuschießen würden, könnten wir uns den Urlaub gar nicht leisten.«

»Das ist in Ordnung«, sagte Toni. »Ich komm schon klar. Ich weiß, dass du mir aushelfen würdest, wenn du das Geld hättest.«

Vincent hatte dennoch ein schlechtes Gewissen. »Was soll's. Ein paar Hundert Euro müssten drin sein«, sagte er deshalb. »Vielleicht kannst du dir damit einen weiteren Zahlungsaufschub erkaufen.«

Toni strahlte. »Bestimmt könnte ich mir die Typen damit eine Zeit lang vom Leib halten. Du bist ein klasse Kumpel.«

Inzwischen war es kurz vor acht und Lisa musste jeden Moment von der Arbeit zurückkehren. Nervös wippte Vincent mit dem rechten Fuß auf und ab, während er in das Holzfeuer der Grillstelle blickte, vor der sie saßen. Das Grillgut sowie einen grünen Salat fürs Abendessen hatte er bereits in der Küche vorbereitet.

Toni nahm das Fernglas, das er in dem Hochsitz entdeckt und neben sich auf den Boden gelegt hatte, in die Hand. Das Teil hatte es ihm angetan. Als sie bei Vincents Haus angekommen waren, war er nach oben gegangen und hatte damit aus dem Dachfenster auf die Nachbargärten geschaut.

Jetzt deutete Toni erneut auf das Fernglas. »Spannend wird es nachher, wenn es dunkel ist. Dann probieren wir den Nachtsichtmodus aus. Einverstanden?« Er hob die Flasche und prostete Vincent zu. Dieser stieß mit einem antialkoholischen Biermischgetränk an.

Lisa konnte es nicht leiden, wenn er Alkohol trank, und er wollte ihr neben Tonis Anwesenheit keinen weiteren Grund geben, auf ihn sauer zu sein.

Plötzlich flammte eine Abfolge von Bildern vor Vincents geistigem Auge auf. Als es vorbei war, saß er einen Moment reglos da.

Toni zog die Stirn in Falten und griff ihm an den Oberarm. »Was ist denn? Geht es dir nicht gut?«

»Nein, alles in Ordnung«, beruhigte ihn Vincent. Er versuchte, seine Vision festzuhalten.

»Ich kann mich an etwas Neues erinnern«, sagte er zögerlich. Normalerweise hätte ihn dies mit Freude erfüllen müssen, doch das, was er gesehen hatte, hatte ihn erschreckt.

»Echt jetzt? Erzähl!«

Lisa kam durch die offen stehende Terrassentür aus dem Haus zu ihnen in den Garten. »Hallo Toni.« Sie trat neben die beiden ans Feuer. Ihr Tonfall klang leicht unterkühlt.

Vincent erhob sich, drückte sie an sich und gab ihr einen Kuss. »Wie war's auf der Arbeit?«, fragte er.

Lisa sah müde aus und winkte ab. »Reden wir nicht davon. Ein paar Kunden waren heute ziemlich unhöflich. Und ihr? Macht ihr euch einen gemütlichen Männerabend am Lagerfeuer?«

»Das war so nicht geplant.« Toni lallte ein wenig. Lisa wandte sich Vincent zu und verdrehte missmutig die Augen.

»Ich lege das Grillgut auf. In einer Viertelstunde können wir essen«, versuchte Vincent sie aufzuheitern.

Ein Lächeln huschte über ihre Lippen. Vincent merkte ihr an, dass sie lieber mit ihm alleine gewesen wäre.

»Ich habe versucht, dir eine Nachricht zu schicken und anzurufen. Du hast nicht reagiert«, sagte sie.

Vincent verzog das Gesicht. »Ich habe das Handy im Haus liegen gelassen. Was war denn?«

»Nichts Besonderes. Ich wollte einfach deine Stimme hören und fragen, ob ich uns Döner mitbringen soll.«

»Das tut mir leid«, sagte Vincent aufrichtig.

»Und was habt ihr heute so gemacht?«, fragte Lisa.

Toni kam Vincent mit einer Antwort zuvor. »Wir waren an der Raststätte, an der Vincent vor fünf Jahren bewusstlos gefunden wurde, und sind in den angrenzenden Wald gegangen, um seinen Erinnerungen auf die Sprünge zu helfen.« Vincent schloss kurz die Augen. Toni redete eindeutig zu viel, wenn er betrunken war.

Lisa sah Vincent vorwurfsvoll an. »Mir gefällt der Vincent, der jetzt vor mir steht. Ich halte es nach wie vor für keine gute Idee von dir, in der Vergangenheit zu wühlen.«

»Aber es hat funktioniert«, triumphierte Toni. »Eben ist Vincent etwas Neues eingefallen.«

»Stimmt das?«, fragte Lisa und sah Vincent stirnrunzelnd an.

Er senkte den Blick und nickte. Dabei überlegte er angestrengt, was er sagen sollte. Alle Details konnte er unmöglich erzählen. »Die ermordete Frau, ich habe sie tatsächlich mal vom Wald aus im Wohnzimmer ihres Hauses gesehen.«

Ein Ausdruck von Skepsis legte sich auf Lisas Gesicht. »Bist du dir da sicher?«

Vincent zuckte die Achsel. »Es fühlt sich zumindest wie eine echte Erinnerung an.«

»Warum warst du im Wald hinter ihrem Haus?«

Er seufzte. »Ich weiß es nicht.«

Das war eine Lüge. Er wusste es. Aber Lisa den Grund zu verraten, hätte kein gutes Bild auf ihn geworfen.

»Toni übernachtet heute bei uns«, sagte Vincent und sah Lisa mit bedauerndem Blick an. Er hatte sich damit schwergetan und überlegt, wann er es ihr sagen sollte. Jetzt war der Themenwechsel eine willkommene Ablenkung.

Lisas Unterkiefer bewegte sich kaum merklich ein Stück nach unten. »Wir haben kein Gästebett«, erinnerte sie die beiden. »Mir genügt eure Couch«, gab sich Toni bescheiden.

Lisa warf zuerst ihm, dann Vincent einen Blick zu, der ihre Meinung dazu kaum noch verbarg. »Wenn ihr das schon so abgemacht habt. Von mir aus.«

»Es ist eine Notsituation. Toni kann nicht bei sich übernachten«, beschwichtigte Vincent.

»Ist doch kein Problem«, riss sich Lisa nun wieder etwas am Riemen. »Mi casa es su casa. Dennoch würde mich interessieren, warum Toni nicht in seinem Bett schlafen kann.«

Vincent warf Toni einen vielsagenden Blick zu.

»Äh, das ist kompliziert«, druckste Toni herum.

»Ist es nicht«, verbesserte ihn Vincent. »Toni hat Spielschulden. Zwei Geldeintreiber suchen nach ihm.«

Lisa schüttelte den Kopf. »Ich ziehe mich kurz um. Unglaublich«, sagte sie im Weggehen.

»Sie will nicht, dass ich hierbleibe«, flüsterte Toni. »Ich haue ab. Ich finde eine andere Schlafgelegenheit.«

»Du bleibst«, widersprach Vincent. »Lisa hatte einen harten Arbeitstag. Sie meint es nicht so und beruhigt sich gleich wieder.«

Toni lehnte sich in seinen Stuhl zurück und trank sein Bier aus.

»Ich hole das Grillgut.« Vincent erhob sich.

»Bringst du mir noch ein Bier mit«, bat Toni und reichte ihm die leere Flasche.

Vincent nahm sie ihm ab. »Klar.«

»War das wirklich alles, an das du dich eben erinnert hast?«, fragte Toni.

Vincent ging nicht darauf ein.

Nach dem Essen saßen sie ein paar Stunden zusammen am Tisch auf der Terrasse und spielten Karten.

Als es dunkel wurde, schaltete Vincent die Außenbeleuchtung ein und zündete Kerzen auf dem Tisch an.

Gegen halb zwölf löschte Lisa das Licht im Schlafzimmer. Tonis Schnarchen drang aus dem Wohnzimmer durch die Decke zu ihnen durch.

Als Vincent sich Lisa zärtlich nähern wollte, wandte sie ihm den Rücken zu. »Ich bin müde.«

Vincent lag noch lange nachdenklich wach, bevor er endlich einschlief. Wer bin ich? Immer wieder geisterte diese Frage in seinem Kopf herum. Morgen musste er dringend mit Dr. Feist reden.

***

Sein Wagen parkte im Schutz der Dunkelheit dreißig Meter entfernt von dem Haus auf der anderen Straßenseite. Es war kurz nach Mitternacht. Das Licht, das seit dem späten Abend durch die Milchglasscheibe der Haustür auf die Außentreppe gefallen war, war seit einer halben Stunde erloschen und die Rollläden waren heruntergelassen worden.

Er startete den Motor seines Wagens. Eine bleierne Schwere lag auf seiner Brust. Er war nicht stolz darauf, dass bald erneut Blut an seinen Händen kleben würde. Aber er musste es tun. Es gab keine Alternative. Das Risiko wäre ansonsten zu groß.

8

Samstag

Um halb zehn verließ Lisa das Haus. Sie musste heute bis um achtzehn Uhr arbeiten.

Während Toni auf der Terrasse seinen Kaffee und die Sonne genoss, zog Vincent sich ins Wohnzimmer zurück und rief die Nummer der Praxis von Dr. Feist an. Leider meldete sich nur der Anrufbeantworter des Psychotherapeuten. Die Stimme vom Band teilte mit, dass der Anruf außerhalb der Sprechstunden erfolge. Für dringende Fälle wurde die Telefonnummer des ärztlichen Bereitschaftsdienstes mitgeteilt und die Möglichkeit angeboten, nach dem Signalton eine Nachricht zu hinterlassen. Vincent wartete ab, bis der Piepton erklang.

»Hier spricht Vincent Herzog. Könnten Sie mich bitte anrufen, Dr. Feist? Ich muss dringend mit Ihnen reden. Ich weiß, es ist Samstag, aber ich glaube, die Erinnerungen an mein früheres Leben kehren zurück. Es ist beängstigend und ich weiß nicht, wie ich damit umgehen soll.«

Vincent hinterließ seine Handynummer und legte auf. Er wusste, dass die Praxis geschlossen war. Dennoch hatte er die stille Hoffnung gehegt, Dr. Feist würde ans Telefon gehen. Ob der Psychologe seinen Anrufbeantworter heute noch abhören und ihn zurückrufen würde, war fraglich.

Vincent war sich mittlerweile nicht mehr so sicher, ob das, was er für Erinnerungen hielt, nicht nur seiner Fantasie entsprungen war. Aber vielleicht gab es einen Weg, das herauszufinden. Dafür wollte er einen ganz bestimmten Ort aufsuchen. Dieser befand sich am Waldrand hinter dem Haus, von wo aus er im Traum die Ermordung Viola Fabers beobachtet hatte. Seine Vision hatte derart realistische Züge getragen, dass er sicher war, die Stelle tatsächlich wiederfinden zu können.

Gemeinsam mit Toni fuhr er aus dem Dorf hinaus. Etwa zweihundert Meter hinter dem Ortsschild gab es auf der linken Seite eine Nische, die drei Autos Platz zum Parken bot. Von dort führte ein breiter Forstweg in den Wald. Manchmal stellten Wanderer, Spaziergänger oder Hundebesitzer, die ihre Hunde Gassi führten, hier ihre Wagen ab.

Auch Vincent hatte früher des Öfteren dort geparkt, soweit er seinen neuen Erinnerungen glauben durfte. Von hier aus war es etwa ein Kilometer Luftlinie bis zu der besagten Stelle am Waldrand.

Sie folgten dem breiten Waldweg. Nach dreihundert Metern bogen sie nach links auf einen Trampelpfad, der eine lang gezogene Rechtskurve beschrieb und anschließend etwa vierzig Meter entfernt vom Waldrand parallel zu diesem weiterverlief. Ein Schwarm Mücken tanzte um sie herum.

Durch das Unterholz erspähten sie in der Ferne den Dorfrand.

Als Vincent das einsam gelegene ehemalige Haus der Fabers sah, ging er vom Pfad ab und stampfte durch das Unterholz in Richtung Waldrand.

Toni folgte ihm fluchend. Kurz darauf standen sie vor dem Feld, das am Garten des Hauses endete.

»Verrätst du mir, was wir hier wollen?«, fragte Toni und wischte sich den Schweiß von der Stirn.

Vincent drehte sich in Richtung Wald und sah sich suchend um. Wenige Meter entfernt ragte die riesige Buche in den Himmel. An ihrem Stamm ging er in die Knie. Er stutzte. Der Hohlraum unter dem oberirdischen Teil der Baumwurzel war noch da. Aber die Steine, mit denen er die Mulde bedeckt hatte, lagen daneben. Er beseitigte mit der Hand die Erde und das verrottete

Laub, beides füllte das Erdloch nun aus. Doch was er erwartet hatte zu finden, war nicht da. Hektisch sah er sich um und schob mit dem Fuß die umliegenden abgefallenen Blätter und die abgebrochenen Äste beiseite.

»Kannst du mir endlich verraten, was das soll?«

Da war er. Der große blaue Plastikbehälter. Er war mit Erde bedeckt gewesen und Vincent hatte mit dem Fuß einen Teil freigelegt. Schnell griff er danach.

»Heilige Scheiße«, entfuhr es Toni. »Was ist das denn?«

»Das«, sagte Vincent, »ist der Beweis dafür, dass ich mich erinnere und nicht nur irgendwelchen Hirngespinsten hinterherjage.«

Er öffnete den Behälter. Das Gefäß war leer. Er seufzte und richtete sich auf.

»Was hast du denn da drin erwartet?«, wollte Toni wissen. Vincent wandte sich ihm zu. »Ein Fernglas.«

Toni runzelte die Stirn und sah ihn fragend an.

»Das Teil, das du in dem Jägerhochsitz gefunden hast, hat gestern Abend die Erinnerung an mein eigenes Fernglas in mir ausgelöst«, erklärte Vincent.

»Dann war da doch mehr, als du Lisa und mir gegenüber eingeräumt hast?«

»Eine Menge mehr«, wisperte Vincent und sah Toni traurig an.

»Willst du's mir jetzt erzählen?«, fragte Toni.

Vincent nickte. Er brauchte einen Moment, um sich zu sammeln. »Ich sah Viola Faber zum ersten Mal beim Einkaufen im Supermarkt. Das muss wenige Monate nach meinem Umzug hierher gewesen sein. Noch weiß ich nicht, was es war, aber etwas an ihr hat mich so sehr interessiert und in den Bann gezogen, dass ich ihr von dort aus hinterhergefahren bin. Ab dem Tag habe ich sie täglich über Stunden von hier oben beobachtet. Es war eine krankhafte Obsession.«

»Deshalb hattest du ein Fernglas unter der Baumwurzel deponiert.«

»Ich war so oft an diesem Ort, dass ich es nach einiger Zeit schließlich einfach hiergelassen habe.«

»Aber wo ist es jetzt?«

»Vielleicht hat es jemand gefunden und mitgenommen.«

»Und offenbar auch nicht mehr für nötig befunden, die Box wieder an Ort und Stelle zu verstauen.«

Vincent senkte den Kopf. »In meiner Erinnerung war ich oft betrunken, wenn ich hier oben war.«

Toni legte ihm die Hand auf die Schulter. »Nichts wofür man sich schämen müsste. Aber ich verstehe, warum du das gestern Abend nicht erzählt hast.«

Vincent trat an den Waldrand und fixierte die Rückseite des Hauses, das nun die Familie Schiffer bewohnte.

Toni trat neben ihn. »Du musst es positiv sehen«, sagte er. »Hätte ja auch sein können, dass du ein Scheißauftragskiller warst und deshalb die Frau beobachtet hast.«

Plötzlich zuckten weitere Bilder wie Blitze vor Vincents innerem Auge auf. Er schloss die Lider. Der neue Flashback zog ihm fast den Boden unter den Füßen weg. Es war so intensiv, als würde es in diesem Moment geschehen.

Sein Blick wanderte über den Boden. Er hob einen Stock auf und fing an, das vor sich liegende Laub zu durchkämmen. Er war sich nun ganz sicher. Gerade wollte er Toni um Hilfe bitten, als er vier Meter von dem Baumstamm entfernt ein Objektiv teils bedeckt mit Blättern aus dem Erdreich ragen sah. Es war sehr verschmutzt, aber für Vincent bestand kein Zweifel, dass es sich um sein Fernglas handelte.

Er hatte es achtlos weggeworfen, als er vor fünfeinhalb Jahren von Panik ergriffen zur Rückseite des Hauses gelaufen war.

9

Von dem Parkplatz im Wald fuhren sie zum Geldautomaten, an dem Vincent fünfhundert Euro für Toni abhob.

Anschließend begaben sie sich zu Tonis Wohnung, da er seine Kleidung wechseln wollte. Nachdem sie sich ein paar Minuten davon überzeugt hatten, dass die Luft rein war, stiegen sie aus dem Auto.

»Ich sollte zur Polizei gehen«, sagte Vincent, als Toni die Wohnungstür aufschloss und sie in den Flur traten.

»Das wäre ein Fehler«, erwiderte Toni und schlurfte ins Schlafzimmer. Er öffnete den Kleiderschrank und begann, sich umzuziehen.

»Ich habe den Mörder der Frau gesehen«, erwiderte Vincent. »Ich bin ein Augenzeuge.«

Toni wandte sich ihm zu und schüttelte den Kopf. »Das stimmt nicht ganz. Sein Gesicht hast du nicht gesehen. Der Killer trug nach deinen eigenen Worten eine Sturmhaube. Du wärest daher nicht in der Lage, ihn zu identifizieren. Das ist auch nicht mehr nötig, da der Mörder der Frau verurteilt wurde und im Knast sitzt. Woran du dich jetzt zu erinnern glaubst, ist daher nicht mehr von Bedeutung. Im Gegenteil. Mit deiner Aussage würdest du dir bei der Polizei vermutlich keine Freunde machen.«

»Dennoch könnte wichtig sein, was ich beobachtet habe.«

»Der Meinung bin ich nicht. Die Ermittlungen sind abgeschlossen. Was bringt es, wenn du dich mehr als fünf Jahre nach der Tat bei der Polizei meldest? Sie werden dich für einen Wichtigtuer oder für verrückt halten. Außerdem ...«

»Was?«

»Wie kannst du dir sicher sein, ob es sich um eine echte Erinnerung handelt? Du könntest dir die Szene auch eingebildet haben.«

»Ich sehe es deutlich vor mir. Ich habe Viola Faber mit dem Fernglas beobachtet. Plötzlich war dieser Mann mit der Sturmhaube bei ihr im Wohnzimmer und hat sie erstochen. Ich habe das Fernglas weggeworfen und bin nach unten gerannt.«

Toni hatte inzwischen frische Unterwäsche und eine andere Jeans angezogen. Mit freiem Oberkörper drehte er sich zu Vincent um. »Das würde zumindest erklären, warum die Plastikbox neben dem Versteck lag und wir das Fernglas auf dem Waldboden gefunden haben«, sagte er und streifte sich ein frisches T-Shirt über. Seine getragene Kleidung schmiss er in einen Wäschekorb. »Aber wo kam der Maskierte so plötzlich her und was geschah, nachdem du das Fernglas weggeworfen hast und losgerannt bist, um Viola Faber zu Hilfe zu eilen?« Toni zog seine Schuhe wieder an.

Vincent presste die Zähne aufeinander. Seine Wangenmuskeln zuckten. »Das ist alles. An der Stelle endet der Film in meinem Kopf.«

Toni stemmte die Hände in die Hüften und sah Vincent eindringlich an. »Du solltest nichts überstürzen. Vielleicht ist dir das nicht klar, aber die Polizei wird dir unangenehme Fragen stellen. Wie erklärst du zum Beispiel, warum du fast jeden Tag da oben warst und die Frau beobachtet hast? Weißt du, wie krank das klingt? Sie könnten annehmen, dass du etwas mit ihrem Tod zu tun hast.«

»Ihr Ex-Mann hat sie erstochen. Er war der Mann mit der Sturmhaube.«

»Möglich«, sagte Toni.

»Was heißt hier möglich?«

»Vielleicht gaukelt dir dein Hirn diesen fremden Mann nur vor, um dich vor der grässlichen Wahrheit zu schützen.«

»Was um alles in der Welt meinst du damit?«

Toni schaute Vincent mit prüfendem Blick an. »Du hast die Frau gestalkt. Es war eine Obsession. Vielleicht warst du der Mann mit der Sturmhaube und hast sie erstochen.«

»Bist du bescheuert? Warum sollte ich so was tun?«

»Keine Ahnung.«

»Das ist Unsinn. Wieder eine deiner verrückten Theorien.«

»Kannst du die Hand dafür ins Feuer legen, dass du es nicht warst?«

Vincent senkte den Blick zu Boden. Es kam vor, dass das menschliche Gehirn die Erinnerung an traumatische Erlebnisse sperrte. Falls er die schreckliche Tat begangen hätte, wäre dies ein plausibler Grund dafür, dass er sich nicht mehr daran erinnern konnte.

Ein lautes Klopfen an der Wohnungstür riss Vincent aus seinen Gedanken. Toni machte ein fragendes Gesicht und ging zum Türspion.

»Scheiße. Das sind die zwei Typen von gestern«, flüsterte er, als er sich zu Vincent umdrehte.

»Wie sind die ins Treppenhaus gekommen?«

»Die Eingangstür ist oft nur angelehnt. Die schließt nur, wenn man sie fest ins Schloss drückt.«

Wieder klopfte es an der Tür. Diesmal mit deutlich mehr Nachdruck. Das Türblatt vibrierte.

»Toni, mach auf! Wir wissen, dass du da bist. Wir haben dich ins Haus gehen sehen.«

»Was bin ich froh, dass du mir das Geld geliehen hast«, raunte Toni Vincent zu. Er atmete durch und öffnete die Tür. Vincent stellte sich neben seinen Freund.

Der Kerl mit der platt gedrückten Nase wollte einen Schritt nach vorn in die Wohnung machen. Aber Vincent streckte ihm schnell die Handfläche entgegen und gebot ihm, draußen zu bleiben.

Der Geldeintreiber sah Vincent erbost an, dann lachte er auf. »Was bist du denn für ein Clown?«

Vincent sagte nichts. Er konnte kämpfen, wenn es darauf ankam. Er bezweifelte aber, dass er es mit beiden gleichzeitig aufnehmen konnte. Selbst wenn er die Oberhand behielte, würde es Tonis Lage nur verschlimmern und die Schulden wären nicht vom Tisch.

Der andere Typ war von den Armen bis zum Hals tätowiert und trug einen Vollbart. Er tippte Toni fest mit dem Finger gegen die Brust, sodass dieser einen Schritt zurückmachen musste. »Du weißt, warum wir hier sind. Zahltag war vorgestern. Inklusive Zinsen schuldest du Ali jetzt zweitausendfünfhundert. Also her mit der Kohle.«

Tonis Hände zitterten, als er die fünf Hunderteuroscheine aus seinem Geldbeutel holte und dem Tätowierten überreichte. Dieser verzog missbilligend das Gesicht. »Was soll das? Das reicht gerade für die Zinsen!«

»Im Moment hab ich nicht mehr«, sagte Toni. »Betrachtet es als Anzahlung. Ich brauche ein bisschen mehr Zeit.«

Unvermittelt schnellte die Faust des Plattnasigen nach vorn und versank mit voller Wucht in Tonis Bauch. Es gab ein puffendes Geräusch wie bei einem Boxhieb gegen einen Sandsack. Toni hielt sich die Hand vor den Bauch, krümmte sich mit schmerzverzerrtem Gesicht und stöhnte auf.

Vincent wollte den Schläger angehen, doch Toni streckte den Arm aus und hielt ihn zurück. »Ist schon gut«, keuchte er.

»Das war nur ein Vorgeschmack auf das, was dich erwartet, wenn du nicht zahlst«, sagte der Tätowierte.

»Du willst einen Zahlungsaufschub?«, sagte der andere.

Toni nickte.

»Kannst du haben. Niemand soll behaupten, dass wir nicht großzügig wären und kein Herz hätten. Wir geben dir eine letzte

Fristverlängerung. Bis heute Abend um zehn. Wenn du bis dahin deine Schulden bei Ali nicht bezahlst, kommen wir wieder und dann wird es richtig bitter für dich.«

Der Tätowierte deutete mit dem Zeigefinger ein Messer an und fuhr sich damit an seiner Kehle entlang. Plattnase lächelte. Dabei entblößte er seine kleinen gelben Zähne. Die Geldeintreiber drehten sich um und gingen die Treppe hinunter.

Toni warf die Tür ins Schloss und lehnte sich dagegen. Er schwitzte und zitterte am ganzen Leib. »Wie soll ich bis heute Abend so viel Geld besorgen?«, wimmerte er. Angsterfüllt starrte er Vincent an. »Kann ich heute Nacht noch einmal bei euch übernachten?«

»Klar«, beruhigte ihn Vincent und klopfte ihm auf die Schulter. »Wir finden eine Lösung.« Dabei hatte er keinen blassen Schimmer, wie diese aussehen sollte.

10

Nachdem Toni schnell ein paar Kleidungsstücke und Badutensilien in seine Reisetasche gepackt hatte, fuhren sie zu einem Schnellimbiss und aßen an einem der Stehtische Currywurst und Pommes.

»Woher kennst du die Typen?«, erkundigte sich Vincent.

»Das sind Alis Bluthunde. Der mit der Boxervisage ist Randolf. Der Tätowierte heißt Kevin. Ich hab beim Pokern meine gesamten Barreserven verloren und mir bei Ali, der das Spiel organisiert hat, Geld geliehen, um weiter dabeibleiben zu können. Am Ende war auch die Kohle weg.«

Auf den Schreck, den die Begegnung mit den Geldeintreibern verursacht hatte, gönnten sich beide ein Bier zum Essen. Zwei Drittel seiner Flasche leerte Toni gleich mit einem Zug.

Gegen fünfzehn Uhr kamen sie zu Hause an. Vincent fuhr seinen Wagen in die seitlich neben dem Haus gelegene Garage, damit die Einfahrt davor als Stellplatz für Lisas Auto frei blieb. Er fühlte sich ausgelaugt und niedergeschlagen. Die neuen Erinnerungen zehrten an ihm.

Hatte er, wie Toni gemutmaßt hatte, etwas mit dem Tod von Viola Faber zu tun? Hatte er sie gar ermordet und saß statt seiner ein Unschuldiger hinter Gittern?

War es möglich, dass sein krankes Hirn ihm den Mann mit der Maske vorgespielt hatte, weil es die schreckliche Wahrheit verschleiern wollte, dass dieser Maskierte er selbst war? Die Gedanken rotierten wie eine Endlosschleife in Vincents Kopf.

»Ich brauche jetzt etwas Hochprozentiges«, stellte Toni fest. Seine Augen, unter denen sich dunkle Ränder abzeichneten, schauten ängstlich wie die eines getretenen Hundes.

Vincent nahm den Whiskey aus dem Barschrank und reichte Toni die Flasche.

»Du weißt selbst, wo die Gläser stehen. Bediene dich einfach.«

»Willst du auch einen?«, fragte Toni und schlurfte mit hängenden Schultern in die Küche.

»Nein danke, und du solltest auch nicht so viel trinken.«

Kurz darauf kam Toni mit einem halb gefüllten Glas, in dem die bernsteinfarbene Flüssigkeit hin und her schwappte, aus der Küche. »Tut mir leid«, sagte er. »Aber ohne ein bisschen Doping fällt mir garantiert nicht ein, wie ich mein Geldproblem löse.«

Sie stellten die Sonnenliegen in den Garten und machten es sich darauf bequem. Kurze Zeit später klingelte Vincents Handy. Die Nummer auf dem Display war ihm unbekannt.

Vincent nahm das Gespräch dennoch an.

Eine männliche Stimme meldete sich. »Hallo, hier ist Dr. Feist. Sie haben auf meinen Anrufbeantworter gesprochen und um einen Rückruf gebeten.«

Vincent erhob sich von der Liege. »Vielen Dank, dass Sie mich zurückrufen«, sagte er überrascht. Er hatte nicht damit gerechnet, dass Dr. Feist seiner Bitte heute noch nachkommen würde. Mit dem Handy am Ohr ging er über die Terrasse ins Wohnzimmer, um in Ruhe mit dem Psychologen sprechen zu können.

»Das tue ich am Wochenende auch nicht in jedem Fall. Bei Ihnen scheint es aber eine wirklich interessante Entwicklung zu geben. Schaffen Sie es, um sechzehn Uhr dreißig in meiner Praxis zu sein?«

Während Dr. Feist sprach, wanderte Vincents Blick über das Bücherregal im Wohnzimmer. Neben zahlreichen Krimis standen dort die von Lisa favorisierten Liebesromane und mehrere Kochbücher. Vincent blieb an einem Thriller aus der

Harry-Bosch-Serie von Michael Connelly mit dem Titel *Das Comeback* hängen.

Er konnte nicht sagen, warum, aber das Buch zog sein Interesse auf sich. Während er sein Smartphone ans rechte Ohr presste, streifte er mit dem Zeigefinger der linken Hand über den Buchrücken, wandte sich dann aber von dem Regal ab und konzentrierte sich wieder auf sein Telefonat.

»Das lässt sich einrichten. Ich werde pünktlich da sein. Und vielen Dank, dass Sie sich so schnell Zeit für mich nehmen.«

»Gut. Dann bis gleich«, sagte Dr. Feist und legte auf.

Vincent hatte den Termin, ohne zu zögern, angenommen. Ihm blieb noch eine Stunde Zeit und die Fahrt würde etwa zwanzig Minuten dauern. Dr. Feists Meinung war ihm ungemein wichtig. Nun musste er allerdings Hubert Koller erklären, dass er weder um sechzehn Uhr zu dem gemeinsamen Treffpunkt kommen noch zu dem Security-Auftrag beim Open Air am See mitfahren könnte.

Toni kam durch die Terrassentür herein, holte sich eine Flasche Bier aus dem Kühlschrank und trottete wortlos zurück in den Garten. Vincent fragte sich, wie sein Freund es anstellen wollte, bis heute Abend um zehn Uhr zweitausend Euro zu beschaffen. Wenn Toni in der Geschwindigkeit weitertrank, würde er das sowieso nicht bewerkstelligen können.

Vincent seufzte. Schweren Herzens wählte er Huberts Nummer.

»Du hast einen Arzttermin? Am Samstagnachmittag? Willst du mich verarschen?«, dröhnte Hubert Koller aufgebracht durch die Leitung. »Und überhaupt, wieder krank? Was ist es diesmal?«

Hubert Koller war ein ausgesprochener Choleriker, der nur allzu schnell in Rage geriet, was er auch bei diesem Gespräch wieder unter Beweis stellte. Aber er war der Boss. »Ich komme im Anschluss an den Termin nach.«

»Vergiss es!«, brüllte Koller. »Ich brauche dich und jeden anderen Mann, wenn der Job losgeht, und das ist um Punkt siebzehn Uhr. Für unser Team ist am See nur ein einziger Parkplatz reserviert. Ich kann nicht warten, bis du mit deinem Wagen irgendwo weit weg in der Pampa geparkt hast und irgendwann vielleicht erst Stunden später zu Fuß hier auftauchst.«

Vincent drehte sich zur Wand und wieder fiel sein Blick auf das Buch von Michael Connelly. Es wirkte wie ein Magnet auf ihn.

»Hubert, beruhige dich, das kriege ich schon hin.«

»Ich will mich aber nicht beruhigen«, donnerte Hubert noch lauter als zuvor. »Ich rufe Romeo an. Der ist froh über den Job. Ich habe ihm schon gesagt, dass er sich als Ersatzmann bereithalten soll, falls jemand ausfällt.«

Romeo war einer der freien Mitarbeiter, die für Hubert arbeiteten.

»Es tut mir echt leid. Wenn es nicht so wichtig wäre, würde ich den Arzttermin nicht wahrnehmen.«

»Das interessiert mich nicht die Bohne«, krakeelte Hubert. »Ich will keinen Stress und du machst mir gerade welchen. So einen Mist kann ich nicht gebrauchen. Ich hasse kurzfristige Absagen. Wenn das noch einmal vorkommt, bist du die längste Zeit bei mir angestellt gewesen.«

Hubert Koller ließ Vincent nicht mehr zu Wort kommen und drückte das Gespräch weg.

Anstatt sich über Hubert aufzuregen, war Vincent sofort wieder bei dem Roman, der seine Aufmerksamkeit auf sich gezogen hatte. Er nahm ihn aus dem Regal, betrachtete das gebundene Buch von allen Seiten und begann, darin zu blättern. Im Umschlag war das Kaufdatum notiert. Er hatte das Buch demnach vor sechs Jahren und vier Monaten erworben.

Das war, kurz nachdem er in dieses Haus gezogen war. An den Inhalt erinnerte er sich ebenso wenig wie daran, dass er Fan der *Harry-Bosch*-Serie gewesen war. Er schloss dies aus dem Umstand, dass eine ganze Reihe an Romanen der Serie in seinem Regal stand.

Er schüttelte das Buch in der vagen Hoffnung, dass ein versteckter Zettel herausfallen würde. Anschließend sah er es aufmerksam durch. Er hatte das deutliche Empfinden, dass etwas an diesem Buch wichtiger war als an den anderen. Etwas, das ihm helfen würde, herauszufinden, welcher Mensch er früher gewesen war. Doch die Seiten des Buches beinhalteten weder Wort- oder Satzmarkierungen und auch keine handgeschriebenen Notizen.

Plötzlich spürte er mit dem Daumen, dass der hintere Buchumschlag sich nicht so gut aufklappen ließ, wie zu erwarten gewesen wäre. Als er sich die Stelle genauer ansah, fiel ihm auf, dass die letzte leere Seite des Buches mit dem Umschlag verklebt worden war, sich nun teilweise jedoch davon ablöste. Vorsichtig zog er die Seite von dem Umschlag ab und schlug sie auf. In der Mitte stand eine hauchdünn mit Bleistift geschriebene Zahlenreihe.

11

Vincent starrte gebannt auf den Umschlag. Die ersten vier Ziffern entsprachen einer Handyvorwahl, weshalb er hinter der Notiz eine Telefonnummer vermutete.

Sie war in seiner Handschrift geschrieben. Aber warum hatte er sie dort notiert und die Seite mit dem Umschlag verklebt? Falls es sich um eine aktuelle Telefonnummer handelte, würde ihm der Anschlussinhaber die Frage möglicherweise beantworten können. Ohne länger darüber nachzudenken, tippte Vincent die Nummer in das Tastenfeld seines Handys. Als er fertig war, ließ er jedoch seinen Daumen sekundenlang über dem Display schweben.

Was würde ihn bei diesem Anruf erwarten? Sein Magen krampfte sich zusammen. Er atmete tief durch, drückte das Wählsymbol und hob sein Handy ans Ohr. Die Leitung war frei. Einmal, zweimal, dreimal läutete es. Vincent wollte auflegen. Doch nach dem fünften Klingelton meldete sich eine weibliche Stimme. »Hallo?« Sie klang zaghaft.

Vincent hielt kurz die Luft an. »Hier ist Vincent Herzog. Mit wem spreche ich bitte?«

Stille.

»Vincent Herzog?«, der überraschte Unterton war nicht zu überhören.

»Wer ist da?«

Wieder ein kaum auszuhaltendes Schweigen.

»Erinnern Sie sich?« Vincent stockte der Atem und sein Herz raste. »Bitte, ich muss wissen, mit wem ich spreche.«

»Warum rufen Sie mich an?« Aufregung lag nun in der Stimme.

»Ich habe die Nummer in einem Versteck gefunden. Das ist alles, was ich weiß.«

Die Unbekannte legte auf. Vincent erstarrte. Mit leerem Blick hielt er sich weiterhin das Handy ans Ohr. Die Welt um ihn herum schien stillzustehen. Nur das Ticken der Wanduhr und die Bewegung des Sekundenzeigers verrieten, dass die Zeit voranschritt.

Langsam steckte Vincent das Handy in seine Hosentasche. Wer war diese Frau am anderen Ende der Leitung gewesen und warum hatte sie aufgelegt? Sie hatte ihn gekannt. Es musste sich um jemanden aus seiner Vergangenheit handeln. Jemanden, der ihn von früher kannte – und wusste, dass er sein Gedächtnis verloren hatte?

Vincent wählte nochmals die Nummer. Er ließ es über eine Minute lang klingeln. Niemand hob mehr ab.

Toni kam herein. »Hey, du siehst verwirrt aus. Gibt's was Neues?«

Vincent brauchte einen Moment, um sich zu fassen. Dann erzählte er, dass Dr. Feist ihn empfangen wollte, und auch den Fund der Handynummer und das verstörende Telefonat ließ er nicht aus.

»Merkwürdig.« Toni schüttelte nachdenklich den Kopf und ging in die Küche.

»Du könntest die Polizei bitten, herauszufinden, auf welchen Namen die Telefonnummer registriert ist«, schlug er vor, als er mit einer neuen Flasche Bier in der Hand wieder zurückkam. »Wenn du ihnen deinen Gedächtnisverlust glaubhaft versichern kannst, hilft man dir vielleicht.«

Vincent schüttelte den Kopf. »Erst wenn ich weiß, warum ich die Nummer versteckt hielt und wer die Frau ist, mit der ich gesprochen habe. Diese Telefonnummer scheint die einzige Verbindung zu dem Leben zu sein, das ich geführt habe, bevor ich in dieses Haus gezogen bin.«

»Woher hattest du eigentlich das Geld für den Hauskauf?«, fragte Toni plötzlich.

Vincent zuckte mit den Schultern.

Toni kratzte sich am Hinterkopf. »Aus irgendeinem Grund hast du es vor sechseinhalb Jahren vorgezogen, von der Bildfläche zu verschwinden. Dein früheres Leben war daher garantiert nicht das Gelbe vom Ei.«

Sein Freund hatte eine naheliegende Wahrheit ausgesprochen. Vincent war sich zum ersten Mal nicht mehr so sicher, ob er die Erinnerungen an seine Vergangenheit wirklich zurückhaben wollte.

»Weißt du schon, wie du bis heute Abend deine Spielschulden bezahlen willst?«, lenkte er ab.

Toni kniff die Lippen zusammen. Er hob seine Bierflasche an und machte große Augen. »Ich arbeite daran. Ich denke praktisch an nichts anderes mehr.«

Vincent sah auf die Uhr. Es war eine Minute nach vier. Er musste sich ranhalten, wenn er pünktlich bei Dr. Feist sein wollte. Vorerst musste er seine Gedanken über das Telefonat mit der Fremden beiseiteschieben.

Fünf Minuten später öffnete er das Garagentor und setzte seinen Wagen rückwärts über die Einfahrt auf die Straße. Während der Fahrt musste er immer wieder an das Telefonat denken. Wer war diese Frau? Ihre Stimme war ihm gänzlich unbekannt vorgekommen. Kurz vor halb fünf kam Vincent bei der Praxis von Dr. Feist an. Diese befand sich im Untergeschoss des Wohnhauses des Psychologen. Da die Eingangstür abgeschlossen war, betätigte Vincent die Praxisklingel.

»Herr Herzog, schön Sie wiederzusehen«, begrüßte ihn Dr. Feist, als er die Tür öffnete. »Treten Sie ein!«

Dr. Feist war um die sechzig Jahre alt, hatte schütteres graues Haar und eine korpulente Figur. Er trug Sandalen, verwaschene Jeans und ein kariertes Hemd, das über dem Bauch spannte und auf der einen Seite vorn aus dem Hosenbund gerutscht war. Seine Augen strahlten freundlich hinter seinen runden Brillengläsern und ein breites Lachen umspielte seine Lippen.

Vincent folgte Dr. Feist zur Anmeldung. Dort las dieser Vincents Gesundheitskarte ein. Anschließend führte ihn der Psychologe in sein Büro. Vincent hatte den Eindruck, dass sich seit seinem letzten Besuch vor über vier Jahren nichts darin verändert hatte.

Vor dem breiten Fenster stand ein Schreibtisch. Dahinter ein Bürostuhl mit Blick in den Raum und davor zwei weitere Stühle. Bunte Gemälde und Bücherregale zierten die lindgrünen Wände. Auf einem Perserteppich befand sich eine Couch, der ein Sessel gegenüberstand. Dazwischen ein gläserner Beistelltisch.

Vincent nahm genau wie damals auf der Couch Platz, während sich Dr. Feist in den Sessel sinken ließ.

Der Arzt schlug die Beine übereinander und lehnte sich zurück. »Samstags behandle ich in der Regel Privatpatienten. Der letzte ist vor fünf Minuten gegangen. Ihr Fall ist so außergewöhnlich, dass ich eine weitere Sitzung mit Ihnen gerne anhänge.«

»Dafür bin ich Ihnen sehr dankbar.«

Dr. Feist nickte wohlwollend. »Sie wissen selbst, dass eine dauerhafte Amnesie nur äußerst selten vorkommt. Wissen Sie noch, was ich Ihnen damals in einer unserer ersten Sitzungen über Benjaman Kyle erzählt habe?«

Vincent nickte. Kyle war im Jahr 2004 verwahrlost an einer Steinmauer hinter einem Burger King entdeckt worden. Er hatte nackt auf dem Boden gelegen und nicht gewusst, wer er war. Auch sonst hatte er sich an nichts mehr erinnern können. Auf dem Kopf stellten die Ärzte mehrere Dellen fest, die von Schlägen mit einem dumpfen Gegenstand stammten.

Er war ein John Doe, so der Platzhaltername für nicht identifizierte Personen in amerikanischen Krankenhäusern. Da zu der Zeit aber bereits ein John Doe im gleichen Krankenhaus behandelt wurde, nannte man den gedächtnislosen Mann B. K. nach seinem Fundort bei dem Fast-Food-Restaurant. Irgendwann wurde aus B. K. Benjaman Kyle. Seine Identität konnte erst elf Jahre später mittels DNA-Tests geklärt werden. An sein altes Leben erinnert sich Kyle bis heute nicht.

Da ging es Vincent ein wenig besser, da er zumindest seinen richtigen Namen kannte, in seinem Haus lebte und seinen Job ausübte.

»Kyles Geschichte sollte Ihnen Mut machen«, fuhr Dr. Feist fort. »Damit Sie erkennen, dass Sie nicht der Einzige mit einer dauerhaften Amnesie sind und dass man lernen kann, damit zu leben.«

»Ich habe mich im Laufe der Zeit damit arrangiert, dass ich vor fünfeinhalb Jahren sozusagen neu geboren wurde. Den Tag, als man mich fand, habe ich seitdem als zweiten Geburtstag gefeiert. Aber jetzt habe ich das Gefühl, meine Welt gerät wieder aus den Fugen.«

»Sie meinten am Telefon, Ihr Gedächtnis kehre zurück. Woran machen Sie das fest? Und was, glauben Sie, ist der Auslöser dafür?«

Dr. Feist nahm seine Brille ab, zog ein Putztuch aus seiner Hosentasche und säuberte damit die Gläser. Dabei sah er Vincent aufmunternd an.

Vincent nahm auf der Couch eine gerade Haltung an und räusperte sich. Seine Hand umklammerte die Armlehne. »Ich bin vor ein paar Tagen beim Laufen gestürzt und auf den Kopf gefallen. Ich war kurz bewusstlos.

An die Ereignisse, unmittelbar nachdem ich wieder zu mir kam, erinnere ich mich nicht mehr. Mir fehlt etwa eine Stunde.«

Dr. Feist nickte wissend. »Vermutlich verursacht durch eine Hirnschwellung. Hat man Ihnen erzählt, was Sie in der Zeit gemacht haben?«

Vincent seufzte. »Ich bin zu einem Haus gefahren, von dem ich annahm, es wäre meins und ich würde mit meiner Ehefrau darin wohnen. Eine Frau, die ich nicht kannte, hat mir geöffnet. Ich habe später herausgefunden, dass in diesem Haus vor längerer Zeit eine andere Frau ermordet worden war. Dieselbe, von der ich dachte, es wäre meine Frau.«

»Es gibt keinerlei Hinweise, dass Sie vor Ihrem Gedächtnisverlust verheiratet waren. Zumindest hatten Sie nicht geheiratet, seit Sie hierhergezogen sind. Dennoch scheinen Sie einen Bezug zu dem Haus und der Ermordeten zu haben. Sonst wären Sie nicht dorthin gefahren«, stellte Dr. Feist nüchtern fest.

Vincent holte tief Luft. Er schätzte Dr. Feists Können.

»Ich habe die Frau über Wochen vom Waldrand aus in ihrem Haus beobachtet«, erzählte Vincent weiter. »Ich habe mich zu ihr hingezogen gefühlt und hatte sogar ein Fernglas im Wald deponiert. Fast jeden Tag über mehrere Stunden war ich dort. Ich habe das Fernglas, das ich benutzte, heute an meinem damaligen Beobachtungsposten gefunden. Daher weiß ich zweifelsfrei, dass meine Erinnerung echt ist.«

»Es ist nachvollziehbar, dass Sie das zutiefst irritiert.«

»Ich bin heute ein Mensch mit einem völlig neuen Leben. Deshalb verstören mich diese Bilder so sehr. Und es kommt noch schlimmer.«

Vincent machte eine kurze Pause.

»Ich habe den Mord an dieser Frau von meinem Platz im Wald aus beobachtet. Der Täter war ein maskierter Mann. Ich bin aus meiner Deckung über das Feld geeilt, um der Frau zu helfen. Das geschah am gleichen Tag, als ich den Gedächtnisverlust erlitt, und hier endet meine Erinnerung.«

Dr. Feist setzte seine Brille wieder auf und rieb sich das Kinn. »Wirklich erstaunlich«, sagte er. »Nach so vielen Jahren ist es extrem selten, dass Erinnerungen zurückkehren. Vermutlich wurde dies durch den neuerlichen Schlag auf den Kopf nach dem Sturz beim Laufen ausgelöst. Wurde der Täter gefunden?«

Vincent nickte. »Es war der Ex-Mann.«

Die Unterhaltung mit Dr. Feist hatte einen wohltuenden Einfluss auf Vincent. Die Wogen seiner inneren Unruhe glätteten sich. Doch einige weitere wichtige Fragen lasteten auf ihm. Am liebsten hätte er sich davor gedrückt. Aber er wusste, dass sie ihm keine Ruhe lassen würden, und wollte sie unbedingt loswerden, auch wenn Dr. Feists Antworten ihm unter Umständen nicht gefallen und ihn erneut in Aufruhr versetzen würden.

»Halten Sie es für möglich, dass meine Amnesie zu bröckeln beginnt und noch mehr Erinnerungen an mein altes Leben zurückkehren?«

»Das wird Ihnen niemand mit Sicherheit sagen können. Sie haben sich detailliert an ein lange zurückliegendes Geschehen erinnert. Das bestätigt eine verbreitete Theorie, nach der das Gedächtnis durch ein Hirntrauma nicht verloren geht, sondern lediglich der Zugang blockiert wird.«

»Das gibt zumindest Grund zur Hoffnung«, sprach Vincent sich Mut zu.

»Das sehe ich auch so. Aber Sie dürfen sich nichts vormachen. Leben Sie Ihr jetziges Leben weiter. Das ist das Beste, was Sie tun können.«

Vincent dachte an Lisa, die ihm ebenfalls diese Empfehlung gegeben hatte.

»Tut mir leid, dass ich Ihnen nicht größere Hoffnungen machen kann«, bedauerte Dr. Feist und wollte sich aus dem Sessel erheben.

»Eins noch«, bat Vincent.

Dr. Feist lehnte sich wieder zurück in den Sessel.

»Ich habe mein altes Fernglas am Waldrand gefunden und ich habe damit die Frau beobachtet. Das stimmt so. Ich habe mir jedoch eingebildet, dass es sich um meine Ehefrau handelte. Könnte der Maskierte ebenfalls meiner Fantasie entsprungen sein?«

»Aber Sie sagen, die Frau wurde tatsächlich ermordet.«

Vincent schwieg.

»Sie befürchten, Sie könnten der Mörder sein«, kombinierte Dr. Feist. »Und Ihr Gehirn hat den Maskierten nur erfunden, um Sie vor der grausamen Wahrheit zu schützen?«

»Halten Sie das für möglich? Das Fernglas ist real. Im Gegensatz dazu habe ich keinen Beweis dafür, dass dieser Maskierte wirklich in der Wohnung war.«

Dr. Feist nahm seine Brille ab, schloss die Augen und massierte mit Daumen und Zeigefinger seine Lider.

»Eine gewagte These. Bedenken Sie, dass es einen Verurteilten gibt«, sagte er und setzte die Brille wieder auf. »Aber vorstellbar ist so einiges.«

Die Umgebung verschwamm vor Vincents Augen und ihm wurde speiübel.

»Falls Sie die Frau getötet haben, könnte sogar dieses Ereignis der Grund für Ihre Amnesie sein und nicht Ihr anschließendes Schädeltrauma.«

»Was soll ich jetzt machen?«, fragte Vincent unsicher.

»Ich an Ihrer Stelle würde nachprüfen, welche Beweise gegen den Ex-Mann der Toten vorliegen. Wenn diese eindeutig sind, können Sie davon ausgehen, nicht für die Tat verantwortlich zu sein.«

»Danke für Ihren Rat. Das ist eine gute Idee. Ich denke, so werde ich es machen.«

Dr. Feist erhob sich. Vincent tat es ihm gleich.

»Unser Gespräch unterliegt der ärztlichen Schweigepflicht. Egal, was Sie herausfinden, Sie brauchen sich keine Sorgen zu machen, dass ich die Polizei informiere«, sagte der Psychologe.

»Das werde ich selbst tun, wenn sich herausstellt, dass ich mehr als nur ein Beobachter der Tat war.«

Dr. Feists Gesicht drückte Mitgefühl aus. »Ich wünsche Ihnen alles Gute.«

»Danke, das kann ich gebrauchen.«

Sie begaben sich zur Eingangstür. Dr. Feist schloss auf und Vincent verließ die Praxis.

Wie in Trance ging er zu seinem Wagen und setzte sich hinters Steuer. Er senkte den Kopf und fasste sich an die Stirn. Lisa ahnte nichts von alledem. Sollte sich das Schlimmste herausstellen, würde sie ihn verlassen. Und dafür müsste er vollstes Verständnis haben. Er gab sich einen Ruck, steckte den Schlüssel ins Zündschloss und fuhr los.

Vincent bemerkte nicht den schwarzen Wagen, der unweit am Straßenrand parkte. Der Fahrer hatte zuvor sein Haus beobachtet und war ihm hierher gefolgt. Als Vincent an ihm vorbeifuhr, startete der Fremde den Motor. Einige Hundert Meter hängte er sich an Vincents Auto. Dann bog er in eine andere Richtung ab. Er hatte genug gesehen und er wusste, was er zu tun hatte.

12

Vincent kam gegen achtzehn Uhr nach Hause und fuhr sein Auto in die Garage. Lisa würde in einer halben Stunde von der Arbeit kommen. Morgen war Sonntag und er freute sich, dass sie einen freien Tag hatte.

Er hatte auf der Fahrt überlegt, ob er ihr von dem Fund des Fernglases und seinem obsessiven Beobachten Viola Fabers erzählen sollte. Diese Seite von ihm würde ihr nicht gefallen und er hatte Angst vor ihrer Reaktion.

Im Garten fand Vincent Toni auf einer Liege schlafend im Schatten eines Baumes vor. Toni hatte noch vier Stunden, bis der ihm gewährte Zahlungsaufschub ablief. Vermutlich hatte er noch keinen Weg gefunden, wie er das Problem aus der Welt schaffen konnte.

Vincent begab sich ins Haus und rief vom Wohnzimmer aus nochmals die in dem Buch entdeckte Handynummer an. Wieder hob niemand ab. In der Küche füllte er ein Glas mit Wasser und während er in kleinen Schlucken trank, grübelte er darüber nach, wie er herausfinden könnte, welche Beweise in dem Mordprozess gegen Viola Fabers Ex-Mann vorgelegen haben könnten. Er kannte nicht einmal den Nachnamen des Mannes. Nur der Anfangsbuchstabe S. und der Vorname Luis hatten sich aus der Internetrecherche ergeben. Als er das leere Glas auf der Spüle abstellte, kam ihm eine Idee. Vielleicht konnte er von einem der Journalisten, die damals berichtet hatten, Näheres über den Fall in Erfahrung bringen.

Er hörte den Motor eines Wagens in der Einfahrt neben dem Haus, der gleich darauf verstummte. Wenig später wurde die Haustür aufgeschlossen.

»Ich bin daheim«, rief er. Er wollte nicht, dass Lisa sich erschreckte, wenn sie unerwartet im Wohnzimmer auf ihn stieß.

»Ich dachte, du solltest heute Abend arbeiten?«, hörte er sie aus dem Flur.

»Ich musste Hubert absagen«, räumte er ein, als sie ins Zimmer kam.

Lisa zog die Augenbrauen zusammen und gab ihm einen Kuss.

»Geht es dir nicht gut?«

»Ich bin in Ordnung. Zumindest körperlich.« Er erzählte ihr, dass er kurzfristig einen Termin bei Dr. Feist wahrgenommen hatte, ließ die heiklen Inhalte des Gesprächs aber aus.

»Wie hat Hubert darauf reagiert?«

»Das kannst du dir sicher denken.«

Lisa seufzte. »Er hasst Unzuverlässigkeit.« Sie strich ihm mit der Hand übers Haar. »In unseren Jobs verdienen wir beide nicht viel. Wir können es uns nicht leisten, dass du deinen verlierst.«

»Ich weiß«, pflichtete Vincent ihr bei.

Lisa löste sich von ihm. Auf ihr Gesicht legte sich ein sorgenvoller Ausdruck. »In meiner Pause habe ich mir unsere Kontostände über unsere neue Online-Banking-App angeschaut. Du hast heute fünfhundert Euro von deinem Konto abgehoben. Darf ich fragen wofür? Hoffentlich hast du nicht vor, das Geld für unsere Eheringe auszugeben. Du weißt, diesbezüglich bin ich nicht anspruchsvoll.«

Vincent biss sich auf die Unterlippe. Sie hatten sich gegenseitig Vollmacht über ihre Bankkonten eingeräumt, sodass Lisa auch auf sein Girokonto jederzeit Zugriff hatte.

Nun lächelte sie ihn erwartungsvoll und mit großen Augen an.

Vincent stieß einen tiefen Seufzer aus. »Ich habe das Geld Toni geliehen. Als Anzahlung für die Typen, die hinter ihm her sind.«

Das Lächeln erstarb auf Lisas Lippen. »Du hast was? Das Geld siehst du doch nie wieder.«

»Was sollte ich denn machen? Ich konnte doch nicht zusehen, wie die Kerle ihn vermöbeln, weil er blank ist.«

Lisa schüttelte den Kopf und wandte sich dem Garten zu.

Toni rappelte sich von seiner Liege auf und trottete in Richtung Haus.

»Er ist noch da? Warum, wenn er das Geld hat?«

»Es reicht nicht. Die wollen den Rest bis heute Abend um zehn.«

»Hi Lisa«, sagte Toni, als er zur Terrassentür hereinkam.

»Hi«, erwiderte Lisa die Begrüßung. In ihrer Stimme lag ein tiefer Unwille. Ihr Blick fiel auf das Sideboard. Dort stand Tonis Fernglas aus dem Hochsitz neben dem, das sie am Waldrand hinter Viola Fabers Haus gefunden hatten. Vincent hätte sich selbst ohrfeigen können. Er hätte es verstecken müssen, bevor Lisa heimkam. Jetzt war es zu spät.

»Woher kommt denn das zweite Fernglas?«, fragte Lisa.

Vincent wollte etwas sagen, aber Toni kam ihm zuvor.

»Vincent konnte sich erinnern, wo er es deponiert hatte.«

Ein scharfer Blick Vincents ließ Toni verstummen.

Lisa sah Vincent entsetzt an und kräuselte die Stirn. »Du hattest dort ein Fernglas aufbewahrt? Warum hast du das getan?«

Vincent senkte den Blick. Die Wahrheit konnte er ihr in diesem Moment einfach unmöglich sagen. Deshalb zuckte er nur mit den Schultern.

Lisa hob enttäuscht die Hände. »Weißt du was, Betty hat mich gefragt, ob ich heute Abend zu ihr kommen möchte. Eigentlich wollte ich es mir auf der Couch gemütlich machen. Aber ich habe das Gefühl, hier störe ich nur.«

Lisa wandte sich um. Bettina war Lisas beste Freundin. Die beiden kannten sich seit der Grundschule.

»Das stimmt doch gar nicht«, widersprach Vincent.

Lisa blieb stehen, drehte sich wieder versöhnlicher blickend zu ihm um. »Okay, von mir aus. Es ist aber eine gute Gelegenheit. Ich habe mich schon lange nicht mehr mit Betty getroffen. Es gibt viel zu erzählen. Und du hast ja Toni, dir wird also nicht langweilig.«

Sie verschwand aus dem Zimmer und ließ die Tür unsanft ins Schloss fallen.

Toni räusperte sich. »Hab ich was Falsches gesagt?«

Vincent sah ihn stumm an und schloss kurz die Augen. »Ein bisschen mehr Zurückhaltung wäre gut gewesen«, sagte er.

»Ich weiß«, sagte Toni reumütig. »Ich hab mal wieder drauflosgeplappert, ohne vorher nachzudenken.«

»Da widerspreche ich dir nicht«, sagte Vincent ernst.

»Ich verschwinde!«, verkündete Toni.

»Nein, du kannst bleiben. Für heute ist das Kind schon in den Brunnen gefallen«, erwiderte Vincent. »Lisa wird so oder so zu ihrer Freundin fahren. Wenn du auch abhaust, sitze ich hier allein und blase Trübsal. Aber für morgen darfst du dir gern einen anderen Schlafplatz organisieren, okay?«

Toni musste schlucken, nickte dann aber einsichtig.

Gegen neunzehn Uhr verließ Lisa das Haus. Sie wollte mit Betty in einem Restaurant essen und anschließend noch etwas mit ihr trinken gehen. Auf seine Frage, wann sie wieder nach Hause käme, gab sie ihm zur Antwort, dass sie vermutlich bei Betty übernachten würde, da sie nicht vorhatte, nüchtern zu bleiben.

An Lisas gespielter Freundlichkeit und ihrem aufgesetzt wirkenden Lächeln spürte Vincent deutlich, dass sie sich darüber ärgerte, dass er Toni, ohne dies vorher mit ihr abgesprochen zu haben, das Geld geliehen hatte und dieser noch eine weitere Nacht bei ihnen verbringen würde.

Die Tatsache, dass sie vorhatte, mehr als ihr guttat zu trinken und die Nacht woanders zu verbringen, war ihre Art, Vincent ihren Unmut zu zeigen.

Er konnte es nicht gut ertragen, wenn die Harmonie zwischen ihnen gestört war. Daher fühlte er sich mies, als sie sich nur mit einer Kusshand von ihm verabschiedete und er kurz darauf die Haustür ins Schloss fallen hörte.

Es hätte ein schöner Abend in Zweisamkeit mit seiner Liebsten werden können. Stattdessen saßen Toni und er auf der Terrasse und zerbrachen sich die Köpfe, wie sie Tonis Spielschulden begleichen könnten.

Toni besaß nichts, was er auf die Schnelle zu Geld hätte machen können. Seine Ex-Frau redete nicht mehr mit ihm und bevor er seine Kinder anpumpte, würde er lieber sterben. Ein Tankstellenüberfall war eine der bescheuerten Ideen, die er von sich gab. Vor lauter Verzweiflung rief Toni schließlich seinen Vater an, der in einem Seniorenheim lebte, und bat ihn um das Geld.

Toni hatte seinen alten Herrn Monate nicht besucht. Aber entgegen allen Erwartungen versprach ihm sein Vater, gleich am Montagmorgen das Geld für ihn von seiner Bank zu besorgen. Toni zeigte sich nach dem Gespräch erleichtert, aber auch melancholisch.

»Ich bin zu nichts nutze«, meinte er. »Immer bin ich auf die Hilfe anderer angewiesen und ständig mache ich alles kaputt. Meine Ehe, die Beziehung zu meinen Kindern, den Job bei der Bank und nun sorge ich mit meinen Problemen auch noch für Streit zwischen Lisa und dir.«

»Du musst einfach mit dem Spielen und dem Saufen aufhören«, gab Vincent zu bedenken und klopfte Toni auf die Schulter.

»Du hast ja recht. Wenn ich aus diesem Schlamassel mit heiler Haut rauskomme, höre ich auf.«

»Dann hätte es wenigstens was Gutes gebracht«, befand Vincent.

Toni zum Gefallen hatte er sich ebenfalls eine Flasche Bier aus dem Kühlschrank geholt. Sie stießen an und tranken einen Schluck.

»Die Zahlungsfrist kannst du aber nicht einhalten«, sagte Vincent, der das Telefonat mit Tonis Vater über die Lautsprecherfunktion des Telefons mitgehört hatte.

Toni seufzte. »Die sollen froh sein, dass sie das Geld überhaupt so schnell bekommen. Ich muss mich nur noch bis Montag versteckt halten.«

Toni erhob sich, roch an seinem T-Shirt und rümpfte die Nase. »Was dagegen, wenn ich noch mal eure Dusche benutze?«

»Tu dir keinen Zwang an.«

Toni setzte sich in Bewegung und verschwand im Haus.

Es war bereits acht Uhr abends, aber noch angenehm warm. Vincent hatte den Laptop mit auf die Terrasse genommen und rief erneut die Online-Berichterstattung zum Mord an Viola Faber auf den Bildschirm. Er notierte sich die Zeitungen, die die Artikel darüber veröffentlicht, und die Namen der Mitarbeiter, die sie verfasst hatten. Anschließend suchte er die E-Mail-Adressen der entsprechenden Online-Redaktionen und deren Telefonnummern heraus.

Als er telefonisch niemanden erreichte, bat er per E-Mail um Kontaktdaten der jeweils verantwortlichen Journalisten.

Toni war inzwischen mit dem Duschen fertig und sie machten sich belegte Brote und setzten sich zum Essen auf die Terrasse.

»Wenn ich meine Schulden bezahlt habe, höre ich mit dem Spielen, dem Trinken und dem Rauchen auf. Und dann besuche ich meine Tochter in Norwegen«, sagte Toni, als sie ihre Mahlzeit verputzt hatten. »Sie ist vor einem Jahr zum ersten

Mal Mutter geworden und ich habe das Kind noch nie gesehen.«

Toni hatte bisher nur äußerst selten über seine Tochter gesprochen.

»Du hast noch gar nicht erzählt, dass du Großvater bist.«

»Ich war kein guter Vater. Meine Tochter hat mir zu Recht die Schuld für die Scheidung von ihrer Mutter gegeben. Sie hat den Kontakt zu mir abgebrochen. Aber wenn ich mich entschuldige und ihr glaubhaft machen kann, dass ich mein Leben ändern möchte, verzeiht sie mir vielleicht.«

»Das kann ich mir gut vorstellen«, pflichtete Vincent ihm bei.

»Meiner Ex-Frau geht es mit ihrem neuen Mann besser als je zuvor mit mir. Auch bei ihr werde ich mich entschuldigen. Es ist an der Zeit, reinen Tisch zu machen.«

So hatte Vincent seinen Freund noch nie reden gehört. Toni hatte seit dem Nachmittag getrunken. Vielleicht ließ der Alkohol ihn rührselig werden.

»Warum ist deine Tochter in Norwegen?«, fragte Vincent nun.

»Es war nicht leicht, das in Erfahrung zu bringen. Aber irgendwann konnte ich wenigstens meine Ex-Frau dazu bringen, mir zumindest etwas über das Leben meiner Tochter zu verraten. Ihr Mann ist Arzt und fand die Arbeitsbedingungen dort besser als in Deutschland. Meine Tochter ist selbstständig im Online-Marketing tätig. Sie kann von überall auf der Welt arbeiten.«

»Das hört sich nach einem guten Leben an.«

»Das ist es vermutlich auch. Ich wäre überglücklich, wenn ich daran teilhaben und mein Enkelkind sehen dürfte.«

Vincent fühlte sich bedrückt, seit Lisa weggefahren war. Und je später der Abend wurde, desto mehr lag ihm der Streit mit ihr auf der Seele.

»Du solltest nicht die gleichen Fehler machen wie ich«, sagte Toni plötzlich unvermittelt, als hätte er Vincents Gedanken erraten.

»Du solltest dem Menschen, den du am meisten liebst, immer Priorität einräumen.«

Dass er auf Lisa anspielte, war unzweideutig.

»Ich merke doch, dass du unglücklich bist, weil sie im Zorn gegangen ist. Was hältst du davon, wenn du zu ihr fährst und versuchst, die Wogen zu glätten, anstatt mit mir hier rumzuhängen.«

Vincent hatte auch schon daran gedacht. Sicher wäre es befreiend für sie beide, wenn er sich bei ihr entschuldigte und sie sich aussprechen würden.

»Also gut«, sagte er. Kurz überlegte er, ob er Lisa sein Kommen telefonisch ankündigen sollte. Doch vermutlich würde sie ihn dann von seinem Vorhaben abbringen wollen.

Vincent erhob sich und fühlte sich aufgrund seiner Entscheidung, zu Lisa zu fahren, schon ein wenig optimistischer gestimmt.

»Bis später und danke für dein Verständnis«, verabschiedete er sich von Toni und ging zügig ins Haus.

»Viel Erfolg. Nimm dir alle Zeit, die du brauchst«, rief ihm Toni nach.

13

Nachdem Vincent gefahren war, nahm Toni sich ein neues Bier aus dem Kühlschrank und fasste den Vorsatz, dass es für heute, nein für längere Zeit das letzte sein sollte.

Anschließend machte er es sich auf der Gartenliege bequem und sah in den Himmel. Dichte weiße Wolken zogen langsam vorüber.

Er besaß die E-Mail-Adresse seiner Tochter. Gleich morgen früh würde er ihr schreiben. Vielleicht gab sie ihm ihre Telefonnummer, wenn er die richtigen Worte fand. Es wäre schön, ihre Stimme zu hören. Er würde sein Leben umkrempeln und ihr doch noch ein guter Vater und ihrem Kind ein lieber Opa sein. Er malte sich aus, wie er seine Tochter und ihre Familie in Norwegen besuchen würde, und sah die Berge und die Fjorde vor sich, die dem Land seinen herben Charakter verliehen.

Gegen dreiundzwanzig Uhr wurde es draußen deutlich kühler. Er begab sich ins Wohnzimmer, schloss die Terrassentür und schaltete den Fernseher an.

Der Krimi, den er sich ausgesucht hatte, war nicht sonderlich spannend und seine Lider wurden immer schwerer, bis er schließlich einnickte.

Toni schreckte aus einem traumlosen Schlaf und war mit einem Mal hellwach. Sein Herz schlug wie wild.

Er lag auf der Couch. Ihm war kalt und er zitterte. Im Fernsehen lief mittlerweile ein anderer Film, in dem es eine wilde Schießerei gab. Vermutlich hatten ihn die lauten Schussgeräusche aufgeweckt.

Er setzte sich auf, schaltete das Gerät mit der Fernbedienung aus und gähnte. Die Stehlampe in der Ecke tauchte den

Raum in ein schummriges Licht. Die Zeiger der Wanduhr standen auf halb eins.

Müde rieb er sich durchs Gesicht. Plötzlich erschrak er. Aus den Augenwinkeln meinte er, durch den Türspalt im Flur eine Bewegung registriert zu haben. Als er sich umwandte, war nichts mehr zu sehen. Er zuckte mit den Schultern und gähnte erneut. Eingebildete Wahrnehmungen hatte er öfters kurz nach dem Aufwachen erlebt. Insbesondere, wenn er zu viel Alkohol getrunken hatte.

Er versuchte, wieder einzuschlafen. Aber es wollte ihm nicht gelingen. Ihm kam in den Sinn, sich mit einem Whiskey wieder die nötige Bettschwere zu verschaffen, schließlich verwarf er den Gedanken. Stattdessen schlurfte er in die Küche, um sich ein Glas Wasser zu holen.

Als er ausgetrunken hatte, legte er sich wieder auf die Couch und deckte sich zu. Die Stehlampe ließ er eingeschaltet, ebenso die Wandlampe im Flur.

Bestimmt würde Vincent bald nach Hause kommen.

Toni schloss die Augen. Ein Lächeln huschte über seine Lippen. Erneut dachte er an seine Tochter, sein Enkelkind und an Norwegen. Auch freute er sich, seinen Schwiegersohn kennenzulernen. Endlich hatte er ein Ziel, das ihn motivierte und für das es sich lohnte, sich am Riemen zu reißen.

Plötzlich vernahm er ein leises Knarren. Die Wohnzimmertür öffnete sich langsam. Die Lehne der Couch erlaubte ihm lediglich den Blick auf den oberen Teil des Türblatts. Das musste Vincent sein. Er wollte sich aufrichten, um seinen Freund zu begrüßen. Doch dann hielt er inne. Hätte er nicht Vincents Auto die Einfahrt herauffahren oder ihn zumindest beim Türaufschließen hören müssen. Toni erstarrte. Mit weit aufgerissenen Augen lugte er über die Lehne der Couch.

Es waren wohl doch nicht die Geräusche aus dem Fernseher gewesen, die ihn aufgeweckt hatten. Jemand hatte die Haustür aufgebrochen. Von dem Lärm war er vermutlich aufgewacht. Ein Fremder befand sich im Haus. Den Schatten im Flur hatte er sich nicht nur eingebildet.

Lautlos erschien auf einmal eine Gestalt neben der Couchlehne. Toni blickte in das Gesicht eines ihm unbekannten Mannes. Dieser hob seine Hände. Sie steckten in Lederhandschuhen und umklammerten den Griff eines langen Messers. Die Spitze zielte auf Tonis Brust. Für den Bruchteil eines Augenblicks hielt der Fremde in der Bewegung inne. Er schien überrascht.

Toni nutzte den Moment und rollte sich von der Couch. Er knallte schmerzhaft auf den Boden, stieß den Couchtisch beiseite und rappelte sich auf, so schnell er konnte. Er wollte nur weg von dem Kerl mit dem Messer. Alles in ihm war auf Flucht programmiert. Doch er war zu langsam.

Als er sich aufgerappelt hatte, stand der Angreifer direkt vor ihm und stieß zu. Im letzten Moment gelang es Toni, auszuweichen, indem er seinen Oberkörper reflexhaft zur Seite neigte, sodass der Stich ins Leere ging. Toni ergriff instinktiv die Hand, die das Messer führte, verdrehte diese und schlug mit der Faust darauf.

Alles ging rasend schnell. Die beiden Männer rangen miteinander. Das Messer fiel zu Boden. Ein Faustschlag gegen seine Schläfe brachte Toni ins Taumeln.

Sein Gleichgewichtssinn funktionierte nicht mehr und sein Blick trübte sich. Ein harter Hieb in seinen Magen brachte ihn zu Fall.

Sein Gegner, der größer und schwerer war als er, gönnte ihm keine Atempause und stürzte sich auf ihn.

Toni mobilisierte seine letzten Reserven. Das Adrenalin und die Todesangst verliehen ihm die Kraft, weiterzukämpfen. Er schrie, probierte, sich mit Tritten und unter Einsatz seiner Ellenbogen zu befreien. Doch es war aussichtslos. Er war zu schwach.

Als seine Gegenwehr nachließ, schaffte es der Angreifer, sich auf ihn zu setzen. Mehrere Faustschläge durchbrachen Tonis Deckung und trafen ihn am Kopf. Er war benommen, seine Schläge verpufften kraftlos wie Windböen am Körper seines Gegners.

Der Mann legte beide Hände um Tonis Kehle und drückte zu.

Mit aller ihm noch zur Verfügung stehenden Energie versuchte Toni, die Hände des Mannes von seinem Hals wegzureißen. Doch diese umklammerten ihn wie ein Schraubstock.

Die Schmerzen in seiner Brust wurden unerträglich. Er brauchte Sauerstoff. Nur ein Atemzug. Seine Augen traten hervor und seine Zunge quoll aus seinem Mund.

In einem letzten Akt panischer Verzweiflung streckte Toni den linken Arm aus und tastete mit der Hand den Boden ab. Das Messer, es musste dort irgendwo liegen. Doch er fand es nicht. Er begriff, dass es vorbei war.

Sein Gesichtsfeld verengte sich. Seine Muskeln erschlafften und seine Arme bewegten sich nicht mehr. Sein letzter Gedanke galt seiner Tochter. Er würde sie nie wieder sehen.

Sein Bewusstsein trübte sich ein. Es wurde dunkel um ihn herum. Der Schmerz ließ nach.

***

Vincent fuhr um kurz nach ein Uhr nachts in die Einfahrt seines Hauses und ließ mit der Fernbedienung das Rolltor der Garage hochfahren.

Er war gut gelaunt. Es hatte sich gelohnt, dass er zu Betty gefahren war, um sich mit Lisa zu versöhnen.

Die Freundinnen waren noch ausgeflogen, als er gegen zweiundzwanzig Uhr an dem Mehrfamilienhaus angekommen war, in dem Betty wohnte.

Er hatte unterwegs spontan an einer Tankstelle angehalten und einen Blumenstrauß für Lisa gekauft.

Eine Dreiviertelstunde hatte er im Wagen vor dem Haus gewartet und überlegt, wie er sich am besten bei Lisa entschuldigen könnte.

Zwischenzeitlich hatte sich ihm die Frage aufgedrängt, ob es richtig gewesen war, hierherzufahren. Er war kurz davor gewesen, wieder kehrtzumachen und Lisa von zu Hause aus anzurufen, als ein Taxi vorfuhr, aus dem die beiden Freundinnen ausstiegen.

Die Überraschung war ihm gelungen. Er hatte Lisa noch auf der Straße den Blumenstrauß überreicht und sich bei ihr für sein Verhalten entschuldigt.

Ihre Freude über den bunten Strauß war offensichtlich und sie rechnete es ihm hoch an, dass er hergekommen war, anstatt sich in den Schmollwinkel zurückzuziehen. Auch Betty fand seine Geste süß.

Anschließend hatte er sich eine Stunde in Bettys Küche allein mit Lisa ausgesprochen. Er konnte durchaus nachvollziehen, dass Tonis Anwesenheit in ihrem Haus sie nervte und auch, dass er Toni, ohne sich mit ihr abzusprechen, fünfhundert Euro geliehen hatte.

Er versprach, dass Toni ab morgen woanders nächtigen würde. Im Gegenzug konnte er sie davon überzeugen, dass es für ihn von existenzieller Bedeutung sei, seine Vergangenheit zu erforschen, und dass dies letztlich auch ihrer Beziehung zugutekäme.

Sie hatten anschließend zu dritt im Wohnzimmer Musik gehört, sich unterhalten und etwas getrunken. Dann war er wieder gefahren.

Lisa und Betty wollten vor dem Einschlafen noch mindestens eine Folge ihrer gemeinsamen Lieblingsserie bei Netflix schauen.

Vincent ließ das Garagentor herunter und ging auf die Eingangstreppe zu. Im Schein der Straßenlaterne sah er, dass die Haustür einen Spalt weit offen stand. Sofort hatte er den Verdacht, dass etwas nicht stimmte. Er eilte die Stufen hinauf. Auf der Türschwelle lagen Holzsplitter und am Türblatt und Türrahmen erkannte er Einkerbungen.

Es war nicht schwer, die alte und von der Kälte verzogene Holztür mit einem Stemmeisen aufzuhebeln. Er hätte sie schon vor Jahren austauschen sollen. Doch gute neue Haustüren waren teuer und außerdem hing er an dem alten Prachtstück.

Behutsam drückte er die Tür auf, betrat den Flur und betätigte den Schalter für die Wandleuchte.

Die Wohnzimmertür am Ende des Ganges stand weit offen. Der Raum dahinter lag im Dunkeln. Fieberhaft dachte er darüber nach, was das bedeutete.

War der Einbrecher noch im Haus? Wo war Toni, als der Einbruch stattfand, und wo war Toni jetzt? Langsam näherte er sich dem Wohnzimmer. Durch die Terrassentür fiel spärliches Mondlicht in den Raum. Genug, um schemenhaft die Möbel zu erkennen. An der Türlaibung blieb er stehen, streckte den rechten Arm um die Ecke in den Raum und tastete mit der Hand an der Wand entlang, bis er den Lichtschalter fand.

Für einen Moment hielt er den Atem an. Dann drückte er auf den Schalter.

Als Erstes fiel ihm auf, dass der Couchtisch verschoben war. Als er einen Schritt ins Zimmer machte, sah er einen reglosen Körper danebenliegen.

»Oh Gott«, schrie er und stürzte zu seinem Freund. Tonis Gesicht war blau verfärbt. Seine Lider standen offen und die Augäpfel waren blutrot unterlaufen. Um den Hals verlief ein Band blauroter Hämatome.

Vincent warf sich auf die Knie und rüttelte an Tonis Schultern. Aber es folgte keine Reaktion.

In heller Panik beugte sich Vincent hinab und machte Wiederbelebungsversuche. Nach einer Minute gab er auf, rückte weg von dem leblosen Körper und lehnte sich auf dem Boden sitzend an das Sideboard.

Auf sein Trommelfell legte sich ein schmerzender Druck und ein hell pfeifender Ton dröhnte in seinem Schädel. Seine Atmung ging flach und hektisch. Was war hier geschehen? Er konnte es nicht begreifen. Es kostete ihn maßlose Energie, sich zu erheben und zum Telefon zu gehen. Seine Finger zitterten so sehr, dass es ihm kaum gelang, die Nummer des Notrufs einzutippen.

14

»Sie sagten, Sie haben die letzten Tage mit dem Opfer verbracht. Was haben Sie beide in der Zeit gemacht und warum hat Anton Heckmann bei Ihnen übernachtet?«, fragte Karsten Schwarzenberg. Der Kommissar saß Vincent an einem Tisch gegenüber. Mittlerweile war es fünf Uhr morgens.

Tonis Tod hatte Vincent mental hart getroffen. Nach den Ereignissen der letzten Tage schien er nicht die Reserven zu haben, mit dem Geschehenen fertigzuwerden. Er war ausgelaugt und müde und wollte einfach nur nach Hause. »Das habe ich Ihnen alles bereits haarklein erzählt. Sie haben sich Notizen gemacht. Also wozu wollen Sie das noch mal von mir hören?«

Schwarzenberg sah kurz genervt zur Seite zu seiner Kollegin Welsch, die an der Wand neben der Tür des Vernehmungsraumes lehnte. Er wandte sich wieder Vincent zu. »Wir ermitteln wegen vorsätzlicher Tötung. Vielleicht bald sogar wegen Mordes. Beantworten Sie bitte einfach meine Fragen.«

Schwarzenberg und Welsch waren vom Kriminaldauerdienst. Sie hatten Vincent bereits vor Ort in seinem Haus in die Mangel genommen und anschließend ins Landeskriminalamt nach Saarbrücken gefahren. Erst als sie ihn in einen Vernehmungsraum führten, schwante ihm, dass sie ihn nicht als Zeugen befragen wollten, sondern dass er für sie ein potenzieller Verdächtiger war.

Die Beamten der Spurensicherung in ihren weißen Overalls, der Leichenbeschauer, der Abtransport seines toten Freundes in einem Sarg, das Blaulicht der angerückten Streifenwagen.

Die Bilder gingen Vincent nicht mehr aus dem Kopf. Dazwischen schob sich immer wieder der Moment, in dem er Toni am Boden liegend vorgefunden hatte. Es machte ihn fertig. Dass ein Dieb Toni umgebracht hatte, war unwahrscheinlich. Schubladen und Schränke waren nicht durchwühlt worden und Wertgegenstände waren keine verschwunden.

Vincent rieb sich durchs Gesicht. Ihm saßen die Trauer, der Schock und die Wut über den tragischen Verlust seines Freundes in den Knochen.

Dennoch riss er sich zusammen, so gut es ging, und berichtete erneut über die Ereignisse seit Freitagmittag. Wieder und wieder unterbrach ihn der Kommissar und stellte Fragen, mit denen er ihm mehr Details entlocken wollte.

»Sie sollten sich diesen Ali und seine Geldeintreiber vornehmen«, forderte Vincent, als er mit dem Fund von Tonis Leiche am Ende seiner Darstellung angekommen war. »Ich kann mir sonst niemanden vorstellen, der einen Grund gehabt hätte, Toni etwas anzutun.«

Schwarzenberg musterte ihn mit durchdringendem Blick. Dabei tippte er sich rhythmisch mit dem Zeigefinger gegen die geschürzten Lippen. »Das ist eine Spur, die wir uns ansehen«, versicherte Schwarzenberg ihm.

Vincent schätzte den Kommissar auf Mitte vierzig. Er hatte blaue Augen, mittellanges von grauen Strähnen durchzogenes Haar und trug einen passgenauen Anzug und eine teuer aussehende Krawatte. Seine Kollegin Welsch hingegen bevorzugte vermutlich T-Shirt und Jeans.

»Wie sieht es mit Ihnen aus, Herr Herzog? Gab es Meinungsverschiedenheiten zwischen Ihnen und dem Opfer?«

Vincent blies fassungslos einen Schwall Luft aus und sah Schwarzenberg ungläubig an.

»Natürlich nicht. Toni hatte Angst vor diesen Schlägern. Deshalb wollte er bei mir übernachten.«

»Sie sagten, ein Grund für den Disput mit Ihrer Verlobten sei gewesen, dass Sie Ihren Freund bei sich übernachten ließen. Vielleicht hat es ihm nicht gefallen, dass er sich für den nächsten Tag eine andere Bleibe suchen sollte. Das Opfer war stark alkoholisiert. Ein Wort könnte das andere gegeben haben, als Sie nach Hause gekommen sind. So eine Situation kann schnell eskalieren. Wir erleben so etwas ständig.«

Vincent schüttelte den Kopf. »Sie machen sich die Suche nach Ihrem Täter zu einfach.«

»Wir müssen lediglich alle Möglichkeiten in Betracht ziehen.«

»Darf ich jetzt gehen?«

»Bedaure. Bis auf Weiteres bleiben Sie unser Gast.«

»Mit welcher Begründung?«

»Ich erkläre Sie hiermit zum Beschuldigten in diesem Ermittlungsverfahren und nehme Sie vorläufig fest. Wie schon gesagt, Sie glauben nicht, wie oft es unter Freunden und Bekannten zu Streitigkeiten kommt, die in Gewaltdelikten enden.«

Schwarzenberg klärte Vincent über seine Rechte auf. »Es steht Ihnen frei, einen Anwalt anzurufen.«

»Das wird nicht nötig sein«, gab sich Vincent gelassen. »Ich habe nichts getan. Sie werden mich wieder freilassen müssen.«

»Hoffen wir für Sie, dass Sie recht behalten«, sagte Schwarzenberg. »Ich war noch nie scharf darauf, einen zu Unrecht Verdächtigen in Gewahrsam zu nehmen. Allerdings spricht im Moment auch nicht gerade viel für Sie.«

Vincent musste an Viola Faber denken. Hatte er den Mord an ihr nur beobachtet oder war er selbst der Maskierte gewesen, der sie getötet hatte? Nun war er bereits in zwei Mordfälle verwickelt.

***

»Glaubst du Herzog?«, fragte Schwarzenberg seine Kollegin, als sie ihr gemeinsames Büro betraten.

Sonja Welsch ließ sich gähnend in ihren Drehstuhl fallen. »Er war kein bisschen nervös. Wenn er seinen Kumpel umgebracht hat, dann ist er ein guter Schauspieler.«

»Das sehe ich auch so«, pflichtete Schwarzenberg seiner Partnerin bei.

Falls sich der Verdacht gegen Herzog nicht bestätigte, würde in den nächsten Tagen vermutlich eine Sonderkommission zur Aufklärung des Falles einberufen.

Im Saarland gab es im Schnitt pro Jahr rund zehn vorsätzliche Tötungen. Bei ungefähr der Hälfte davon handelte es sich um Mord. Aufgrund der geringen Fallzahl und der meist schnellen Aufklärung verfügte das LKA Saarbrücken über keine eigenständige Mordkommission.

In schwierigen Fällen, bei denen keine schnelle Überführung des Täters zu erwarten war, wurde deshalb ad hoc eine SOKO zusammengestellt.

Da sie die ersten Ermittlungs- und Beweissicherungsmaßnahmen am Tatort getroffen hatten, würden sie sicher auch dem Team angehören. Bis dahin wäre es sinnvoll, ein wenig Schlaf nachzuholen.

»Als Nächstes sollten wir diesen Ali, bei dem Heckmann angeblich Spielschulden hatte, unter die Lupe nehmen«, befand Schwarzenberg.

Sonja Welsch nickte und setzte sich an ihren Schreibtisch. »Die Kollegen, die sich mit illegalem Glücksspiel befassen, werden uns vermutlich sagen können, wer sich hinter dem Namen verbirgt.«

Schwarzenberg tat es seiner Kollegin gleich und nahm ebenfalls an seinem Bürotisch Platz. »Ich stelle den Bericht über das Ergebnis unserer bisherigen Ermittlungen fertig. Du kannst für heute Schluss machen.«

Welsch sah von ihrem Computermonitor auf und lächelte.
»Danke, das nächste Mal bin ich an der Reihe.«

Fünf Minuten später fuhr sie den Rechner herunter. Als sie zur Tür ging, klopfte sie Schwarzenberg im Vorbeigehen kollegial auf die Schulter.

»Sehen wir uns um neun Uhr wieder im Büro?«, fragte Schwarzenberg.

»Geht klar. Auch wenn die paar Stunden für einen richtigen Schönheitsschlaf wohl kaum ausreichen werden.«

15

Montag

Um elf Uhr morgens wurde Vincent aus dem Polizeigewahrsam entlassen. Er trat vor das LKA-Gebäude und blinzelte in die Sonne.

Obwohl er keinen Anwalt beauftragt hatte, war heute Morgen ein Strafverteidiger bei ihm vorstellig geworden.

Vincent hatte Lisa am Sonntagmorgen nach dem Verhör, als diese noch bei Betty war, mit dem einzigen ihm zustehenden Anruf darüber unterrichtet, was bei ihnen zu Hause geschehen war. Lisa war derart geschockt gewesen, dass sie kaum ein Wort herausgebracht hatte. Bis auf Weiteres wollte sie bei ihren Eltern unterkommen, die etwa eine halbe Autostunde entfernt nahe der luxemburgischen Grenze lebten.

Vincent war davon ausgegangen, dass Lisa ihm den Strafverteidiger zu Hilfe geschickt hatte. Aber der Anwalt hatte dies verneint und ihm mitgeteilt, dass er ihn bestmöglich verteidigen werde, ihm aber keine Auskunft darüber geben dürfe, wer ihn beauftragt habe und wer das Honorar für seine Dienste bezahlen würde. Es stehe Vincent frei, ihm das Mandat zu erteilen oder nicht. Vincent hatte die Prozessvollmacht, die der Anwalt ihm vorgelegt hatte, unterschrieben und zwei Stunden später war er frei gewesen.

Es gab keine eindeutigen Beweise gegen ihn und die Indizienlage war den Ermittlern und dem Staatsanwalt zu dünn, um einen Haftbefehl zu beantragen. Das hatte ihm sein Verteidiger berichtet. Vincent war nicht sicher, ob es ohne Rechtsbeistand zu dem gleichen Ergebnis gekommen wäre.

Als die Polizisten ihm seine Wertgegenstände zurückgaben, informierten sie ihn darüber, dass die Tatortversiegelung aufgehoben sei und er sein Haus betreten dürfe.

Vincent musste sich für die Fragen der Ermittler zur Verfügung halten. Damit konnte er leben. Weniger gut konnte er mit dem Tod seines Freundes umgehen. Toni war in seinem tiefsten Inneren ein guter Mensch gewesen, auch wenn er mit seinem Charakter immer wieder irgendwo aneckte war.

Der Anblick von Tonis leblosem Körper auf dem Wohnzimmerboden würde für immer in Vincents Gedächtnis festgebrannt sein.

Er schaltete sein Handy ein. Kurz darauf empfing er eine SMS-Nachricht. Sie stammte von Hubert Koller. Vincent hatte Lisa gebeten, Koller mitzuteilen, was passiert war.

Vincent wählte den Nachrichteneingang seines Handys.

Wie ich von Lisa erfahren musste, wurde dein Freund in deinem Haus umgebracht und du bist der Tat verdächtig. Unter diesen Umständen kann ich dich leider nicht weiterbeschäftigen. Nichts für ungut, aber eine Security-Firma mit einem Mordverdächtigen als Mitarbeiter, das geht beim besten Willen nicht. Gruß Hubert.

Vor wenigen Tagen wäre er über die Kündigung wütend und frustriert gewesen. Nun löste sie keine emotionale Reaktion aus. Trauer und Schock durch Tonis gewaltsamen Tod überschatteten jetzt einfach alles andere.

Er wählte Lisas Nummer, hielt sich das Handy ans Ohr und blickte gedankenverloren auf die andere Straßenseite. Es waren nur wenige Fußgänger unterwegs. Schräg gegenüber lehnte eine Frau neben einer Pizzeria an der Gebäudewand und starrte ihn an. Zumindest kam es ihm so vor. Er drehte sich um, aber da war niemand außer ihm. Auch kam ihm die Frau trotz ihrer Baseballmütze, die sie tief in die Stirn gezogen hatte, irgendwie bekannt vor.

Lisas Stimme drang durch die Leitung. »Haben Sie dich gehen lassen?«

»Ja, es war reine Routine, dass Sie mich dabehalten haben.«

»Ich bin so froh, dass das jetzt hinter dir liegt. Es muss schlimm gewesen sein, einen Freund auf so grausame Art zu verlieren und dann noch grundlos von der Polizei verdächtigt zu werden.«

Das war es. Er war mit sich, seiner Trauer und seinen Gedanken allein gewesen. Es war geradezu absurd von der Polizei gewesen, anzunehmen, er könnte Toni umgebracht haben. Er fühlte sich zutiefst ungerecht behandelt.

»Wie geht es dir?«, fragte Lisa.

»Es war ja nicht für so lange. Ich bin in Ordnung«, wiegelte er ab.

»Ich habe mir heute freigenommen und bin bei meinen Eltern. Soll ich dich mit dem Auto abholen?«

»Nicht nötig. Ich fahre mit dem Zug nach Hause.«

Die Frau mit der Baseballkappe stieß sich von der Wand ab und entfernte sich plötzlich auffällig schnell.

Vincent beschloss, ihr zu folgen und sie anzusprechen. Er meinte, sie zu kennen. Nur wollte ihm nicht einfallen, woher. Er sah nach links und rechts, doch der starke Verkehr ließ die Überquerung der Straße nicht zu.

»Es ist schrecklich, was mit Toni passiert ist«, wimmerte Lisa. Sie schluchzte. »Ich kann das einfach nicht glauben. Wer tut denn so was?«

»Hey, würden Sie bitte warten«, rief Vincent der Frau auf der anderen Straßenseite hinterher.

»Vincent, was ist denn los?«, fragte Lisa. Sie klang verständlicherweise irritiert.

Vincent setzte einen Fuß auf die Straße, musste ihn aber schnell wieder zurückziehen, da ein Lkw angerast kam und der Fahrer keine Anstalten machte, abzubremsen.

»Lisa, ich muss jetzt Schluss machen.«

Er legte auf, ohne ihre Antwort abzuwarten. Die Fremde bog bereits um eine Straßenecke.

Vincent sah sich hektisch um. Das nächste Auto, das auf seiner Seite auf ihn zukam, war gefährlich nahe. Es würde knapp werden. Alle Vorsicht über Bord werfend rannte er auf die Fahrbahn. Bremsen quietschten. Der Fahrer des Wagens hupte und tippte sich mit dem Zeigefinger an die Stirn. Vincent beachtete ihn nicht und schaffte es bis zur Straßenmitte. Dort wartete er, bis ein Wagen aus der entgegengesetzten Richtung vorbeigefahren war. Anschließend lief er auf den Bürgersteig und weiter zu der Ecke, hinter der die Frau verschwunden war.

Zuerst sah er sie nicht, da sie von anderen Fußgängern verdeckt wurde. Im nächsten Moment entdeckte er, dass sie schon etwa hundert Meter weiter davonlief. Vincent nahm die Verfolgung auf. Hin und wieder verlor er sie aus den Augen, und einmal rempelte er einen Passanten an, aber er gewann den Eindruck, er käme der Frau langsam näher.

Plötzlich tauchte sie unvermittelt rechts hinter einem Häuserblock ab. Als er dort ankam, stand er vor einem Hinterhofparkplatz, der von drei Hochhäusern umrahmt wurde. Von den schätzungsweise zweihundert Parkplätzen waren fast alle belegt. Ein älteres Ehepaar stieg gerade aus einem Wagen. Von der Fremden fehlte jede Spur.

Vincent atmete schnell ein und aus, Schweiß drang aus seinen Poren. Er war zwar trainiert, aber der lange Sprint hatte ihn dennoch erschöpft.

Wer immer die Frau war, sie musste sportlich sein, sonst hätte sie ihn nicht so ohne Weiteres auf Distanz halten können. Nachdem er ein Stück zwischen den Wagenreihen hindurchgeschritten war, legte er sich flach auf den Asphalt und spähte unter den Autos hindurch. Plötzlich nahm er aus dem Augenwinkel eine Bewegung in der linken hinteren Ecke des Platzes wahr.

Er sprang auf und sah eine Tür mit Eisenstäben, die zufiel und die er zuvor nicht wahrgenommen hatte.

Er stürmte an den parkenden Autos vorbei darauf zu, stellte erleichtert fest, dass sie nicht verschlossen war, und gelangte durch einen überdachten Korridor zwischen den Gebäuden auf eine andere Straße. Zu seiner Rechten sah er die Frau wieder im vollen Sprint. Sie überquerte die Straße und verschwand in einer dreigeschossigen Einkaufspassage. Als er dort ankam, war sie in der Menschenmenge untergetaucht. Er durchkämmte die Geschäfte, gab aber nach dem siebten Laden auf. Er würde sie nicht finden. Es gab hier drin zu viele Optionen, sich zu verstecken. Möglicherweise hatte sie die Einkaufspassage auch bereits über den Ausgang auf der anderen Seite verlassen.

Auf dem Weg zum Bahnhof suchte Vincent fieberhaft nach einer Antwort auf die Frage, wer diese Frau sein könnte und warum er glaubte, sie zu kennen. Aber die zündende Erkenntnis blieb aus. Er konnte sich nicht erklären, warum sie ihn beobachtet hatte und weggerannt war, als er mit ihr reden wollte.

Ein beklemmendes Gefühl machte sich in ihm breit. Zu viel Rätselhaftes und Schreckliches war in den letzten Tagen geschehen. Seine zurückgekehrte Erinnerung an den Mord an Viola Faber, Tonis gewaltsamer Tod und nun noch diese fremde Frau.

16

Als er anderthalb Stunden später mit dem Zug am heimischen Bahnhof ankam, erwartete Lisa ihn bereits. Er hatte sie nochmals angerufen, während er in Saarbrücken am Gleis auf den Zug gewartet hatte. Lisa hatte vorgeschlagen, ihn bei seiner Ankunft am Bahnhof abzuholen. Von ihren Eltern aus brauchte sie mit dem Auto bis dorthin etwa die gleiche Zeit wie der Zug von Saarbrücken. Sie hatte ihn natürlich auch nach dem Grund gefragt, warum er ihr vorhergehendes Telefonat so abrupt beendet hatte.

Eine fremde Frau, die ihn offenbar nach seiner Freilassung beobachtet und die er verfolgt hatte, wollte er ihr nach allem, was geschehen war, nicht auch noch zumuten. Daher log er ihr vor, dass er seinen Anwalt auf dem Gehweg gesehen habe und ihm nachgelaufen sei, um sich bei ihm zu bedanken.

Nachdem sie sich lange in den Arm genommen hatten, gingen sie zu Lisas Wagen. Sie beschlossen, in einem Dönerrestaurant zu Mittag zu essen und anschließend gemeinsam nach Hause zu fahren.

Lisa brauchte frische Kleidung und Badartikel. Ihr Wunsch war, dass Vincent sie ins Haus begleitete, um die Sachen zu holen. Lisa wollte noch einige Tage bei ihren Eltern bleiben, da sie sich in dem Haus, in dem ein Mensch ermordet worden war, nicht aufhalten konnte.

»Ich kann einfach nicht begreifen, dass jemand Toni umgebracht hat. Du weißt, dass er und ich nicht auf einer Wellenlänge lagen, und doch macht es mich unendlich traurig. Es fühlt sich auch unecht an«, sagte Lisa, nachdem der Kellner, der am Tisch ihre Bestellung aufgenommen hatte, gegangen war. »Und die Vorstellung, dass du in einer Zelle sitzt, hat mich fast in den Wahnsinn getrieben. In den letzten Nächten habe ich kaum geschlafen. Aber wie schlimm muss es erst für dich sein? Du hast Toni gefunden und er war dein bester Freund.«

Vincent schob seine Hand über den Tisch zu ihr hinüber. Lisa ergriff sie und drückte sie fest.

Er seufzte. Die tiefe Niedergeschlagenheit wollte nicht von ihm weichen. »Für mich ist es auch unwirklich. Ich hoffe nur, dass die Polizei den Täter schnell findet und der Mistkerl bis an sein Lebensende hinter Gitter wandert.«

Lisa wischte sich über die tränenfeuchten Augen. »Ein Mörder war in unserem Zuhause. Ich kann erst wieder dort übernachten, wenn ich weiß, dass er verhaftet ist und nicht wiederkommen kann. Mir graut es jetzt schon davor, das Haus nachher betreten zu müssen.«

Vincent streichelte mit seiner freien Hand über Lisas Wange. »Das verstehe ich. Mir geht es doch ähnlich.«

»Ich mache mir solche Vorwürfe, weil ich so abweisend gegenüber Toni gewesen bin, als ich ihn das letzte Mal gesehen habe«, schluchzte Lisa.

»Das brauchst du nicht, Lisa. Toni hat mir gesagt, dass er dein Verhalten verstehen kann. Außerdem hatte er zu dem Zeitpunkt ganz andere Sorgen.«

Der Kellner brachte die bestellten Dönerteller und ihre Getränke. Besonderen Appetit verspürte Vincent nicht. Aber sein leerer Magen machte sich doch bemerkbar und ihm war leicht übel vor Hunger.

Er stocherte in seinem Essen herum und nahm nur zögerlich etwas davon zu sich. Lisa tat es ihm gleich. Ihr schien es ähnlich zu gehen wie ihm.

Nachdem beide jeweils etwa die Hälfte gegessen hatten, schoben sie ihre Teller beiseite.

»Wir müssen über die Hochzeit reden«, durchbrach Vincent das Schweigen. Die standesamtliche Trauung, die in einer kleinen Kapelle stattfinden sollte, war für diesen Samstag anberaumt. »Wir sollten den Termin verschieben.«

Lisa rannen Tränen die Wangen herab. Sie wischte sie mit der Serviette weg und zog schniefend die Nase hoch.

»Ja, du hast recht. Ein paar Wochen Aufschub wären besser. Ich sage nachher die Feier ab, wenn ich wieder bei meinen Eltern bin. Bis zur Hochzeitsreise ist ja noch ausreichend Zeit.«

Vincent nickte zustimmend. Die Reise nach Florida stand erst im Herbst an. Bis dahin würden hoffentlich alle belastenden Fragen geklärt sein und ihr Leben würde wieder annähernd normal verlaufen.

Vincent hatte im Zug darüber nachgedacht, ob er verpflichtet sei, Lisa zu erzählen, dass die vor über fünf Jahren ermordete Viola Faber eine so enorme Anziehungskraft auf ihn ausgeübt hatte, dass er sie täglich über Stunden beobachtet hatte. Er entschied sich, dies weiterhin für sich zu behalten. Das war ein anderes Leben gewesen. Es gehörte der Vergangenheit an und hatte nichts mit der Liebe zu tun, die er für Lisa empfand.

»Wie nehmen deine Eltern das Ganze auf?«, fragte Vincent, als sie zu Lisas Wagen gingen.

Sie zuckte mit den Schultern, zog den linken Mundwinkel hoch und warf ihm einen vielsagenden Blick zu.

»Sie sind natürlich schockiert und sehen sich in ihrer Meinung über unsere Beziehung bestätigt.«

Vincent hatte ein schwieriges Verhältnis zu Lisas Eltern. Diese hätten ihre Tochter lieber mit einem anderen Mann verheiratet gesehen. Mit ihm bekamen sie einen Schwiegersohn, dessen Gedächtnis nur fünfeinhalb Jahre zurückreichte, der nur knapp über dem Mindestlohn verdiente und in dessen Haus nun auch noch jemand ermordet worden war.

Sie erreichten den Wagen und stiegen ein.

»Dass ich festgenommen wurde, hat das Fass sicher zum Überlaufen gebracht.« Leicht resigniert hatte Vincent das Naheliegende ausgesprochen, als Lisa losfuhr.

Sie lächelte ihm zu. »Sie werden sich schon wieder einkriegen, wenn du nicht mehr unter Verdacht stehst.«

»Da wäre noch etwas«, sagte Vincent. »Hubert hat mir per SMS mitgeteilt, dass er auf meine Mitarbeit keinen Wert mehr legt.«

Lisa trat vor Schreck auf die Bremse und sie wurden ruckartig in ihre Gurte gepresst. Fast wäre es zu einem Auffahrunfall gekommen. Im Rückspiegel war ein älterer Mann zu sehen, der ein entsetztes Gesicht machte und hinter seinem Lenkrad wild gestikulierte. Lisa fuhr wieder an und hob entschuldigend die Hand.

»Warum hat Hubert das gemacht? Du konntest gestern nicht arbeiten, davon geht die Welt nicht unter.«

»Ich denke, der Hauptgrund war meine Festnahme im Zuge einer Mordermittlung.«

»Aber du hast doch nichts damit zu tun«, lamentierte Lisa.

»Der Verdacht reicht manchmal schon aus«, entgegnete Vincent. »In Huberts Branche braucht man Leute mit sauberer Weste. Schon wegen der Außenwirkung.«

»Aber deshalb muss er dir doch nicht gleich kündigen.«

»Hubert mag keine halben Sachen.«

Schweigend legten sie den letzten Kilometer zurück. Vincent empfand ein mehr als ungutes Gefühl, als er die notdürftig reparierte Tür aufschloss und das Haus betrat. Die Sicherheit und Geborgenheit, die es einst ausgestrahlt hatte, war verloren gegangen. Vincent ging durch den Flur ins Wohnzimmer. In der offen stehenden Tür hielt er inne. Lisa trat neben ihn. Gemeinsam schauten sie in den Raum.

Das Wohnzimmer sah noch genauso aus, wie er es verlassen hatte. Nichts wies mehr darauf hin, dass hier Spuren gesichert worden waren. Aber der Couchtisch war nach wie vor verschoben, der Teppich verrutscht und Teile des zerbrochenen Bilderrahmens, der durch Tonis Kampf mit seinem Mörder von dem Sideboard gefallen sein musste, lagen über den Boden verstreut.

»Hier ist es also passiert«, stellte Lisa fest.

Vincent nickte und legte seinen Arm um ihre Taille.

»Ich packe dann mal ein paar Sachen ein.« Sie löste sich von ihm und ging zaghaft die Treppe hinauf. Nach der Hälfte der Stufen blieb sie stehen. »Kannst du bitte mit raufkommen. Ich weiß, es ist bescheuert, aber ich habe Angst, dort oben könnte jemand sein.«

Eine halbe Stunde später war Lisa weg. Er hatte noch lange, nachdem ihr Wagen aus seinem Sichtfeld verschwunden war, draußen gestanden und ihr hinterhergesehen.

Sie fehlte ihm schon jetzt, aber er konnte ihren Fluchtinstinkt gut nachvollziehen. Am liebsten wäre er auch weggerannt. Aber wohin?

Er fühlte sich leer und ausgelaugt. Die etwa dreißig Stunden in Polizeigewahrsam, in denen er wenig geschlafen und kaum etwas gegessen hatte, forderten ihren Tribut. Er musste sich überwinden, das Wohnzimmer zu betreten. Es wirkte auf ihn abstoßend und entweiht.

Er gab sich einen Ruck, trat einen Schritt vor und ging langsam an der Couch und am Esstisch vorbei zur Terrassentür. Er öffnete sie und ließ frische Luft herein. Es bedurfte nur einiger Handgriffe, den Raum anschließend so aussehen zu lassen, als sei nichts geschehen. Doch ihm kam es wie eine Ewigkeit vor.

Immer wieder hielt er inne und sah seinen toten Freund vor sich auf dem Boden liegen, die weit aufgerissenen Augen und die Würgemale um den Hals.

Als Vincent fertig war, begab er sich in die Küche und trank ein Glas Wasser. In dem Moment klingelte sein Handy. Die Nummer im Display sagte ihm nichts. Seine Aufmerksamkeit war geweckt.

»Hier ist Christoph Kohl von der Trierer Zeitung. Ich habe die Artikel im Mordfall Viola Faber verfasst.«

»Danke, dass Sie sich melden«, antwortete Vincent. Er war überrascht. In seinen E-Mails an die Zeitungen, die im Fall Viola Faber berichtet hatten, hatte er seine Handynummer angegeben und möglichst um einen Anruf des Berichterstatters gebeten. Eigentlich hatte er nicht damit gerechnet, dass jemand seinem Anliegen nachkommen würde.

»Ich bin von Berufs wegen neugierig und frage mich, warum sich nach all den Jahren noch jemand für den Fall und meine Artikel interessiert«, gab Kohl freimütig zu.

Vincent presste die Zähne aufeinander. Obwohl ihm hätte klar sein müssen, dass die Frage kommen würde, hatte er sich keine Erklärung für sein Interesse an dem Fall zurechtgelegt. »Es ist etwas Persönliches«, äußerte er schließlich.

»Was möchten Sie denn wissen? Ich war bei der Gerichtsverhandlung dabei.«

»Aufgrund welcher Beweise wurde der Ex-Mann von Viola Faber damals verurteilt?«

»Die Polizei hat die Tatwaffe in einer der Mülltonnen gefunden, die zu dem Mietshaus gehören, in dem der Angeklagte wohnte.«

»Waren seine Fingerabdrücke darauf?«

»Das nicht. Aber ... Hören Sie, was meinen Sie damit, Sie haben ein persönliches Interesse, etwas über den Fall zu erfahren? In der Regel stellen wir Journalisten nämlich die Fragen.«

Vincent fluchte in sich hinein.

»Also, es gibt zwei einfache Möglichkeiten«, stellte ihn der Journalist vor die Wahl. »Entweder Sie sagen mir die Wahrheit oder unser Gespräch ist an dieser Stelle zu Ende.«

Vincent schwieg.

»Dann lege ich jetzt auf«, sagte Kohl.

»Halt, warten Sie«, bat Vincent. »Was ich Ihnen jetzt erzähle, mag seltsam klingen, aber es ist die Wahrheit.«

»Ich bin ganz Ohr.«

»Ich glaube, dass ich den Mord an Viola Faber beobachtet habe.«

»Sie glauben es?«

»Kurz darauf erlitt ich eine Kopfverletzung und verlor mein Gedächtnis. Seit ein paar Tagen kehren meine Erinnerungen an jenen Tag schrittweise zurück.«

»Wir Journalisten nennen so etwas eine Räuberpistole. Aber wenn es wahr wäre, klänge es für mich nach einer guten Story.«

»Verstehen Sie doch, ich kann damit nicht zur Polizei gehen, aber ich habe beobachtet, dass ein Maskierter die Frau erstochen hat. Nun will ich sichergehen, dass der wahre Täter verurteilt wurde.«

»Was Sie mir da erzählen, hört sich wie schon gesagt unglaublich an und mit Verlaub, sogar ziemlich verrückt. Von wo aus wollen Sie das verfolgt haben? Das Verbrechen fand im Wohnzimmer statt, das im hinteren Teil des Hauses gelegen hat.«

»Helfen Sie mir?«

Kohl stöhnte genervt. »Also gut. Viola Fabers Ex-Mann ist ein vorbestrafter Gewalttäter. Er hat sie während der Ehe regelmäßig geschlagen. An der Tatwaffe befanden sich zwar keine Fingerabdrücke von ihm, dafür aber im Haus der Fabers. Zudem hatte Luis Stocker kein Alibi für die Tatzeit. Insgesamt hat es dem Gericht für eine Verurteilung wegen Mordes gereicht.«

In den Berichten war immer nur von Luis S. die Rede gewesen. Nun kannte Vincent seinen Nachnamen. »Hat Stocker die Tat gestanden?«

»Er hat sie abgestritten und sich für unschuldig erklärt. Aber das hat er bei all seinen vorhergehenden Verurteilungen wegen Körperverletzung auch. Der Kerl ist ein Krimineller, wie er im Buche steht. Niemand im Gerichtssaal hatte Zweifel, dass er es gewesen ist.«

»Hat er sich dazu geäußert, weshalb seine Fingerabdrücke im Haus der Fabers gefunden wurden?«

»Das hat er. Er meinte, er habe seine Ex-Frau ein paarmal um Geld angepumpt. Sie habe sich dazu bereit erklärt, ihm welches zu geben. Deshalb sei er mehrfach bei ihr gewesen.«

»Sie soll ihrem Ex-Mann, der sie geschlagen hat, freiwillig Geld gegeben haben?«

»Er hat vermutlich Wege gefunden, sie weiter unter Druck zu setzen. Einen Tag vor dem Mord hat Stocker sie in ihrem Haus mit einem Küchenmesser bedroht. Es kam zu einer Anzeige. Auf diesem Messer konnten Stockers Fingerabdrücke sichergestellt werden.«

»Vielleicht hat sie ihm den Geldhahn zugedreht und er hat sie deshalb umgebracht.«

»Ja, das stimmt, dieser Punkt wurde in der Urteilsbegründung genannt. Als ausschlaggebendes Tatmotiv favorisierten die Richter aber krankhafte Eifersucht. Der Grund, warum Stocker seine Frau verprügelte, war immer derselbe. Er warf ihr vor, was mit anderen Männern zu haben. Die Hilfsorganisation, an die Viola Faber sich wandte, um von ihrem Peiniger wegzukommen, wusste davon.«

»Haben Sie ein Foto von Stocker?«

»Da ließe sich sicher eins finden.«

»Könnten Sie es mir per E-Mail schicken?«

»Nur wenn Sie mir versprechen, es für sich zu behalten, und mir Bescheid geben, wenn Sie auf Ungereimtheiten in der ganzen Geschichte stoßen.«

»Ich gebe Ihnen mein Wort.«

»Dann haben wir einen Deal.«

Kurz nachdem das Gespräch beendet war, klingelte es an der Haustür. Als Vincent öffnete, standen Alis Schuldeneintreiber Randolf und ein weiterer grobschlächtiger Typ mit Bomberjacke, den er zuvor noch nicht gesehen hatte, vor ihm. Schlagartig stieg in Vincent Wut auf.

»Ihr wagt es, hierherzukommen? Woher wisst ihr überhaupt, wo ich wohne?«

»Wir sind keine Analphabeten«, meldete sich Bomberjacke zu Wort.

Vincent ging nicht weiter darauf ein. »Wo ist denn dein Kumpel von neulich?«, blaffte er Randolf an.

Plattnase grinste. »Der wäre gern mitgekommen, ist aber heute leider verhindert.«

»Sicher, weil die Polizei ihn verhaftet hat. Ihr habt Toni umgebracht.«

Randolf hob abwehrend die Hände. Er schien keineswegs irritiert. Offenbar war die Polizei tatsächlich bei ihnen vorstellig geworden.

»Ganz langsam, Sportsfreund. Mit solchen Anschuldigungen wäre ich vorsichtig.« Er legte den Kopf schief und sah Vincent gespielt vorwurfsvoll an. »Warum glaubst du, dass wir das waren? Wir töten doch keine Kuh, die wir noch melken wollen.«

Vincent packte ihn am T-Shirt. Randolf machte einen Schritt auf dem Treppenabsatz zurück und schlug Vincents Hand weg. Gereizt hob er den Zeigefinger und richtete ihn auf sein Gegenüber. »Vorsicht! Mach das nicht noch mal!«

»Verschwindet«, sagte Vincent abfällig und wollte die Tür schließen. Doch der Typ mit der Bomberjacke stellte einen Fuß in den Türrahmen.

Randolf schüttelte grinsend den Kopf und tauschte mit seinem neuen Kompagnon, der sein schmieriges Lächeln erwiderte, einen Blick aus. »Du solltest etwas höflicher sein«, sagte er zu Vincent und hob beschwichtigend die Hände. »Wir sind hergekommen, um dir unser – ähm – aufrichtiges Beileid auszusprechen.«

Vincent trat vor sie, um ihnen zu demonstrieren, dass er keine Angst vor ihnen hatte. Notfalls würde er sich auf einen Kampf mit ihnen einlassen. »Darauf kann ich verzichten. Sonst noch was?«

»Nun ja, Toni ist tot. Daran lässt sich nichts ändern. Aber seine Schulden sind bedauerlicherweise noch da und die muss irgendjemand bezahlen. Ali ist der Meinung, dass du derjenige bist.«

Bevor Vincent etwas erwidern konnte, rammte der Kerl mit der Bomberjacke ihm eine Faust in den Magen. Die Luft blieb ihm weg und sein Oberkörper klappte nach vorn. Als er sich aufrichtete, holte Randolf aus und traf Vincent unter dem linken Auge. Es ging rasend schnell. Der Schmerz explodierte in seinem Kopf.

Er war auf diesen abrupten Angriff nicht vorbereitet gewesen und hatte keine Chance gehabt, zu reagieren. Ihm wurde schwarz vor Augen. Sie zerrten ihn ins Haus, schlossen die Tür, schleiften ihn durch den Flur ins Wohnzimmer und verfrachteten ihn in den Sessel. Vincent fühlte sich benommen und zu geschwächt, um Gegenwehr zu leisten.

Randolf baute sich breitbeinig vor ihm auf. »Ob du Toni umgelegt hast oder nicht, interessiert Ali nicht. Aber Toni war in deinem Haus, als es geschah. In deinem Verantwortungsbereich. Da du zugelassen hast, dass in deinem Refugium so etwas passiert, haftest du für den Schaden, der daraus entstanden ist. Also ich finde, das klingt logisch.« Randolf hielt die Hand auf. »Also her mit der Kohle.«

Sein Mitstreiter lachte hohl.

Vincent stöhnte vor Schmerzen auf. Er musste etwas Zeit gewinnen. »So viel hab ich nicht hier.«

Randolf legte den Kopf schief. »Aber ein bisschen Bares wirst du doch dahaben. Beweise uns deinen guten Willen und du bist uns vorerst los.«

Vincent wollte aufstehen, aber Randolf schüttelte den Kopf.

»Sitzen bleiben. Sag mir, wo das Geld ist. Mein Kumpel tut dir den Gefallen und holt es für dich.« Er ballte eine Faust. »Ansonsten muss ich dir weiter wehtun.«

»Ihr könnt mich mal«, fluchte Vincent.

Randolf machte einen Schritt nach vorn und holte zum Schlag aus.

»Stopp!«, hallte eine weibliche Stimme durch den Raum.

Randolf hielt in der Bewegung inne. Alle drei Männer sahen die Frau an, als wäre ihnen ein Geist erschienen. Es war dieselbe Frau, die Vincent am Vormittag beobachtet und die er verfolgt hatte. Sie trug immer noch die Baseballkappe und in der Hand hielt sie eine Pistole.

Randolf richtete sich betont langsam auf. »Wer bist denn du, Süße?« Er machte einen Schritt auf die Frau zu.

»Hände nach oben!«

Randolf blieb abrupt stehen und kam ihrem Befehl provokativ lässig nach. »Eine so hübsche Frau mit einer so hässlichen Waffe. Das passt doch nicht zusammen.« Er grinste.

»Du hast keine Ahnung, wer vor dir steht und was hier zusammenpasst oder nicht. Dieser Frage gehst du besser nicht auf den Grund.«

»Schon gut«, sagte Randolf und nickte seinem Partner zu. Gleichwohl machte er einen weiteren Schritt auf die Frau zu.

»Ich schwöre dir, ich schieße euch beide über den Haufen, ohne mit der Wimper zu zucken«, drohte die Frau. Ihre Stimme blieb ruhig, was ihr Glaubwürdigkeit verschaffte.

Randolf lachte auf. »Ich mag Frauen, die gern das Sagen haben. Mein Kumpel hat jetzt bestimmt richtig Angst.«

Der Spruch war offensichtlich ein Stichwort. Der andere Kerl griff unter seine Jacke, und eine Pistole kam in seiner Hand zum Vorschein. Die Frau schwenkte ihre Waffe in einer fließenden Bewegung in seine Richtung und schoss ihm in den Oberschenkel.

Der Schuss war ohrenbetäubend laut. Die Waffe des Schlägers fiel polternd vor Vincent zu Boden. Er stieß sie mit dem Fuß weg. Der Typ schrie, fiel auf seinen Hintern und drückte mit beiden Händen auf das Loch in seiner Jeans, die sich rundherum mit Blut vollsaugte und sich dunkelrot verfärbte. Die Frau richtete die Pistole sofort wieder auf Randolf.

Vincent sprang von seinem Sessel auf und schlug Randolf, der die Frau fassungslos ansah, mit der Faust ins Gesicht. Seine Nase knackte. Blut schoss in einem Schwall hervor.

»Das war für Toni und jetzt verschwindet aus meinem Haus«, schrie Vincent. Ramponiert, wie sie waren, wankten Alis Geldeintreiber zu der offen stehenden Haustür. Sie zogen eine Blutspur hinter sich her.

Vincent und die Frau folgten ihnen in gebührendem Abstand. Die Frau hielt ihre Pistole weiterhin auf sie gerichtet.

Erst als sie in ihren in der Einfahrt parkenden Wagen gestiegen und losgefahren waren, senkte sie die Waffe.

»Darf ich fragen, wer Sie sind?«, erkundigte sich Vincent.

Sie hob den Kopf und sah ihn an. »Ich denke, das dürfen Sie. Ich schulde Ihnen eine Erklärung.« Sie steckte die Pistole ein und ging an ihm vorbei ins Haus.

17

Sonja Welsch und Karsten Schwarzenberg saßen in ihrem Dienstzimmer an ihren Schreibtischen und gingen die Ermittlungsergebnisse durch.

Welsch hatte nach der Vernehmung ihres neuen Verdächtigen Lust auf etwas Süßes bekommen und vom Bäcker um die Ecke ein paar Teilchen besorgt.

»Mein Gehirn braucht jetzt Kohlehydrate, um weiterhin richtig denken zu können«, erklärte sie und biss herzhaft ein Stück von ihrer Zuckerschnecke ab.

»War ja auch ein ziemlich anstrengender Tag«, meinte Schwarzenberg und nahm einen Schluck von dem frisch gekochten Kaffee in seinem Becher.

»Ich bin gespannt, ob die Richterin einen Haftbefehl gegen Kevin Rößner erlässt«, überlegte Welsch.

Schwarzenberg griff sich eine Nussecke aus der Tüte und biss hinein. »Das könnte eng werden. Wir haben keine verwertbaren Spuren am Tatort gefunden. Rößner hat kein Alibi für die Tatzeit und ein üppiges Vorstrafenregister. Allerdings macht ihn das nicht automatisch zum Täter. Das Einzige, was Rößner belastet, ist, dass er Anton Heckmann am Mittag vor dessen Tod geschlagen und bedroht hat, damit der bis zum Abend seine Schulden bezahlt.«

»Das wissen wir aber nur von Vincent Herzog. Rößner selbst bestreitet das.«

»Warum soll er sich selbst belasten? Seine Lüge wird ihm aber nichts nützen. Erfreulicherweise haben wir noch eine Zeugin.«

Es hatte sich gelohnt, gleich zu Beginn der Ermittlungen die Nachbarn Anton Heckmanns nach Auffälligkeiten zu befragen.

Eine ältere Dame, die eine Etage unter dem Opfer wohnte, hatte am Samstag zwei finster aussehende Männer das Haus betreten sehen. Sie hatte durch ihren Türspion beobachtet, wie die beiden die Treppe hinaufgegangen waren. Als sie vorbei waren, hatte sie ihre Wohnungstür einen Spalt geöffnet und die Männer mit dem Opfer reden gehört. Sie hatte kaum ein Wort verstanden, aber es reichte aus, um Vincent Herzogs Aussage zu untermauern. Sie konnte Kevin Rößner und Randolf Lochmann auf den ihr gezeigten Fotos eindeutig als die beiden Männer identifizieren. Es war nicht das erste Mal, dass die Polizei von der Neugier älterer alleinstehender Damen profitierte.

Lochmanns und Rößners Boss Ali hieß mit richtigem Namen Sascha Kriebe, wie die Kollegen von der Dienststelle für Wirtschaftskriminalität berichteten.

Ali hatte sich diesen Spitznamen in jungen Jahren zugelegt, in denen er als Boxer sein Geld verdiente.

Der Name war eine Reminiszenz an sein Idol Cassius Clay alias Muhammad Ali, allerdings klafften der daraus resultierende Anspruch und die Wirklichkeit ein Stück weit auseinander. Eine Verletzung zwang Kriebe, früh mit dem Boxen aufzuhören, seinen Spitznamen legte er jedoch nicht mehr ab.

In der Folge betrieb er zeitweilig bis zu drei Diskotheken. Nach deren Verkauf widmete er sich dem Wettgeschäft und leitete mehrere Spielhallen und Wettbüros.

Bald darauf war er ins Visier der Ermittler geraten, doch trotz Razzien und Observierung war es bisher nicht gelungen, ihm die vermutete Organisation und Ausrichtung illegaler Glücksspiele in großem Stil nachzuweisen. Außerdem stand er in Verdacht, in Waffen- und Drogengeschäfte verwickelt zu sein. Bei den Namen Kevin und Randolf hatte es bei den Kollegen sofort Klick gemacht, da die beiden zu Alis engsten Mitarbeitern gehörten und zugleich seine Bodyguards und Schuldeneintreiber waren. Randolf Lochmann war ebenfalls ein Ex-Boxer und Kevin hatte sich seine Sporen bei der Bundeswehr verdient. Beide galten als extrem gewaltbereit. Lochmann kam als Tatverdächtiger nicht mehr infrage. Er hatte angegeben, zur Tatzeit in einer Diskothek gewesen zu sein.

Sie hatten sein Alibi überprüft und es war stichfest. Mehrere Bedienstete der Diskothek hatten seine Anwesenheit bestätigt und die Aufzeichnung der auf die Theke gerichteten Überwachungskamera zeigte Randolf zum maßgeblichen Zeitpunkt auf einem Barhocker sitzend in eine angeregte Unterhaltung mit einer jungen Frau vertieft.

»Kevin Rößner ist kein bisschen nervös geworden, als wir ihn bei der Vernehmung in die Mangel genommen haben. Er meinte, er kenne das Opfer nicht und habe keinen Grund gehabt, den Mann umzubringen«, überlegte Welsch.

»Eine Schutzbehauptung. Beschuldigte vom Kaliber Rößners lügen, wenn sie den Mund aufmachen, bis sich die Balken biegen.«

»Das ist mir klar. Allerdings ist es in der Branche nicht gerade üblich, einen Schuldner sofort beim ersten Zahlungsverzug zu töten. Typisch wäre ein gebrochener Finger oder sonst eine schmerzhafte Tortur. Ein toter Schuldner kann schließlich nicht mehr zahlen.«

Schwarzenberg nickte. »Das stimmt natürlich. Aber vielleicht wollte der Täter das Opfer gar nicht erwürgen, sondern ihm nur Angst machen, um den Ernst der Lage zu verdeutlichen. Es könnte ein Unfall gewesen sein. So was geht schnell. Er drückt ein bisschen zu lange zu und schon ist es passiert.«

»Möglich. Mal sehen, ob unser Staatsanwalt mit der Theorie bei der Richterin auf offene Ohren stößt.«

Schwarzenberg schob den letzten Bissen seiner Nussecke in den Mund und spülte ihn mit Kaffee hinunter. »Ich wüsste nicht, wer es sonst gewesen sein soll, wenn nicht Rößner oder ein anderer von Alis Handlangern. Vincent Herzog scheidet für mich als Täter so gut wie aus.«

»Für mich bleibt er verdächtig. Ein Streit unter Freunden kann schnell eskalieren, wäre nicht das erste Mal«, protestierte Welsch.

»Am Hals des Opfers fanden sich keine Fingerabdrücke oder Einkerbungen von Fingernägeln. Bei einer Affekthandlung hätte Herzog bestimmt nicht daran gedacht, sich Handschuhe anzuziehen, bevor es zum Kampf kam.«

»Da ist was dran. Und für eine geplante Tat Herzogs fehlen jegliche Anhaltspunkte.«

»Ich setze auf Rößner als Täter. Allerdings werden wir für eine Verurteilung Beweise brauchen«, stellte Schwarzenberg abschließend fest.

Sonja Welsch gähnte und trank ihren Kaffee aus. »Wir sind noch nicht ganz durch mit der Befragung von Vincent Herzogs Nachbarn. Da könnten wir ansetzen. Vielleicht hat einer von ihnen Kevin Rößner zur Tatzeit in der Nähe des Hauses gesehen.«

18

»Danke, dass Sie mir geholfen haben«, sagte Vincent.

Er und die Frau saßen sich am Esszimmertisch gegenüber. Sie hatte braune Augen und einen dunklen Teint. Obwohl er noch nicht wusste, wer sie war, fühlte er sich ihr nahe. Er drückte sich einen Beutel Eiswürfel auf sein geschwollenes Auge.

Sie senkte den Blick. Nach ein paar Sekunden schaute sie wieder auf. Ihr Gesichtsausdruck weckte Vincents Vertrauen. »Sie erinnern sich weder an mich noch an sonst etwas aus Ihrem früheren Leben«, stellte sie fest. »Ich hingegen weiß eine Menge über Sie.«

Sie machte eine Pause und gab Vincent Zeit, diese Information zu verdauen.

»Nach Ihrer Amnesie habe ich beschlossen, nicht wieder in Ihr Leben zu treten. Der Gedächtnisverlust war das Beste, was Ihnen passieren konnte.«

Vincent überkam ein Schwindelgefühl. Plötzlich schien zu wenig Sauerstoff im Raum vorhanden zu sein. Er erhob sich und öffnete die Terrassentür. Kurz blieb er in der offenen Tür stehen und atmete mehrfach tief durch. Er wandte sich wieder der Frau zu. »Und warum tauchen Sie jetzt nach über fünfeinhalb Jahren auf?«

»Weil Sie mich angerufen haben.«

Vincent ging wie in Zeitlupe zurück zum Tisch und setzte sich.

»Meine Handynummer war die einzige Verbindung zu Ihrem früheren Leben. Wir hatten verabredet, dass Sie mich nur im absoluten Notfall anrufen würden. Ich bin Zoe Behrend.«

Vincent sagte ihr Name nichts. »Ich fand Ihre Nummer in einem Buch versteckt.«

»Nach Ihrem Anruf habe ich mich umgehend auf den Weg gemacht. Als ich hier ankam, waren Sie bereits festgenommen. Falls Sie sich gefragt haben, wer den Anwalt für Sie beauftragt hat. Das war ich.« Sie grinste.

»Wer sind Sie und warum sind Sie im Verborgenen geblieben?«

»Ich wollte zunächst herausfinden, ob Sie sich an mich oder Ihr früheres Leben erinnern. Als ich feststellte, dass dem nicht so war, wollte ich, dass es dabei blieb. Bei unserem kleinen Fangenspiel hatte ich den Eindruck, dass Sie allenfalls das Gefühl hatten, mich schon mal gesehen zu haben. Das reichte mir, um zunächst im Hintergrund zu bleiben.«

»Und nun sitzen Sie doch hier.«

»Ich konnte Sie ja nicht einfach diesen Schlägern überlassen. Ich habe Ihr Haus beobachtet und gesehen, dass die beiden Sie fertigmachen wollten. Als die mit Ihnen im Haus verschwunden sind, war mir klar, dass ich einschreiten musste.«

»Und wie sind Sie ins Haus gekommen? Randolf hat die Tür hinter sich geschlossen, soweit ich mich erinnere.«

Die Frau zückte einen Schlüssel und hielt ihn hoch. »Den haben Sie mir damals für den Notfall gegeben.« Vincent machte große Augen.

Sie steckte den Schlüssel wieder ein. »Was wollten die Schläger von Ihnen?«

»Jetzt wo Toni tot ist, wollten sie seine Schulden bei mir eintreiben.«

»Verstehe«, sagte die Frau. »Meinen Sie, die beiden haben etwas mit der Ermordung Ihres Freundes zu tun?«

»Davon war ich zunächst ausgegangen. Jetzt bin ich mir nicht mehr so sicher.«

»Haben Sie denn eine Vermutung, wer es sonst gewesen sein könnte?«

»Ich habe nicht die leiseste Ahnung.«

Die Frau atmete durch. »Dann war es die richtige Entscheidung, dass ich hergekommen bin.«

Vincent sah sie fragend an. Ein Berg an Fragen hatte sich in ihm aufgetürmt.

Sie seufzte. »Mit großer Wahrscheinlichkeit war nicht Ihr Freund das Ziel, sondern Sie.«

Vincent glaubte, seinen Ohren nicht zu trauen. Doch trotz eines mulmigen Gefühls wollte er nicht länger die Augen vor den Tatsachen verschließen. »Ich finde, es ist an der Zeit, endlich die Karten auf den Tisch zu legen. Wer sind Sie? Und warum kennen Sie sich in meinem Leben so gut aus?«

»Vor sechseinhalb Jahren habe ich Ihnen geholfen, unterzutauchen und ein neues Leben unter einer neuen Identität anzufangen. Ich bin Personenschützerin beim LKA Berlin.«

Bei Zoe Behrends Worten schien es Vincent, als würde plötzlich die Luft in Flammen stehen.

Ungläubig starrte er auf den Dienstausweis, den sie ihm über den Tisch zuschob, während sie sprach.

»Das ist doch nicht möglich«, flüsterte er. Erneuter Schwindel überkam ihn. »Welchen Grund sollte ich gehabt haben, unterzutauchen?«

»Sie waren Polizist und arbeiteten als verdeckter Ermittler. Sie waren unter falscher Legende in eine kriminelle Organisation eingeschleust worden. Dank Ihrer Zeugenaussage konnten wir deren Boss wegen Mordes ins Gefängnis bringen. Leider ist es uns danach nicht gelungen, die Organisation vollständig zu zerschlagen. Einige Mitglieder haben anschließend herausgefunden, wie Sie heißen und wo Sie wohnen. Das hätte nicht passieren dürfen. Wir vermuten, ein unbekannter Maulwurf in unseren Reihen hat diese Informationen an diese Leute weitergegeben. Es gab einen Anschlag auf Sie, den Sie knapp überlebt haben. Sie wollten es anfangs nicht, haben sich dann aber doch entschlossen, an dem Ihnen angebotenen Zeugenschutzprogramm teilzunehmen. Sie wurden zu Vincent Herzog.«

Vincent konnte es nicht fassen. Aber Zoe Behrend musste wohl die Wahrheit sagen – er spürte es.

»Und Sie glauben, diese Kriminellen, denen ich in die Parade gefahren bin, haben mich nun hier ausfindig gemacht und jemanden auf mich angesetzt, der mich umbringen soll?«

Die Personenschützerin nickte. »Ich weiß noch nicht, wie die das angestellt haben, Sie zu finden. Aber absolute Sicherheit, unentdeckt zu bleiben, gibt es nicht.«

»Wie war mein Name, als ich noch Polizist war?« Vincents Stimme war kaum mehr als ein Hauchen.

»Sie heißen Maik Potschka.«

Er wiederholte den Namen, als ob es sich dabei um eine magische Formel handelte, die seine Erinnerungen an die Zeit, als er noch diesen Namen trug, schlagartig aus dem Hut zaubern könnte.

Maik war der Name, den er nach seinem Laufunfall vor wenigen Tagen Frau Schiffer gegenüber genannt hatte, nachdem er zu ihrem Haus gefahren war, in dem die Vorbesitzerin Viola Faber ermordet worden war. Lisa hatte ihm das erzählt, da er sich selbst nicht mehr daran erinnert hatte.

»Was für eine kriminelle Organisation war das, in die ich eingeschleust worden war?«

»Belassen wir es zunächst bei der Bezeichnung kriminelle Organisation. Wenn Sie sich an diese Leute nicht mehr erinnern, ist das nur gut so. Je weniger Sie wissen, umso unwahrscheinlicher ist es, dass Sie sich selbst verraten. Für Ihr neues Leben sollten Sie damals Ihr altes vergessen lernen. Die vollständige Amnesie, die

Sie, wenn auch unfreiwillig erfahren haben, war im Rahmen des Zeugenschutzprogramms ein nützlicher Umstand.«

Vincent geriet bei diesen Worten in Rage. »Soll ich jetzt dankbar dafür sein, dass ich mein Gedächtnis verloren habe?«

»Keineswegs. Aber Sie könnten die Tatsachen aus einem anderen Blickwinkel betrachten und ihnen etwas Positives abgewinnen.«

»Hatte ich keine Familie, die ich zurückgelassen habe?«

Zoe Behrend schüttelte den Kopf. »Sie hatten keine lebenden Verwandten mehr.«

Vincent hatte ein leichtes Stocken in ihrer Stimme wahrgenommen. »Das ist doch nicht die ganze Wahrheit«, bohrte er nach.

»Sie sollten es dabei bewenden lassen. Die Amnesie war auch ein Geschenk für Sie.«

Sie machte keine Anstalten, noch etwas zu sagen.

In Vincent drohte etwas zu zerbrechen. »Jetzt reden Sie schon, ich bitte Sie.«

Sie nahm ihre Mütze ab und legte sie in ihren Schoß. Ihre Wangenmuskeln zuckten. Dann sah sie ihm fest in die Augen. »Sie waren verheiratet. Der Anschlag auf Sie, von dem ich gesprochen habe – Sie haben überlebt, aber Ihre Frau kam dabei ums Leben.«

Vincents Herz krampfte sich zusammen. Er musste mehrmals schlucken, bevor er in der Lage war zu reden. »Meine Frau? Wie ist es passiert?«

Zoe Behrend biss sich auf die Unterlippe. »Wollen Sie das wirklich wissen?«

Vincent nickte stumm. Nun gab es kein Zurück mehr.

»Sie wurde durch eine Explosion getötet.«

Vincent ballte die Fäuste auf dem Tisch. »Erzählen Sie mir, wie das abgelaufen ist. Warum hat es nur sie erwischt?«

»Sie kamen gemeinsam aus dem Mietshaus, in dem Sie wohnten. Ihre Frau stieg in Ihren vor der Eingangstür geparkten Wagen. Sie hatten Ihr Handy in der Wohnung vergessen und sind noch mal zurück. Gerade als Sie wieder im Haus waren, ging die Bombe hoch. Sie war unter dem Auto platziert. Wir gehen davon aus, dass der Sprengsatz per Fernzünder ausgelöst wurde und die Detonation zeitverzögert erfolgte.«

Vincent starrte Zoe Behrend mit offenem Mund an. »Es fühlt sich an, als würden Sie von dem schrecklichen Schicksal mir völlig fremder Personen berichten. Es macht mich traurig und betroffen. Aber ich fühle mich wie ein Zaungast. Als ob ich nichts damit zu tun hätte. Maik Potschka. Mein eigener Name sagt mir nichts und ich weiß noch nicht einmal, wie meine Frau hieß.«

»Sie hieß Hanna. Nach ihrem Tod haben Sie Ihre Schuldgefühle in Alkohol ertränkt. Sie drohten gänzlich den Halt zu verlieren. Verstehen Sie jetzt, warum die Amnesie in Ihrem Fall ein Geschenk war? Sie hat Ihnen ein neues, einigermaßen unbeschwertes Leben ermöglicht.«

Vincent schloss kurz die Augen und schluckte. Lisa hatte ihm auch berichtet, dass er bei dem Telefonat vor dem Haus der Schiffers behauptet hatte, seine Frau würde Hanna heißen und dass er unbedingt mit ihr hatte sprechen wollen.

»Trotzdem will ich mein Gedächtnis zurück. Egal, wie groß der seelische Schmerz der Erinnerungen wäre. Seit meinem Unfall vor fünfeinhalb Jahren fühle ich mich oft nur wie ein halber Mensch. Es heißt, die Toten leben in unseren Herzen weiter. Indem ich meine Erinnerungen an meine Frau verlor, starb sie für immer.«

»Es tut mir sehr leid«, beteuerte Zoe Behrend.

»Hat man ihren Mörder gefunden?«

»Nein.«

Es entstand eine Gesprächspause.

»Ich habe vor Kurzem geträumt, wie eine Frau erschossen und in Brand gesteckt wird«, sagte Vincent. »In dem Traum dachte ich, es wäre meine Frau. Aber in Wirklichkeit handelte es sich um eine Frau, die ich erst hier im Dorf zum ersten Mal getroffen habe. Sie löste offenbar einen so starken Sog auf mich aus, dass ich sie täglich heimlich von dem hinter ihrem Anwesen angrenzenden Wald aus beobachtet habe. Tatsächlich wurde sie in ihrem Haus ermordet und ich habe die Tat von draußen mit angesehen.«

»Das wusste ich nicht. Es klingt schrecklich und seltsam zugleich.«

»Ihr Ex-Mann wurde für die Tat verurteilt. Ich habe aber das Gefühl, dass ein Unschuldiger im Gefängnis sitzt. Ich sah den Mörder. Er trug eine Sturmhaube. Ich habe Angst, dass ich mir das nur eingebildet habe und in Wahrheit ich derjenige war, der die Frau getötet hat.«

»Warum hätten Sie diese Frau töten sollen?«

»Ich weiß es nicht. Am gleichen Tag, als ich den Mord beobachtet habe, hatte ich die Schädelverletzung, die zum Gedächtnisverlust führte.«

»Das bedeutet, dass Sie sich an etwas erinnert haben, das zeitlich vor der Verletzung liegt.«

»Vielleicht fällt mir noch mehr ein, wenn ich mich intensiver mit den damaligen Geschehnissen auseinandersetze. Ich muss herausfinden, ob ich der Mann mit der Sturmhaube war.«

Es klingelte an der Haustür. Vincent sah erschrocken auf.

Er ging zu einem der nach vorne gelegenen Fenster, Zoe Behrend hielt sich dicht hinter ihm. Am Straßenrand parkte ein Wagen mit Saarbrücker Kennzeichen.

»Wir müssen vorsichtig sein«, sagte die Personenschützerin. »Wer auch immer das ist, verlieren Sie kein Wort darüber, dass ich hier bin.«

Vincent nickte. Er ging durch den Flur zur Haustür. Durch die Milchglasscheibe erkannte er die Silhouette zweier Personen. Er wünschte, das Haus würde über eine Gegensprechanlage verfügen, am besten mit eingebauter Kamera, aber leider war dem nicht so.

Er stellte sich nahe an den Eingang. »Wer ist da?«, fragte er so laut, dass man ihn draußen verstehen konnte.

»Hauptkommissar Schwarzenberg und meine Kollegin Welsch. Wir haben noch ein paar Fragen an Sie.«

Vincent erkannte die Stimme des Kommissars. Als er die Tür öffnete, sahen die beiden Ermittler ihn erstaunt an.

19

Karsten Schwarzenberg deutete an sein eigenes Auge und hielt dabei den Blickkontakt zu Vincent Herzog. »Woher haben Sie die Verletzung? Sieht übel aus.«

»Alis Schläger waren hier«, antwortete Herzog. »Die wollen, dass ich Tonis Schulden bezahle. Wären Sie eine Stunde früher hier gewesen, hätten Sie die beiden gleich mitnehmen können.«

»Wollen Sie Anzeige erstatten?«, fragte Sonja Welsch.

»Ich wüsste nicht, was das bringen sollte. Da steht mein Wort gegen das von denen. Und was treibt Sie her? Sind Ihnen noch ein paar Fragen eingefallen? Dafür hätten Sie auch zum Telefon greifen können. Oder wollen Sie mich vielleicht noch mal festnehmen?«

Ein müdes Lächeln huschte über Schwarzenbergs Lippen. Seine Laune war nicht die beste. Mir ihren Ermittlungen waren sie in einer Sackgasse angelangt. »Dürfen wir reinkommen?«, fragte er.

Vincent Herzog zögerte. Das war verständlich. Niemand empfing die Polizei in seinem Haus mit offenen Armen. »Von mir aus«, gab Herzog dennoch nach. Es klang nicht freundlich, aber auch das war nachvollziehbar. Sie hatten den Mann über dreißig Stunden in einer Zelle eingesperrt.

»Wir sind in erster Linie hier, weil wir alle Nachbarn fragen wollten, ob ihnen in der Tatnacht etwas Außergewöhnliches aufgefallen ist«, stellte Sonja Welsch klar, während sie Herzog durch den Flur folgten.

»Und?«

»Sie verstehen sicherlich, dass wir Ihnen keine Ermittlungsdetails verraten dürfen«, antwortete Schwarzenberg.

Allzu viel hätte es da allerdings auch nicht zu verraten gegeben. Eine ältere Dame, die sie bei der ersten Befragung nicht angetroffen hatten, hatte gegen dreiundzwanzig Uhr dreißig ihren Hund Gassi geführt.

Ihr war ein schwarzer Mercedes aufgefallen, der etwa hundert Meter von Herzogs Haus entfernt am Straßenrand geparkt hatte. Das Kennzeichen hatte sie sich nicht angesehen und zum Modell oder Baujahr konnte sie auch nichts beitragen.

Es war dunkel und der Wagen parkte an einer unbeleuchteten Stelle. Sie hatte sich lediglich gewundert, dass jemand auf dem Fahrersitz gesessen hatte. Ob Mann oder Frau konnte sie nicht sagen.

»Darf ich Ihnen etwas zu trinken anbieten?«, fragte Herzog, als sie sich im Wohnzimmer gegenüberstanden. Er schien sich etwas beruhigt zu haben.

»Gerne«, sagte Welsch und wischte sich mit dem Handrücken über die Stirn. »Ein Glas Wasser wäre toll. Es ist heute ganz schön heiß. Aber in Ihrem Haus ist es noch angenehm kühl.«

»Ich würde auch ein Wasser nehmen«, schloss Schwarzenberg sich an.

»Nehmen Sie bitte Platz«, sagte Herzog und ging in die Küche.

»Danke, wir bleiben stehen. Es wird nicht lange dauern«, sagte Schwarzenberg. »Wie kommen Sie damit klar, dass Ihr Freund in Ihrem Haus gestorben ist?«

Herzog kam mit zwei Gläsern Mineralwasser aus der Küche und reichte sie den Ermittlern. »Es ist ein Scheißgefühl.«

Welsch und Schwarzenberg nahmen einen großen Schluck.

»Sind Sie wirklich nur gekommen, um mich zu fragen, wie es mir geht?«, wollte Herzog nun wissen. Er machte einen leicht verstörten Eindruck auf Schwarzenberg. Seine Stimmungslage schien instabil. Aber das war unter den gegebenen Umständen kein Wunder.

Schwarzenberg trank sein Glas aus und stellte es auf den Tisch. »Wir gehen nun nicht mehr nur von Totschlag, sondern von Mord aus.«

Herzog schloss die Augen. Die Mitteilung schien ihn mitzunehmen.

»Die beiden Schuldeneintreiber, die das Opfer mittags vor seinem Tod schlugen und bedrohten, haben beide ein Alibi und kommen damit als Täter nicht mehr in Betracht.«

Schwarzenberg achtete auf Herzogs Mimik. Sie blieb ausdruckslos. Der Richter hatte den Antrag auf Erlass eines Haftbefehls gegen Kevin Rößner abgelehnt. Dieser hatte im letzten Moment ein Alibi aus dem Hut gezaubert. Er hatte zur festgestellten Tatzeit ein Videotelefonat mit seiner in Köln lebenden Schwester geführt, das in Wort und Bild aufgenommen worden war. Darin hatte er seiner Schwester stolz den erzielten Highscore in einem Online-Spiel auf seinem heimischen Fernseher präsentiert.

»Das scheint Sie nicht sonderlich zu überraschen«, versuchte Schwarzenberg, etwas Druck aufzubauen.

Herzog zuckte mit den Schultern, blieb ihnen aber eine Erklärung schuldig. »Es ist, wie es ist«, erwiderte er nur knapp.

Etwas rumorte in seinem Gegenüber. Das spürte Schwarzenberg. Vorerst würde er aber nicht weiter nachbohren.

»Tatsache ist, wir haben noch keine neue Spur und wollten Sie fragen, ob Ihnen in der Zwischenzeit doch noch jemand eingefallen ist, der einen Grund hätte haben können, Ihren Freund umzubringen.«

»Nein«, antwortete Herzog knapp.

Karsten Schwarzenberg sah Sonja Welsch an. Sie stellte ihr Glas ebenfalls auf dem Tisch ab.

»Herr Herzog«, Schwarzenberg holte Luft und richtete sich auf, »wir müssen in Betracht ziehen, dass Ihr Freund zur falschen Zeit am falschen Ort war und dass Sie das eigentliche Ziel des Mörders waren.«

Schwarzenberg machte eine Sprechpause, um seine Worte wirken zu lassen.

»Haben Sie sich einen Feind geschaffen, dem Sie eine solche Tat zutrauen würden?«

Herzog wirkte abermals unbeeindruckt. Nach einer kurzen Starre schüttelte er den Kopf.

Schwarzenberg war sich sicher, dass Herzog ihm etwas verschwieg. Er würde herausbekommen, was das war.

20

Vincent begleitete Welsch und Schwarzenberg zur Tür.

Als er zurück ins Wohnzimmer kam, stand Zoe Behrend neben dem Esszimmertisch. »Ich habe mich draußen versteckt und durch die offene Terrassentür das Gespräch mitgehört«, sagte sie.

»Was schließen Sie daraus?«

»Die Polizei zieht nun ebenfalls die Möglichkeit in Betracht, dass jemand es auf Sie abgesehen hatte. Leider können wir die Kollegen nicht über den möglichen Hintergrund informieren.«

»Warum nicht?«

»Falls wir die Ermittler hier vor Ort mit ins Boot nehmen und sich im Nachhinein herausstellt, dass doch nicht diese kriminelle Organisation hinter dem Mord an Ihrem Freund steckt, gibt es sofort unnötige Mitwisser, was die Vergangenheit Ihrer Person betrifft. Das wiederum könnte zur Gefahr für Ihre Sicherheit werden und ist ein No-Go in einem Zeugenschutzprogramm.«

»Sie denken an korrupte Polizisten auf der Gehaltsliste des organisierten Verbrechens?«

Zoe Behrend nickte. »Jemand könnte beispielsweise die Information über Ihren Aufenthaltsort zu Geld machen. Da ließe sich eine nette Summe dazuverdienen. Ich werde meine Sachen aus dem Hotel holen und mich bei Ihnen einquartieren, bis ich herausgefunden habe, was gespielt wird.«

»Habe ich da nicht auch noch ein Wörtchen mitzureden?«

Zoe Behrend lächelte. »Sie sollten froh sein, dass ich hier bin. Sie werden meine Hilfe brauchen.«

Sie zog die Augenbrauen zusammen. »Die Lage ist wirklich ernst. Diese Kriminellen haben Ihnen ewige Rache geschworen. Jemandem aus deren Reihen traue ich ohne Weiteres zu, Ihren Freund umgebracht zu haben.«

»Aber warum Toni? Er hat niemandem etwas getan.«

»Vielleicht hielt der Mörder ihn im Dunkeln für Sie oder Ihr Freund musste einfach nur deshalb sterben, weil er dem Killer in die Quere kam.«

»Dann stelle ich mich gerne als Köder zur Verfügung, wenn es dazu führt, dass der Kerl wiederkommt, um sein Werk zu beenden. Ich will unbedingt, dass Tonis Mörder gefasst wird.«

»Das ist viel zu riskant und dazu müssten wir die hiesige Polizei einweihen. Selbst wenn es gelänge, den Killer festzunehmen, müssten Sie anschließend doch wieder von der Bildfläche verschwinden, da die Organisation über die Möglichkeit verfügt, so lange jemanden zu schicken, bis ein Anschlag auf Sie schließlich glückt.«

Vincent ging im Wohnzimmer auf und ab und raufte sich die Haare. Zoe Behrend wusste wahrscheinlich nicht, dass er mit Lisa hier lebte und mit ihr verlobt war. Er hoffte, dass die Personenschützerin mit ihrer Vermutung falschlag. Andernfalls würde er Lisa nicht heiraten können, ohne auch sie in Gefahr zu bringen.

»Gut, ich stimme Ihnen zu«, sagte er. »Wir sollten nicht voreilig handeln. Wir haben noch keinen Beweis dafür, dass die Wurzeln des Ganzen bis in meine Vergangenheit zurückreichen. Es besteht weiterhin die Möglichkeit, dass jemand in mein Haus eingebrochen ist, weil er etwas stehlen wollte, und dachte, es sei niemand da. Es kam zu einem Kampf, der für Toni tödlich endete.«

»Das wäre natürlich auch denkbar. Aber ich fände es trotzdem besser, wenn Sie vorsichtshalber Ihr Haus verlassen und sich eine Weile verstecken würden.«

Vincent schoss sofort die Frage durch den Kopf, wie er das Lisa erklären sollte. »Das ist keine Option.«

»Seien Sie nicht so stur. Sie befinden sich vermutlich in höchster Gefahr. Diese Leute sind extrem gewalttätig und zu allem bereit.«

»Ich laufe nicht noch mal davon.« Vincent machte eine Pause. Bestimmt würde Lisa verstehen, wenn er unter dem noch so frischen Eindruck von Tonis Ermordung zumindest für ein paar Tage ebenfalls ihrem Zuhause den Rücken kehren würde. Doch es gab noch einen anderen Grund, weswegen er nicht von hier wegwollte.

»Wenn ich jetzt nicht hierbleibe, verspiele ich vielleicht die letzte Chance, dass meine Erinnerungen an die ersten dreiunddreißig Jahre meines Lebens zurückkehren. Ich weiß, ich klammere mich an einen Strohhalm. Aber ich habe das starke Gefühl, dass ich mit dem Mord an Viola Faber weitermachen muss. Wenn es mir gelingt, mich an mehr Details zu erinnern, könnte das den blockierten Zugang zu allen anderen Erinnerungen freilegen.«

»Haben Sie sonst noch einen Grund, der Sie davon abhalten würde, ganz von hier zu verschwinden?«

Vincent zögerte.

»Gibt es eine neue Frau in Ihrem Leben?«, bohrte Zoe Behrend weiter.

Vincent rang mit sich. Er konnte diese Information nicht für sich behalten. Wenn die Personenschützerin recht hatte, wäre es unverantwortlich, Lisa außen vor zu lassen.

Vincent nickte widerwillig. »Wir wollten diesen Samstag heiraten, haben aber beschlossen, die Hochzeit zu verschieben.«

»Wo ist Ihre Verlobte jetzt?«

»Bei Ihren Eltern.«

»Das ist gut. Sie soll dortbleiben und die Augen offen halten.«

»Wie stellen Sie sich das vor? Soll ich Ihr vielleicht sagen, hinter mir ist ein Killer aus meinem früheren Leben her? Er könnte es auch auf dich abgesehen haben?«

Zoe Behrend sah ihn schweigend an, ohne eine Miene zu verziehen.

Vincent hob abwehrend die Hände in die Höhe. »Bisher ist es nur eine Vermutung, dass diese Organisation hinter dem Mord an Toni steckt. Ich werde meiner Verlobten keine Angst machen, bevor ich nicht sicher weiß, dass es sich so verhält, wie Sie sagen.«

Zoe Behrend atmete geräuschvoll aus. »Ich kann Sie nicht zwingen. Dennoch treffe ich Vorkehrungen für den Fall, dass wir Sie und Ihre Verlobte schnell an einen geheimen und sicheren Ort bringen müssen.«

Sie ging in Richtung Flur. »Ich hole jetzt meine Sachen aus dem Hotel und bin gleich wieder zurück.«

»Warten Sie«, bat Vincent. Sie hielt im Rahmen der Wohnzimmertür inne und drehte sich zu ihm um.

Vincent hatte beim Atmen das Gefühl, ein tonnenschweres Gewicht würde auf seinem Brustkorb lasten. Die Worte wollten kaum über seine Lippen kommen. »Haben Sie ein Foto von meiner getöteten Frau?«, fragte er mit bebender Stimme.

Zoe Behrend nickte. »Nicht hier bei mir. Aber ich kann Ihnen ein Foto besorgen.«

»Danke.«

»Sonst noch etwas, das ich für Sie tun kann?«

Vincent nickte. »Ich würde gern Viola Fabers Ex-Mann im Gefängnis besuchen. Vielleicht hilft es meinen Erinnerungen an die Tat auf die Sprünge, wenn ich ihn sehe. Außerdem würde ich gern wissen, ob er noch immer abstreitet, den Mord begangen zu haben.«

Zoe Behrend sah ihn eine Weile nachdenklich an. »Ich werde sehen, was ich machen kann.«

21

Dienstag

Am nächsten Morgen fühlte sich Vincent wie gerädert. Zunächst hatte er nicht einschlafen können. Anschließend war er immer wieder aufgewacht, da draußen ein Sturm wütete und die Böen an den Rollläden und Dachziegeln rüttelten. Stundenlang hatte er im Dunkeln an die Zimmerdecke gestarrt und vergeblich versucht, eine Erinnerung an seine Frau Hanna heraufzubeschwören.

Es war zermürbend. Für ihn blieb sie eine Fremde. Eine Frau, von der man ihm erzählt hatte, die er selbst aber nicht persönlich kannte. Dennoch war ihm der Gedanke unerträglich, dass diese Frau durch eine für ihn bestimmte Autobombe ums Leben gekommen war, und er machte sich deswegen schwere Vorwürfe. Als Vincent im Bad fertig war und angezogen nach unten kam, saß Zoe Behrend bereits an dem kleinen Küchentisch und trank Kaffee. Sie hatte auf der Couch geschlafen. Um sechs Uhr dreißig hatte er sie die Dusche benutzen gehört, die sich in dem kleineren im Erdgeschoss gelegenen Bad befand. Kurz darauf war er ebenfalls aufgestanden.

»Guten Morgen«, grüßte er, als er in die Küche trat. Der Duft frisch gekochten Kaffees stieg ihm in die Nase. Die Terrassentür stand offen und das Gezwitscher der Vögel erfüllte den Raum. Die friedliche Stimmung stand in krassem Gegensatz zu den Ereignissen der letzten Tage.

»Guten Morgen«, grüßte die Personenschützerin zurück. Ihre Haare waren noch nass. Sie lächelte und nahm einen Schluck von ihrem Wachmacher. »Gut geschlafen?«

»Es geht. Der Sturm hat mich wach gehalten. Und selbst?«

»Draußen gab es ein paar verdächtige Geräusche. Ich glaube, der Wind hat leichtere Gegenstände im Garten bewegt und umgeworfen.«

»Danke, dass Sie die Nacht hier verbracht haben«, sagte Vincent. »Sicher war das Sofa nicht sonderlich bequem.«

Sie winkte ab. »Das passt schon. Ich habe gut darauf gelegen.«

Er hatte der Personenschützerin angeboten, selbst darauf zu schlafen und dass sie sein Bett haben könne, aber sie hatte abgelehnt, da es für ihn oben sicherer sei.

»Leider habe ich nicht viel zum Frühstücken im Haus«, bedauerte Vincent.

Zoe wies auf eine Schüssel mit Haferflocken, Milch und Obst. »Das reicht mir vollkommen. Und Toast haben Sie auch, wie ich gesehen habe. Was will man mehr.«

»Solch pflegeleichte Gäste hat man gerne«, witzelte Vincent, obwohl ihm nicht nach Scherzen zumute war.

»Durch meinen Job bin ich viel unterwegs und einiges gewöhnt«, antwortete Zoe.

Er goss sich eine Tasse Kaffee ein und trat auf die Terrasse. Der nächtliche Sturm hatte Regen mit sich gebracht und es würde heute wesentlich kühler werden als an den Tagen zuvor.

Nach dem Frühstück inspizierte Zoe das Haus von außen. Sie entdeckte keine Spuren, die darauf schließen ließen, dass jemand nachts versucht hatte, sich Zutritt zu verschaffen.

Vincent telefonierte fast eine Stunde mit Lisa. Es ging ihr ein wenig besser, aber sie wollte noch ein paar Tage bei ihren Eltern bleiben, bevor sie zu ihm nach Hause kam. Heute musste sie wieder arbeiten. Er hoffte, dass sie dadurch abgelenkt und auf andere Gedanken kommen würde. Zoe Behrends Auftauchen behielt er für sich, ebenso die Möglichkeit, dass er das Ziel eines Killers war und er statt Toni hätte sterben sollen.

Zoe ließ ihre Beziehungen spielen. Gegen Mittag erhielt sie eine Nachricht auf ihr Handy. Sie durften Viola Fabers Ex-Mann Luis Stocker um sechzehn Uhr im Gefängnis besuchen.

Um Viertel vor drei fuhren sie los. Unterwegs sprachen sie nicht viel. Da der erwartete Stau auf der Stadtautobahn ausblieb, kamen sie dreißig Minuten vor dem anberaumten Termin bei der Justizvollzugsanstalt an.

»Haben Sie jemanden, der zu Hause auf Sie wartet, wenn Sie gerade mal nicht auf der Couch von fremden Männern übernachten?«, erkundigte sich Vincent, als er seinen Wagen auf den Gefängnisparkplatz lenkte.

Er war mittlerweile froh, dass die Personenschützerin an seiner Seite war, und er wollte der Stille nicht zu viel Raum geben.

»Es gab jemanden. Aber die Beziehung hat den Notwendigkeiten des Jobs nicht standgehalten«, antwortete Zoe Behrend knapp.

Offensichtlich redete sie nicht gern über ihr Privatleben.

Vincent fand einen freien Platz zwischen zwei anderen Fahrzeugen und bugsierte sein Auto in die Lücke. Vor ihnen ragten die hohen Betonwände der Justizvollzugsanstalt in die Höhe.

Zoe Behrends Smartphone gab einen hellen Signalton von sich. Sie zog das Gerät aus der Seitentasche ihrer Kapuzenweste. Vincent öffnete die Fahrertür und wollte aussteigen. Sie legte ihre Hand auf seinen Unterarm. Er zog die Tür wieder zu und sah sie erwartungsvoll an.

»Ein Kollege hat ein Foto Ihrer verstorbenen Frau gefunden und es mir aufs Handy geschickt.«

Vincent ließ sich in den Sitz zurücksinken und atmete tief durch. »Würden Sie es mir bitte zeigen?«

Zoe Behrend reichte ihm das Handy. Es war das Porträtbild einer attraktiven jungen Frau mit braunen schulterlangen Haaren, blauen Augen und geschwungenen Lippen.

Vincents Hände begannen zu zittern. Schnell gab er das Handy zurück. »Was soll das? Wollen Sie mich testen?«, schrie er die Personenschützerin an.

»Ich weiß nicht, was Sie meinen. Das Foto zeigt Ihre verstorbene Frau.«

Vincent hielt sich seine Hände vors Gesicht. Er hatte das Gefühl, den Verstand zu verlieren. »Aber das kann nicht sein.« Schweiß rann ihm von der Stirn. Sein Körper begann zu beben. Er wollte Luft holen, es gelang ihm nicht.

Zoe Behrend legte ihre Hand auf seine Schulter. »Ganz ruhig, sehen Sie mich an und konzentrieren Sie sich aufs Atmen.« Er tat, was sie gesagt hatte. Langsam normalisierte sich sein Zustand.

Vincent schluckte den Kloß in seinem Hals hinunter und räusperte sich. »Viola Faber sah genauso aus wie meine Frau Hanna auf dem Foto. Die beiden haben sich augenscheinlich wie Zwillinge geglichen.«

Plötzlich wurde ihm klar, was die frappierende Ähnlichkeit der beiden Frauen zu bedeuten hatte. Ein heller Pfeifton hallte in seinen Ohren. Er presste beide Hände seitlich gegen den Kopf. Tränen traten ihm in die Augen. Wiederum versuchte er, sich auf seinen Atem zu konzentrieren.

Viola Faber musste ihn nach seinem Umzug ins Saarland in ihren Bann gezogen haben, weil sie das Ebenbild seiner getöteten Frau war. Ihr Anblick im Supermarkt hatte ihn wahrscheinlich wie ein Blitz getroffen. Es war nur zu naheliegend, dass er sie verfolgt und beobachtet hatte. Viola Faber nahe zu sein, hieß, seiner toten Frau nahe zu sein. Und binnen kurzer Zeit musste daraus eine Besessenheit entstanden sein. Womöglich hatte er sich in den Wahn gesteigert, Hanna sei noch am Leben und nun mit jemand anderem verheiratet. Damit konnte sein Verstand besser umgehen als mit Hannas Tod und der Explosion, die sie in Stücke gerissen hatte.

Gewiss hatte er sich Tausende Male vorgestellt und in seinen Albträumen durchlebt, wie Hannas Körper von der Bombe zerfetzt wurde. Als er Viola Faber beim Einkaufen begegnete, hatte sein Unterbewusstsein eine Chance erkannt, die Realität zu leugnen, und sich eine eigene Wahrheit erschaffen, um den quälenden Schuldvorwürfen zu entkommen. Vermutlich hatte der viele Alkohol, den er damals nach den Erzählungen Tonis zu sich nahm, sein Übriges getan.

Es stand für ihn nun außer Zweifel. Er war durch die Ähnlichkeit der beiden Frauen damals der Wahnvorstellung erlegen, dass Viola Faber seine Hanna war. Deshalb war er nach dem Laufunfall vor einer Woche im Zustand der Verwirrtheit zu dem ehemaligen Haus von Viola Faber gefahren. Sein Hirn gaukelte ihm in diesem Moment wieder vor, es sei seine Frau und er würde mit ihr in dem Haus leben. Hannas Tod musste ein tiefes Trauma und einen Riss in seiner Seele hinterlassen haben.

Er wollte glauben, dass sie noch lebte und Viola Faber in Wirklichkeit seine Frau war. Irgendwann war aus der Wunschfantasie die felsenfeste Überzeugung geworden, dass die Frau in dem Haus seine Frau war. Das hatte in ihm Frieden und eine gewisse Ruhe einkehren lassen. Für ihn lebte Hanna ab diesem Zeitpunkt wieder und er war nicht länger für ihren Tod verantwortlich.

Er stieg aus dem Wagen, schlug auf das Dach und biss sich in die Faust. Am liebsten hätte er geschrien.

Zoe war ebenfalls ausgestiegen und schaute kritisch auf ihre Uhr. »Sollen wir das Gespräch mit Stocker abblasen?«

Vincent schüttelte den Kopf. »Nein, es geht gleich wieder.«

»Sicher ist es hart für Sie. Aber wenn wir zu Stocker wollen, müssen wir jetzt los.«

Vincent atmete ein paarmal tief durch und raufte sich die Haare. Er schloss den Wagen ab und sie machten sich auf den Weg.

An der Gefängnispforte nannte Zoe Behrend einem der diensthabenden Beamten den Grund ihres Erscheinens und legte ihren Dienstausweis vor. Da ihr Kommen angekündigt und genehmigt war, gab es keine Probleme. Ein paar Minuten später nahm sie ein anderer Beamter in Empfang.

Er führte sie durch Schleusen und Korridore zu einem Besucherraum mit vergitterten Fenstern, der den kargen Charakter einer Turnhalle in Miniaturformat aufwies. Darin befanden sich mehrere zurzeit unbenutzte Tische. An einem davon nahmen Zoe Behrend und Vincent Platz. Wenig später brachte ein Wärter Luis Stocker zu ihnen.

Zoe Behrend hatte den Vormittag genutzt, um Informationen über Stocker einzuholen. Von ihr wusste Vincent, dass der Mann dreiundvierzig Jahre alt war. Wäre er Stocker auf der Straße begegnet, hätte er ihn zehn Jahre älter geschätzt. Stocker hatte graues hochgekämmtes Haar und einen struppigen Oberlippenbart. Sein aschfahles Gesicht war von geplatzten Äderchen überzogen.

Zögerlich ließ sich der Gefangene ihnen gegenüber auf dem Stuhl nieder. Er lächelte. Aber das Blitzen in seinen trüben graublauen Augen verriet eine unverhohlene Aggressivität.

Der Wärter, der ihn hergeführt hatte, blieb neben der Eingangstür stehen und behielt seinen Insassen im Auge.

Eine kurze Szene aus der Zeit vor der Amnesie spielte sich beim Anblick Stockers vor Vincents geistigem Auge ab. Er erkannte Stocker darin wieder. Nicht ganz so ergraut, aber ebenso hager und schmächtig wie jetzt. Kaum zu glauben, dass dieser Mann ein brutaler Schläger war, aber Stockers Strafregister ließ diesbezüglich keine Zweifel aufkommen.

Vincent befand sich auf seinem Posten im Wald hinter Viola Fabers Haus. Mit seinem Fernglas beobachtete er durch die Scheiben der Wohnzimmerfenster Stocker, der heftig gestikulierend auf seine Ex-Frau einredete, die unterdessen kopfschüttelnd

147

vor ihm zurückwich. Der offensichtliche Streit der beiden eskalierte. Stocker ging schnell auf Viola Faber zu und holte zum Schlag mit der flachen Hand aus. Die Frau duckte sich und hielt sich schützend die Arme vor den Kopf. Stockers Arm verharrte einen Moment in der Luft. Dann nahm er ihn wieder herunter. Er machte auf dem Absatz kehrt und marschierte in Richtung des vorderen Teils des Hauses, den Vincent nicht einsehen konnte. Er kam mit einem langen Filetiermesser zurück und bedrohte damit seine Ex-Frau. Vincent wollte ihr zu Hilfe eilen, doch Stocker legte das Messer auf den Esstisch. Er sah zufrieden aus. Viola Faber begab sich zu einer Schrankschublade, aus der sie mehrere Geldscheine nahm, und überreichte sie Stocker.

»Ich bin überrascht. Mich hat hier seit Jahren keiner mehr besucht«, begann Stocker. »Ist eine willkommene Abwechslung.«

Seine Worte rissen Vincent zurück in die Gegenwart. Er atmete tief ein, versuchte sich aber ansonsten, seine neue Erinnerung nicht anmerken zu lassen.

Stocker sah sie abwechselnd an, als warte er auf eine Erklärung für ihr Kommen. Während er seinen Stuhl zurechtrückte, waren seine Lippen leicht geöffnet und seine Stirn in Falten gelegt.

Vincent fragte sich, ob Stocker der Mann mit der Maske gewesen sein könnte, der seiner Erinnerung nach Viola Faber erstochen hatte. Stocker könnte die Terrassentür aufgebrochen haben, um seinen geplanten Mord wie einen Einbruch aussehen zu lassen. Die Maske hatte er vielleicht aus Vorsicht getragen für den Fall, dass ihn jemand beim Eindringen sehen würde.

Aber warum sollte er seine Ex-Frau töten? Sie hatte ihn mit Geld versorgt und Stocker war allem Anschein nach ein Choleriker, der spontan ausflippte und seine Wut mit Schlägen zum Ausdruck brachte. Zu einem nach Plan vorgehenden Mörder musste ihn das noch nicht machen.

Der Maskierte, den Vincent glaubte, gesehen zu haben, konnte von der Größe her Stocker gewesen sein, hatte aber eine andere Figur. Der Stocker von heute hatte kein Gramm Fett zu viel auf den Rippen, während der Maskierte massiger und von breiterer Statur gewesen war. Die Gestalt des Maskierten ähnelte zu Vincents Ungemach eher seiner eigenen.

Zoe Behrend räusperte sich. »Ich bin Hauptkommissarin Behrend und bei mir ist mein Kollege Herzog.«

Sie hatten verabredet, dass Zoe Behrend das Reden übernahm. Sie waren sich darüber im Klaren, dass die Beamtin dabei nicht umhinkommen würde, gegenüber Stocker die Wahrheit zu verfälschen.

Vermutlich hatte sie Vincent deshalb als ihren Kollegen ausgegeben. Alles andere hätte sie in Erklärungsnot bringen und Stocker misstrauisch werden lassen können. Behrend wollte aber genau wie Vincent wohl nicht riskieren, dass Stocker dichtmachte und kein Wort mehr sagte, wenn er sich einem Zivilisten gegenübersah.

»Seit Ihrer Verurteilung sind nun fünf Jahre vergangen«, fuhr Behrend fort. »Sie haben damals behauptet, nicht der Mörder Ihrer Ex-Frau zu sein. Bleiben Sie heute auch noch dabei?«

Stockers Augen verengten sich zu Schlitzen. Er ballte die Fäuste.

»Wenn Sie es getan haben, könnten Sie es zugeben«, sagte Zoe Behrend. »Die Wahrheit auszusprechen, ist oftmals erleichternd.«

»Waren Sie damals mit den Ermittlungen betraut?«, fragte Stocker. »Ich kenne Sie beide nicht.«

»Nein, Ihr Fall ist für uns neu«, räumte Zoe Behrend ein.

»Warum beschäftigen Sie sich wieder damit? Die Akte ist sicher nicht zufällig aus dem Archiv auf Ihren Schreibtisch gewandert. Und kommen Sie mir nicht mit einer routinemäßigen Überprüfung. Sie haben genug zu tun und sobald man verurteilt ist, kräht in der Regel kein Hahn mehr nach einem.«

Stocker lehnte sich in seinen Stuhl zurück und zog die Ärmel seines Hemdes bis zu den Ellenbogen hoch. Auf seinen sehnigen Unterarmen prangten bunte Tätowierungen.

Vincent hatte gehofft, dass es einfacher werden würde. Aber sie hatten sich auf einen solchen Einwand Stockers vorbereitet.

»Also gut, spielen wir mit offenen Karten«, sagte Behrend. »Es ist ein neuer Hinweis aufgetaucht. Bisher gab es keine Zeugen in dem Fall. Nun haben wir jemanden, der einen Maskierten im Haus gesehen haben will.«

Stocker schien sie mit seinem Blick zu durchbohren. »Und was bringt mir das?«

»Der Zeuge hat sich anonym gemeldet. Wir wissen noch nicht, wer es ist«, log Behrend. »Aber er will die Tat von dem Wald hinter dem Haus aus beobachtet haben.«

Stockers Kehlkopf wanderte nach oben und wieder nach unten. Er atmete hörbar.

»Bevor wir anfangen, nach dem Zeugen zu suchen, wollten wir uns ein Bild von Ihnen machen. Dafür ist es wichtig für uns, zu erfahren, wie Sie heute zu der Tat stehen. Nach Jahren der Haft empfinden viele Gefangene Reue. Wie ist das bei Ihnen?«

Stocker setzte sich gerade hin und legte seine Hände auf den Tisch. »Verstehe. Falls ich zugebe, Viola getötet zu haben, können Sie sich die Mühe sparen, den Zeugen ausfindig zu machen.«

Eine Pause entstand. Dann hob der Gefangene entschuldigend die Hände. »Tut mir leid, dass ich Sie enttäuschen muss. Aber ich bleibe dabei. Ich habe Viola nicht umgebracht. Deshalb gibt es für mich auch nichts zu bereuen.«

»Wie kommt es, dass die Tatwaffe bei Ihnen gefunden wurde?«

Stocker zuckte die Achseln. »Das Scheißmesser lag in einer Mülltonne, die zu meinem Wohnhaus gehörte. Vermutlich hat der wahre Täter das Messer da reingeworfen, um mich zu belasten.«

»Das haben Sie schon vor Gericht angeführt.«

Stocker beugte sich unvermittelt vor und schlug mit der flachen Hand laut krachend auf den Tisch. »Weil es nur so sein kann. Ich habe nichts mit Violas Tod zu tun«, brüllte er wutentbrannt.

Der Wärter setzte sich zu ihnen in Bewegung.

»Es ist alles in Ordnung«, sagte Zoe Behrend beschwichtigend zu ihm. Nach kurzem Zögern nahm der Beamte seine ursprüngliche Position ein.

Stocker nahm wieder Haltung an und räusperte sich. »Viola hat mir Geld gegeben.«

Genauso schnell, wie er seine Fassung verloren hatte, hatte er sie wieder zurückerlangt. Er sprach nun in einem ruhigen Ton. »Deshalb war ich ein paar Mal vormittags bei ihr, als ihr Mann bei der Arbeit war. Zuletzt einen Tag vor ihrem Tod. Daher hat man meine Fingerabdrücke in dem Haus gefunden. Dass ich Streitigkeiten lieber mit den Fäusten als mit Worten aus der Welt schaffe, hat den Bullen gereicht. Die haben gar nicht in Betracht gezogen, dass es auch jemand anderes gewesen sein könnte.«

»Also noch immer die gleiche Leier wie vor fünf Jahren«, stellte Zoe Behrend fest.

Sie nickte dem Wärter zu, woraufhin dieser an ihren Tisch trat.

Stocker stand auf und ließ sich von ihm abführen. Nach wenigen Metern drehte er sich zu ihnen um. »Ich bin kein guter Mensch. Aber ich habe Viola nicht ermordet. Finden Sie diesen Zeugen. Vielleicht entlastet mich seine Aussage.«

151

»Die Redezeit ist um«, sagte der Wärter barsch zu ihm. Er schob Stocker durch die Tür. Dieser ließ es, nun spürbar ermattet, mit sich geschehen.

22

»Ich glaube ihm«, fasste Vincent seine Eindrücke zusammen, als sie wieder in seinem Wagen saßen. »Er hat mich überzeugt, wodurch auch immer.«

Den Weg durch die Gefängniskorridore und über den Parkplatz hatten sie schweigend zurückgelegt.

Er wollte das Gespräch sacken lassen und hing seinen Gedanken nach.

»Es gibt Straftäter, die sich so lange eine Lüge einreden, bis sie glauben, dass sie wahr ist«, erwiderte Zoe Behrend. »Oder die bemerkenswert gut lügen können.«

»Als ich ihn gesehen habe, konnte ich mich an ihn erinnern«, sagte Vincent. »Er hat Viola in ihrem Haus Schläge angedroht und ihr ein Küchenmesser unter die Nase gehalten. Sie hat ihm daraufhin Geld gegeben.«

»Vielleicht hat er sie umgebracht, weil sie ihm am nächsten Tag den Geldhahn endgültig zugedreht hat.«

»Das halte ich für abwegig. Wenn es sich so verhalten hätte, wäre der Mord vermutlich spontan aus der Situation heraus geschehen. Stocker hätte keinen Einbruch fingiert und keine Maske getragen.«

»Da gebe ich Ihnen recht«, stimmte Zoe Behrend zu. »Und dass es sich einfach um einen Einbrecher handelte, der durch Viola Faber überrascht wurde, ist ausgeschlossen, da dieser gewiss nicht die Tatwaffe bei Stocker platziert hätte.«

Vincent rieb sich das Kinn. »Welches Motiv bleibt da noch für Stocker?«

»Klassische Eifersucht auf den neuen Mann seiner Frau, die er nicht mehr im Griff hatte? Ihre Androhung, zur Polizei zu gehen?«

»Denkbar«, stimmte Vincent zu. Überzeugt war er nicht.

Er gab sich einen Ruck und erzählte, dass der Maskierte, an den er sich zu erinnern glaubte, eine andere Figur hatte als Stocker.

»Er könnte im Knast abgenommen haben«, gab Behrend zu bedenken.

Vincent startete den Wagen. Er behielt für sich, was er dachte. Behrend wollte ihm Mut machen. In Wirklichkeit war in ihr der Keim des Zweifels gesät. Sicher fragte sie sich inzwischen selbst, ob Stocker unschuldig war und ob er, der Mann, dem sie geholfen hatte, unterzutauchen, Viola Fabers Mörder war.

Vincent steuerte den Wagen vom Parkplatz auf die Straße. Fünf Minuten später fuhren sie auf der Stadtautobahn Richtung Westen.

Zoe Behrend sah mit leerem Blick durch die Windschutzscheibe. Sie legte den Daumen unters Kinn und den Zeigefinger an die Unterlippe. »Stocker wurde innerhalb weniger Stunden nach dem Mord als Täter festgenommen. Es ist nicht ausgeschlossen, dass die Saarbrücker Kollegen damals nicht weiterermittelt haben. Schließlich passten mit dem Fund der Mordwaffe alle Teile des Puzzles zusammen.« Sie schien mehr mit sich selbst zu reden als mit Vincent.

***

Hauptkommissar Schwarzenberg hatte beobachtet, wie Vincent Herzog in Begleitung einer Frau die Justizvollzugsanstalt betreten hatte und nach einer Dreiviertelstunde wieder herausgekommen und weggefahren war. Schwarzenberg hatte Herzogs Haus observiert und war dessen Wagen hierher gefolgt.

Für ein Observierungsteam hatte er keine Freigabe erhalten, da momentan aufgrund der Ferienzeit zu wenig Personal verfügbar war. Dennoch sah Schwarzenberg es als notwendig an, Herzog im Auge zu behalten.

Der Mann war für ihn noch immer ein Verdächtiger im Mordfall Anton Heckmann. Falls er wider Erwarten nichts mit dem Mord zu tun hatte, war es wahrscheinlich, dass Herzog selbst das eigentliche Mordopfer hätte sein sollen und jemand es noch immer auf ihn abgesehen hatte. Lag die Wahrheit in diesen Punkten vielleicht hinter diesen Gefängnismauern?

Als Herzog vom Parkplatz fuhr, zögerte Schwarzenberg, entschied sich aber dagegen, dem Wagen weiter zu folgen. Zu sehr interessierte ihn, was Herzog in der JVA gewollt hatte und um wen es sich bei der Frau handelte, die bei ihm war.

Er stieg aus und begab sich zum Haupteingang des Gefängnisses. Einer der Pförtner kannte ihn, da er bereits des Öfteren hier gewesen war, um Gefangene in U-Haft zu befragen.

Dennoch legte er seinen Dienstausweis vor. Der Pförtner quittierte es mit einem wohlwollenden Lächeln.

Auf Schwarzenbergs Frage, aus welchem Grund Vincent Herzog gerade hier gewesen und wer die Frau bei ihm gewesen sei, gab ihm der Beamte bereitwillig Auskunft.

Anschließend ließ Schwarzenberg sich zu Luis Stocker führen, um in Erfahrung zu bringen, was die beiden von ihm gewollt hatten. Stocker mokierte sich darüber, dass bei der Polizei mal wieder die eine Hand nicht wusste, was die andere tat, berichtete aber schließlich dennoch den Inhalt des Gesprächs.

Als Schwarzenberg zurück zu seinem Auto schlenderte, machte sich Verwirrung in seinem Kopf breit.

Weshalb stattete Herzog in Begleitung einer Berliner LKA-Kommissarin einem seit über fünf Jahren verurteilten Mörder einen Besuch ab? Und warum erzählte die Kollegin dem Inhaftierten das Märchen, dass es einen neuen, bisher anonymen Zeugen gab und die Polizei den Fall neu aufrollen wolle? Und was in drei Teufels Namen hatte Vincent Herzog damit zu tun?

Sollte es eine Verbindung zwischen den beiden Mordfällen geben?

Luis Stocker war wegen Mordes verurteilt. Schwarzenberg erinnerte sich an den Fall. Damals wurde keine SOKO ins Leben gerufen, da der Täter in weniger als vierundzwanzig Stunden nach der Tat gefasst worden war.

Als Schwarzenberg losfuhr, wollte er einem ersten Impuls folgend zu Herzog fahren, um ihn und die Berliner Kollegin zur Rede zu stellen. Doch er entschied sich anders. Zuvor würde er das nahe gelegene Dienstgebäude der Staatsanwaltschaft aufsuchen und sich die Ermittlungsakte zu dem Mord, für den Stocker einsaß, besorgen.

23

Vincent wollte nach dem Gespräch mit Stocker nicht gleich nach Hause zurück. Wenn er das Wohnzimmer betrat, würde er wieder Toni am Boden liegen sehen und das unerträgliche Gefühl, schuld an seinem Tod zu sein, würde ihn erneut überkommen. Er brauchte dringend eine Ablenkung.

Und etwas zu essen. Da sein Magen knurrte, fragte er kurz vor der Autobahnabfahrt Zoe Behrend, ob sie ebenfalls Hunger habe und er sie auf eine Pizza einladen dürfe.

Sein Schutzengel nahm das Angebot an. Sie fuhren zu einem Italiener, bei dem Lisa und er schon mehrmals gegessen hatten.

Das Lokal war gut besucht. Aber sie hatten Glück und ergatterten einen der beiden letzten freien Tische. Als die Kellnerin kurz darauf zu ihnen kam, bestellten sie eine große Flasche Wasser. Während Zoe Behrend dabei blieb, orderte Vincent zusätzlich einen Krug Rotwein für sich.

Nachdem die Kellnerin die Getränke gebracht hatte, wählte Zoe Behrend eine Pizza nach Art des Hauses und Vincent eine Pizza Calzone von der umfangreichen Speisekarte aus. Dazu nahmen sie je einen kleinen Salat.

Während des Essens bemühte sich Vincent, das Gespräch auf andere Themen zu lenken als auf sein Leben, das momentan einer Katastrophe glich.

Er hatte das Bedürfnis, über etwas anderes zu reden als Tonis Tod, seine geplatzte Hochzeit, seinen Jobverlust und die zurückkehrenden Erinnerungen.

Daher fragte er Zoe Behrend, was sie in ihrer Freizeit am liebsten machte. Aber viel war aus ihr nicht herauszubekommen. Sie erzählte lediglich, dass sie Triathlon betrieb und in ihrem Urlaub gern Fernreisen unternahm.

Am Ende wusste er viel über Bangkok, wo es ihr am besten gefallen hatte. Familiäres konnte er ihr hingegen nicht entlocken und am Ende war das Gespräch auf ihre Tätigkeit beim LKA und Vincents Job als verdeckter Ermittler gekommen. Eine seiner Fragen war, ob sie sich in Berlin als Kollegen gekannt hatten, bevor er ins Zeugenschutzprogramm aufgenommen worden war. »Flüchtig vom Sehen her«, bejahte Zoe.

Vincent verspürte einen gewissen Widerwillen, zu viel über sein altes Berufsleben zu hören. Bevor es ihm zu sehr in die Tiefe ging, bat er um die Rechnung. Nachdem er bezahlt hatte, verließen sie gegen einundzwanzig Uhr das Lokal.

Es war noch angenehm warm draußen. Als sie vor die Tür traten, sah sich die Personenschützerin in alle Richtungen um.

Die Pizzeria lag in einer Nebenstraße. Die Gehwege auf beiden Seiten waren menschenleer und Autos fuhren auch keine. Vincent zückte seinen Wagenschlüssel.

»Soll ich fahren?«, fragte Zoe Behrend.

»Gerne«, antwortete Vincent und reichte ihr den Schlüssel. Er hatte Wein getrunken. Ihr Angebot kam ihm entgegen.

»Ich weiß nicht, wie Sie das sehen, aber ich könnte noch irgendwo etwas trinken«, überraschte ihn Zoe Behrend, als sie im Wagen saßen.

»Geht mir genauso«, gab Vincent zu. »Aber nur, wenn wir ab jetzt zum Du übergehen.«

Zoe Behrend nickte. »Normalerweise bleibe ich bei meinen Schutzbefohlenen lieber beim Sie. Aber schließlich waren wir mal Kollegen. Außerdem bin ich nicht im Dienst und nur zu meinem Privatvergnügen hier.«

Vincent sah sie überrascht an. Er hatte gedacht, Zoe sei einem offiziellen Auftrag gefolgt.

»So schnell hätte ich für den Ausflug keine Genehmigung bekommen«, erklärte sie. »Im Moment ist es ruhig in unserer Abteilung, und ich habe ohnehin noch genug Überstunden, die abgefeiert werden müssen.«

»Vincent«, sagte er und streckte ihr seine Hand entgegen.

»Also gut, Zoe«, entgegnete sie und schlug ein.

»Damit hätten wir auch etwas, auf das wir anstoßen können.«

»Als wir dich damals hergebracht haben, war unser Team eine Woche vor Ort. Es hat mir hier gut gefallen. Ich wollte seitdem immer mal wieder ins Saarland.«

»Vielleicht bleibt ja noch Gelegenheit, dass ich dir ein bisschen was von der Gegend zeige.«

»Ich würde gern mal den Haldenberg zum Polygon hinaufwandern und mir die Saarschleife anschauen«, zeigte sich Zoe begeistert. »Aber das hat Zeit. Weißt du, wo wir hier im Ort noch was zu trinken bekommen?«

Vincent verzog mit gemischten Gefühlen die Mundwinkel. So ganz konnte er nicht aus seiner Haut. Einerseits brauchte er eine Abwechslung zu den Belastungen der letzten Tage, andererseits stand ihm der Sinn nicht nach Ausgelassenheit und guter Laune. »Ich würde gerne zu Tonis und meiner Stammkneipe fahren. Das ist nicht weit von meinem Haus entfernt und wir könnten später zu Fuß zurückgehen.«

Zoe war einverstanden und ließ den Wagen an. Vincent navigierte sie zu der drei Kilometer entfernten Hauptverkehrsstraße, wo sich Emils Kneipe befand. Sie parkten auf einem kleinen Parkplatz neben dem Lokal.

»Eine Bitte hätte ich noch«, hielt Vincent sie zurück, als sie aussteigen wollte.

Zoe sah ihn fragend an.

»Du kannst mir doch sicher die neue Adresse von Viola Fabers Ehemann besorgen«, sagte er.

159

Zoe zog die Augenbrauen zusammen. »Wozu brauchst du die denn?«

»Stockers Anblick hat die Erinnerung in mir ausgelöst, dass er bei Viola Faber im Haus war. Ihren Ehemann muss ich damals zwangsläufig auch irgendwann mal vom Wald aus gesehen haben. Ich würde gern zu ihm fahren.«

»Willst du ihm ernsthaft unterbreiten, dass du seine Frau beobachtet hast, weil sie deiner verstorbenen Frau glich?«

Vincent schüttelte den Kopf. »Ich will den Mann nur aus der Ferne betrachten. Vielleicht werden dadurch weitere Puzzleteile freigelegt.«

Zoe seufzte und verzog skeptisch die Mundwinkel. »Steigerst du dich nicht zu sehr in diese alte Geschichte hinein?«

»Ich habe nur das Bedürfnis, meine eigene Vergangenheit aufzudecken. Das kannst du doch sicher nachvollziehen?«

»Also gut«, willigte sie schließlich ein und ließ sich von Vincent die Adresse des Hauses geben, das er beobachtet hatte. Für das anschließende Telefonat stieg sie aus und entfernte sich ein paar Meter vom Auto. Zwei Minuten später steckte sie das Handy weg und winkte ihm zu. »Das erste Bier geht auf dich«, machte sie klar, als er ausstieg.

Als sie die Kneipe betraten, stand Emil, der Inhaber, hinter dem Tresen und zapfte Bier. Er nickte Vincent zu.

»Hab gehört, was mit Toni passiert ist«, empfing er ihn. »Der Arme. Tut mir verdammt leid. Er war ein guter Kerl.«

Vincent und Zoe setzten sich auf die freien Barhocker vor der Theke. Rechts in der Ecke saßen zwei Gäste mit ihren Biergläsern in der Hand vor den beiden Spielautomaten.

»Machst du uns bitte zwei Pils?«, fragte Vincent.

Emil nickte und stellte die fertig gezapften Gläser vor sie auf den Tresen. »Geht aufs Haus«, verkündete er. Er hob sein eigenes Glas und prostete ihnen zu. »Auf Toni! Ich vermisse ihn jetzt schon.«

»Auf Toni«, wiederholte Vincent und trank. Zoe nahm ebenfalls einen großen Schluck.

Links neben dem Tresen verlief ein Gang, der nach hinten zu den Toiletten und in den Garten führte. Dort befand sich ein Biergarten, der im Sommer großen Zulauf genoss. Vincent stand auf. »Wir sind draußen«, informierte er Emil.

»Da ist mehr los als hier drin«, warnte der Wirt sie und lächelte.

Tatsächlich standen einige Männer und Frauen um den Bierstand in der Mitte des Areals. Die Tische und Stühle befanden sich in großzügigem Abstand voneinander. Ringsum blühten Schmetterlingsflieder und Lavendelsträucher. Zoe und Vincent setzten sich an einen der freien Tische. Vincent winkte der Kellnerin hinter dem Bierstand zu und bestellte zwei weitere Pils.

»Schön hier«, sagte Zoe und sah sich um.

Kastanienbäume spendeten mit ihrem üppigen Blätterdach an heißen Tagen willkommenen Schatten. Die Äste waren durch eine Kette bunt leuchtender Lampions verbunden.

Eine Frauengruppe saß wild gestikulierend und lachend am übernächsten Tisch, sodass Zoe und Vincent sich ungestört unterhalten konnten.

Sie leerten ihre von drinnen mitgebrachten Gläser. Als die Kellnerin ihm ein Zeichen gab, dass ihre Getränke fertig seien, erhob Vincent sich und tauschte bei ihr die leeren Biergläser gegen zwei frisch gefüllte.

Nachdem er einen weiteren Schluck getrunken hatte, brach er das Schweigen. »Wie war meine Frau Hanna?«

»Sehr hübsch, liebenswürdig und intelligent, soweit ich weiß. Sie war von Beruf Tierärztin.«

»Hatte sie eine eigene Praxis?«

»Nein, sie war angestellt.«

Sie nippten beide an ihren Gläsern.

Ein Signalton erklang auf Zoes Handy. Sie nahm es hervor und schaute auf das Display.

»Mein Kollege hat die aktuelle Adresse von Viola Fabers Witwer ermittelt. Er heißt Bruno Faber.«

Sie nannte Vincent seine neue in einem anderen Dorf gelegene Wohnanschrift und schickte sie ihm auf sein Handy.

»Danke. Der Ort ist nur etwas mehr als zwanzig Kilometer von hier entfernt«, stellte Vincent fest.

Zoe zwinkerte ihm zu. »Gerne. Aber falls du Mist baust, hast du die Adresse nicht von mir.«

Als es um dreiundzwanzig Uhr dreißig empfindlich kühl wurde und Zoe trotz ihrer Kapuzenweste zu frösteln begann, beschlossen sie, aufzubrechen. Vincent bezahlte die Getränke. Er hatte insgesamt vier Biere getrunken. Zoe war nach dem zweiten Glas auf Mineralwasser umgestiegen. Als sie vor die Tür traten, fühlte Vincent sich vom Alkohol leicht benebelt. Aber seiner Trauer und Niedergeschlagenheit tat das keinen Abbruch. Er hatte den Abend über Zoe zuliebe versucht, seine negativen Gefühle nicht die Oberhand gewinnen zu lassen, doch war es, als ob der Wein und das Bier diese noch verstärkt hätten. Er war froh, dass sie zu Fuß gingen, und hoffte, dass die frische Luft ihn wieder klarer im Kopf werden ließ.

Draußen war es inzwischen dunkel und die Straße wie leer gefegt. Nur vereinzelt und in größerem zeitlichem Abstand fuhren noch Autos an ihnen vorbei. Die Leuchtbuchstaben von E-mils Kneipe *Zum jungen Krug* tauchten den Platz vor dem Eingang in schummriges Licht. Vincent hielt kurz inne und sah hinauf in den wolkenlosen Himmel, an dem die Sterne klar zu erkennen waren.

»Kennst du dich mit Sternbildern aus?«, fragte Zoe.

Er zeigte mit dem Finger nach oben und sie folgte seinem Blick. »Das da ist der Große Wagen. Damit ist mein Wissen auch schon erschöpft.«

Zoe erwiderte sein Lächeln.

»Ich hole nur kurz meine Weste aus dem Auto«, sagte Vincent. »Dann können wir los.« Er setzte sich in Richtung des um die Ecke gelegenen Parkplatzes in Bewegung.

Hinter sich hörte er das Geräusch eines startenden Automotors. Als er sich umdrehte, setzte sich ein roter Kleinwagen, der quer gegenüber an der Straße geparkt hatte, in Bewegung. Zoe warf ebenfalls einen Blick in die Richtung, wandte sich wieder Vincent zu und kam ihm zügig hinterhergelaufen.

Der Fahrer gab plötzlich Gas. Das Seitenfenster fuhr herunter. Auf Vincents Höhe stoppte der Wagen abrupt. Der Mann am Steuer trug eine Skihaube. Er richtete den Lauf einer Pistole aus dem heruntergelassenen Fenster auf Vincent. Zoe war nur noch wenige Meter von ihm entfernt.

»In Deckung«, hörte er sie wie durch Watte gedämpft schreien.

Er war aber wie erstarrt. Zoe war bei ihm und warf sich auf ihn. Ein Schuss donnerte durch die Nacht. Sie fielen zu Boden.

Vincent krachte schmerzhaft auf den Rücken. Zoe lag auf ihm. Der Kleinwagen beschleunigte mit quietschenden Reifen und bog an der nahen Kreuzung ab.

Zoe stöhnte. Sie rührte sich nicht. Ihr Atem ging stoßweise.

Emil kam zur Tür herausgestürzt. Zuerst sah er sich panisch nach allen Seiten um, dann entdeckte er Vincent und Zoe ineinander verkeilt auf dem Boden liegen. Zoes Atmen ging in ein Hecheln über.

»Was ist denn hier los?«, rief er.

»Ruf einen Rettungswagen«, schrie Vincent. »Sie ist schwer verletzt. Jemand hat auf uns geschossen.«

Emils Kiefer klappte nach unten. Einen Moment hielt er wie paralysiert inne. Dann machte er auf dem Absatz kehrt und lief zurück in die Kneipe.

Vorsichtig tastete Vincent auf Zoes Rücken. Er spürte eine warme Flüssigkeit. Als er seine Hand wegnahm und sie betrachtete, war sie von Blut überzogen.

Er selbst fühlte keinen Schmerz. Zoe hatte die Kugel abbekommen, die für ihn bestimmt war. Sie hatte sich vor ihn geworfen und ihm das Leben gerettet.

Die Gäste, die noch in der Kneipe geweilt hatten, kamen angelaufen, einige der Anwohner standen hinter den Fenstern ihrer Wohnungen, andere traten aus ihren Häusern auf den Bürgersteig.

Vincent setzte sich auf und bettete Zoes Kopf in seinen Schoß. Überall war Blut. Auf seiner Hose, seinem T-Shirt. Auf dem Boden bildete sich eine Lache. Zoes Gesicht war aschfahl und von Schweißperlen überzogen.

Sie öffnete die Augen und sah ihn mit leerem Blick an. »Mir ist so kalt«, flüsterte sie. Langsam schlossen sich ihre Lider.

»Der Rettungswagen ist unterwegs. Du musst durchhalten und wach bleiben«, redete Vincent auf sie ein und strich ihr mit zitternden Fingern übers Haar. Jemand legte seine Jacke über Zoes bebenden Körper.

Nach einer Weile hörte er die Sirenen. Ein Streifenwagen der Polizei hielt neben der Menschen-traube, die sich um Zoe und ihn gebildet hatte. Polizisten kämpften sich durch die Schaulustigen zu ihnen durch. Kurz darauf folgte ein Rettungswagen und die Sanitäter und ein Notarzt kümmerten sich um die Schwerverletzte.

24

Vier Stunden später saß Vincent Hauptkommissar Schwarzenberg in dessen Büro gegenüber.

Zoe hatte im Rettungswagen auf dem Weg ins Krankenhaus das Bewusstsein verloren. Sie musste notoperiert werden und war noch nicht aus der Narkose erwacht. Die Kugel hatte sie unterhalb des Schulterblatts getroffen. Die Ärzte gingen davon aus, dass sie durchkommen würde.

»Wer hat aus dem Auto auf Sie geschossen?«, fragte Schwarzenberg.

»Ich weiß es nicht«, antwortete Vincent. Er fühlte sich körperlich und seelisch schwer mitgenommen von den Geschehnissen. Tausend Gedanken gingen ihm gleichzeitig durch den Kopf. Keinen davon konnte er greifen und zu Ende führen.

Kurz nachdem der Rettungswagen mit Blaulicht und Sirene in Richtung Krankenhaus weggerast war, hatte ein weiterer Krankenwagen vor der Kneipe gestoppt.

Der Notarzt hatte Vincent untersucht, aber keine Verletzung bei ihm festgestellt. Die Streifenpolizisten hatten Vincent gebeten zu bleiben, bis die diensthabenden Kripobeamten vor Ort seien.

Emil, der in der Wohnung über der Kneipe wohnte, hatte Vincent in der Zwischenzeit frische Kleidung von sich gegeben und ihn sein Bad benutzen lassen. Eine halbe Stunde später waren Schwarzenberg und seine Partnerin Welsch am Tatort eingetroffen.

Nachdem Vincent mit seiner Schilderung der Ereignisse durch gewesen war, leiteten sie die ersten Ermittlungen und die Beweisaufnahme in die Wege.

Anwohner wurden befragt. Die Straße wurde für den Verkehr gesperrt und Kriminaltechniker begaben sich auf Spurensuche. Vincent kam es wie eine Ewigkeit vor, bis Schwarzenberg und Welsch zu ihm kamen und ihn aufforderten, mit ihnen nach Saarbrücken zu fahren, um seine Zeugenaussage zu Protokoll zu geben.

»Sie haben ausgesagt, dass der Täter eine Sturmmaske trug und aus einem roten Toyota heraus auf Sie geschossen hat«, hakte Schwarzenberg nach. »Das deckt sich mit der Aussage eines Anwohners, der gleich nach dem Schuss aus dem Fenster geschaut und sich sogar das Kennzeichen gemerkt hat. Wie wir mittlerweile wissen, sind die Nummernschilder gestohlen. Der Hinweis bringt uns daher nicht weiter.«

Vincent hörte wie durch Watte, was Schwarzenberg sagte. Ihm war klar, dass der Polizist genau wie er selbst nichts mehr wollte, als herauszufinden, wer hinter dem Anschlag steckte. Doch er war mental dermaßen angeschlagen, dass er sich auf die Ansprache des Kommissars beim besten Willen nicht konzentrieren konnte.

Schwarzenberg sah zu seiner Kollegin Sonja Welsch, die an ihrem eigenen Schreibtisch saß und keine Miene verzog.

»Jemand hat versucht, Sie umzubringen«, fuhr Schwarzenberg an Vincent gewandt fort. »Ihre Begleiterin wurde lebensgefährlich verletzt. Wir können mit Sicherheit davon ausgehen, dass es sich um den gleichen Täter handelt, der auch Ihren Freund ermordet hat. Sie müssen doch eine Ahnung haben, wer dahintersteckt.«

Vincent rutschte auf dem Stuhl hin und her. Er wollte zumindest mit dem herausrücken, was er wusste. Viel war das nicht. »Jemand aus meiner Vergangenheit. Ich habe mir vor Jahren eine kriminelle Organisation zum Feind gemacht. Es ist möglich, dass die jemanden auf mich angesetzt haben. Aber das ist nur eine Vermutung, und ich weiß nicht, wer geschossen hat.«

Schwarzenberg nickte. »Der Name der Organisation?«

»Da müssen Sie Zoe Behrend fragen.«

»Ihre angeschossene Begleiterin arbeitet als Polizistin in Berlin«, erinnerte ihn Schwarzenberg. Er machte eine Pause und sah Vincent durchdringend an. »Sie ist beim Personenschutz. Ich vermute, sie hat Ihnen damals zu einer neuen Identität verholfen. Waren Sie ein Kronzeuge in einem Gerichtsverfahren?«

Vincent schwieg.

»Gehörten Sie selbst dieser kriminellen Organisation an, von der Sie sich nun mutmaßlich bedroht sehen?«

Es lag Vincent auf der Zunge zu sagen, dass er ebenfalls Polizist gewesen war und seine Zeugenschaft vor Gericht darauf beruhte, was er als verdeckter Ermittler gesehen hatte. Doch die Information hätte dem Kommissar ausgereicht, um Rückschlüsse auf seine wahre Identität zu ziehen. Dies wiederum würde in Zukunft eine ständige Bedrohung für ihn und auch Lisa bedeuten.

Je mehr Menschen wussten, wer er wirklich war, desto größer war die Gefahr, dass die falschen Leute etwas davon erfuhren. Noch sah er nicht den Zeitpunkt gekommen, sein im Saarland neu aufgebautes Leben über den Haufen zu werfen. Zuvor musste klar sein, dass tatsächlich die kriminelle Organisation hinter der Ermordung Tonis und dem Anschlag auf ihn und Zoe steckte.

Schwarzenberg raufte sich die Haare. Dann nickte er plötzlich. »Ich verstehe, warum Sie schweigen. Aber falls Ihre Vergangenheit Sie tatsächlich eingeholt hat, können wir dem Killer, der es auf Sie abgesehen hat, möglicherweise nur auf die Spur kommen, wenn Sie uns erzählen, was Sie wissen.«

Vincent verschränkte die Arme vor der Brust. »Geben Sie mir bitte noch ein wenig Zeit.«

Nun schaltete sich Sonja Welsch in das Gespräch ein. »Herr Herzog, wir haben mit Ihrem Namen einen Treffer in unserer

Datenbank gelandet. Sie wurden vor fünfeinhalb Jahren schwer verletzt am Straßenrand aufgefunden. Es bestand zunächst der Verdacht, dass Sie das Opfer einer Straftat geworden waren. Schließlich wurde der Fall jedoch zu den Akten gelegt, da sich dafür keine Beweise finden ließen und Sie genauso gut einen Unfall erlitten haben konnten.«

»Dann wissen Sie sicher auch, dass es sich um eine Schädelfraktur handelte und ich mich nicht erinnern konnte, wie es dazu kam«, sagte Vincent.

Welsch nickte. »Ist das heute noch immer so?«

Vincent nickte. »Mir fehlt nach wie vor jede Erinnerung an die Zeit vor der Verletzung.«

Welsch zog eine Augenbraue hoch. »Das tut mir leid für Sie. Das muss schlimm sein. Ich hoffe allerdings, dass die Amnesie nicht einfach nur Teil Ihrer Legende ist.«

Schwarzenberg ging im Büro auf und ab und tippte sich dabei mit dem Zeigefinger gegen die Lippen. »Ich habe Ihr Haus observiert und bin Ihnen und Frau Behrend zur JVA Saarbrücken gefolgt. Sie haben Luis Stocker besucht. Ich frage mich, wieso. In welcher Beziehung stehen Sie zu dem Gefangenen?«

Vincent schwieg. Er brauchte Zeit, um sich zu sammeln. Der Kommissar hatte ihn mit diesem abrupten Themenwechsel auf dem falschen Fuß erwischt. Wo sollte er anfangen? Dass er Viola Faber beobachtet hatte, weil sie seiner durch einen Anschlag getöteten Frau Hanna ähnelte? Allein dieses Wissen würde es Schwarzenberg und Welsch leicht machen, seinen wahren Namen zu enttarnen. Er wollte Stocker sehen und mit ihm reden, weil er hoffte, dass es ihm helfen würde, seine verschütteten Erinnerungen freizulegen. Auch das konnte er auf die Schnelle nicht erklären.

»Sie wollten von Stocker wissen, ob er den Mord an seiner Ex-Frau noch immer abstreitet. Angeblich sei ein neuer Zeuge aufgetaucht.«

Schwarzenberg ging zu einem Schrank, schloss ihn auf und kam mit einer prall gefüllten Aktenmappe zurück, die er mit wütendem Gesichtsausdruck vor Vincent auf den Schreibtisch knallte. »Das ist die Ermittlungsakte im Mordfall Viola Faber. Ich habe sie ausgiebig studiert. Und wissen Sie, was mir aufgefallen ist? Die Frau wurde am Vormittag des Tages umgebracht, an dem man Sie nachmittags einige Kilometer entfernt bewusstlos an einer Landstraße fand. Man könnte glauben, das sei ein Zufall. Wenn man aber berücksichtigt, dass Sie den Mörder von Viola heute besucht und gefragt haben, ob er die Tat noch immer leugnet, kommt man nicht umhin, anzunehmen, dass ein Zusammenhang zwischen Ihrer Kopfverletzung und dem Mord besteht.«

Eine Pause entstand. Die Ermittler mussten Vincent anmerken, dass sie einen wunden Punkt bei ihm getroffen hatten.

»Warum waren Sie bei Luis Stocker?«, bohrte Welsch weiter.

Vincent presste die Lippen zusammen.

»Hängt der Mordanschlag von heute damit zusammen?«

Vincent raufte sich die Haare. »Ich denke nicht, dass mein Besuch bei Stocker und der Mordanschlag in Verbindung stehen. Wie gesagt, höchstwahrscheinlich liegt der Grund für das heutige Geschehen in der Zeit vor meinem Umzug ins Saarland.«

Er atmete mehrmals tief durch. Anschließend berichtete er von dem Laufunfall vor einer Woche und dass danach Bruchteile seiner Erinnerung zurückgekehrt seien. Er gab preis, dass er vor fünfeinhalb Jahren Viola Faber beobachtet habe, weil sie ihm gut gefiel. Den wahren Grund, ihre frappierende Ähnlichkeit mit Hanna ließ er aus.

»Ich bin der neue Zeuge, von dem wir Stocker erzählt haben«, schloss Vincent seine Aussage ab.

Schwarzenberg schüttelte ungläubig den Kopf. Der Gesichtsausdruck von Kommissarin Welsch verriet Vincent ebenfalls Skepsis.

Schwarzenberg hob die Augenbrauen. »Sie haben Viola Faber nachgestellt und ihre Ermordung beobachtet. Nun haben Sie Luis Stocker im Gefängnis besucht, um zu überprüfen, ob er der maskierte Mörder gewesen sein könnte, den Sie damals gesehen haben?«, fasste Schwarzenberg Vincents Aussage zusammen.

»Stocker hat schon damals bestritten, es gewesen zu sein«, erklärte Vincent.

»Das hört sich verrückt an«, fuhr Welsch dazwischen. »Warum sind Sie damit nicht zur Polizei gegangen.«

»Weil ich mir nicht sicher bin, ob das, woran ich mich zu erinnern glaube, auch tatsächlich so geschehen ist. Außerdem ist der Fall abgeschlossen und der Täter verurteilt. Weshalb sollte ich unnötig Staub aufwirbeln? Trotz allem wird es Stocker vermutlich dennoch gewesen sein.«

Schwarzenberg beobachtete ihn. Vincent glaubte, Argwohn im Gesichtsausdruck des Kommissars zu erkennen.

»Und zu welcher Erkenntnis sind Sie gekommen, nachdem Sie mit Stocker gesprochen haben?«

Vincent sah zu Boden und wieder auf. »Ich glaube, der Maskierte hatte eine andere Statur. Er war breiter und massiger gebaut als der Luis Stocker, mit dem ich im Gefängnis gesprochen habe.«

»Sie sind also der Meinung, dass Stocker unschuldig ist?«

»Stocker war vor dem Mord auch schon bei Viola Faber. Er hat sie mit einem Messer bedroht, weil er Geld von ihr wollte. Daran habe ich mich wieder erinnert, als ich ihm am Besuchertisch gegenübersaß.«

Schwarzenberg und Welsch tauschten einen langen Blick aus.

»Diesbezüglich trügt Sie Ihre Erinnerung zumindest nicht«, stellte Schwarzenberg fest. »Das geschah einen Tag vor Viola Fabers Tod. Ihr Ehemann kam kurz nach Stockers Besuch früher von der Arbeit nach Hause, weil er sich krank fühlte. Seine Frau war noch völlig aufgelöst und das Küchenmesser, mit dem Stocker sie bedroht hatte, lag noch auf dem Tisch. Viola Faber hat ihrem Mann alles erzählt. Er hat die Polizei alarmiert. Das Küchenmesser wurde als Beweismittel konfisziert. Aber Stocker wurde an dem Tag nicht mehr gefunden. Am nächsten Tag hat er dann seine Ex-Frau ermordet. Vermutlich war neben seiner Eifersucht ein weiterer Grund, dass er von der Strafanzeige gegen ihn Wind bekommen hat. Als er dann wenige Stunden nach Fabers Tod in seiner Wohnung festgenommen wurde, hatte er noch jede Menge Alkohol im Blut. Vermutlich hat er den Mord spontan im Suff beschlossen und sich zur Tarnung eine Skimaske übergezogen.«

»Die Indizien sprechen tatsächlich für Stocker als Täter«, stimmte Vincent zu. Von dem Journalisten der Trier Zeitung, der in dem Mordfall berichtet und ihn auf seine E-Mail zurückgerufen hatte, wusste Vincent bereits im Groben, was Schwarzenberg ihm gerade erzählt hatte. Vincent wollte aber lieber unerwähnt lassen, dass ihm die Information aufgrund seiner eigenen Recherchen bekannt gewesen war, bevor er sich selbst daran erinnerte. Es tat nichts zur Sache und hätte nur zu weiteren Fragen des Kommissars geführt, denen er gerne aus dem Weg ging.

»Sie bleiben aber dabei, dass es Ihrer Meinung nach jemand anderes war«, führte Welsch seinen Gedanken fort. »Sie sagen selbst, Sie konnten sich über Jahre nicht erinnern. Sie trauen sich selbst nicht. Aber Sie waren am Tatort. Ich glaube, ich weiß, warum Sie sich nicht an die Polizei gewandt haben. Sie halten es für möglich, dass Sie selbst Viola Faber erstochen haben. Ist es nicht so?«

»Ich habe die Tat beobachtet, das ist meine Erinnerung«, versuchte Vincent, sich der leider nur zu treffenden Schlussfolgerung Welschs zu entziehen. »Ich habe Ihnen alles gesagt. Kann ich jetzt gehen?«

»Es steht zu vermuten, dass ein Killer auf Sie angesetzt ist. Wir stellen Ihnen Personenschutz zur Seite.«

»Danke, ich verzichte«, lehnte Vincent ab. »Wer immer das war, wird es heute Nacht wohl kaum noch mal versuchen.«

»Wie Sie wollen«, gab Schwarzenberg nach, obwohl er lieber auf Nummer sicher gegangen wäre.

Welsch griff zum Telefon. »Ich besorge einen Streifenwagen, der Sie nach Hause bringt.«

»Ich würde gern zuerst ins Krankenhaus zu Frau Behrend«, erwiderte Vincent. »Sie hat mir das Leben gerettet. Wenn sie aus der Narkose erwacht, möchte ich mich bei ihr bedanken.«

»Verstehe«, zeigte sich Schwarzenberg einsichtig. »Die Beamten warten so lange und bringen Sie anschließend nach Hause. Die Polizisten werden vor Ihnen in Ihr Haus gehen und die Zimmer durchsuchen. Sicher ist sicher. Außerdem wird zumindest einmal in der Stunde eine Streife an Ihrem Haus vorbeifahren und nach dem Rechten sehen.«

***

Wenig später begleitete Schwarzenberg Vincent Herzog vor das Gebäude. Der angeforderte Streifenwagen traf kurz darauf ein.

Schwarzenberg ließ sich Zeit, als er anschließend die Treppe hinauf ins Büro zurückging. Gähnend, ohne sich die Hand vor den Mund zu halten, öffnete er die Tür.

Sonja Welsch sah von ihrem Computermonitor zu ihm auf und tippte weiter auf ihrer Tastatur.

Ihre gemeinsame Schicht war seit einer halben Stunde zu Ende. Aber den Bericht über die Ereignisse vor der Kneipe und die aufgenommene Zeugenaussage galt es noch fertigzustellen.

In Kürze würden die zuständigen Kollegen von der Abteilung Straftaten gegen das Leben den Fall fürs Erste weiterführen. Morgen würde die SOKO zur Aufklärung des Mordes an Toni Heckmann ihre Arbeit aufnehmen, in die er und Sonja Welsch wie erwartet berufen worden waren. Der Anschlag auf Vincent Herzog vor der Kneipe fiel ebenfalls in die Zuständigkeit der SOKO, da es sich höchstwahrscheinlich in beiden Fällen um denselben Täter handelte.

Schwarzenberg öffnete das Fenster. Es würde noch eine Weile dauern, bis der Berufsverkehr erwachte. Er begab sich an seinen Schreibtisch.

Welsch unterbrach die Arbeit an ihrem Bericht und sah zu ihm hinüber. »Ich kann nachvollziehen, warum Herzog uns den Namen der Organisation nicht genannt hat, wegen der er untertauchen musste«, räumte Welsch ein. »Wir wissen noch nicht, wer auf Herzog geschossen hat, nur weil wir die Organisation kennen, die den Killer beauftragt hat. Wenn wir aber in deren Umfeld Fragen stellen und diese Leute den Mord gar nicht in Auftrag gegeben haben ...«

»... verraten wir ihnen unnötigerweise, dass sich Herzog im Saarland aufhält«, beendete Schwarzenberg die Überlegungen seiner Kollegin.

»Ich bin mit dem Bericht so gut wie fertig«, sagte Sonja Welsch. »Es war eine lange Nacht. Ich will jetzt nur noch in mein Bett.«

Sie lehnte sich in ihren Bürostuhl zurück und streckte die Arme durch. Die Erschöpfung stand ihr ins Gesicht geschrieben.

»Einverstanden. Machen wir Feierabend«, stimmte Schwarzenberg zu.

Er schaute mit leerem Blick auf die vor sich liegende Ermittlungsakte im Mordfall Viola Faber. »Allerdings bleibe ich hier.«

Er deutete auf die Couch, die an der Wand stand. Er hatte sie privat angeschafft.

Ab und an kam es vor, dass er sie für ein paar Stunden zum Schlafen benutzte. Er war seit ein paar Jahren geschieden und in seiner Wohnung wartete niemand auf ihn.

»Ich bringe unsere Kollegen nachher persönlich auf den Ermittlungsstand, das erscheint mir für die weitere Bearbeitung des Falles wichtig.«

Welsch verzog mit kritischem Blick den Mund. »Warum fährst du anschließend nicht nach Hause?«

Karsten Schwarzenberg rieb sich übers Gesicht und gähnte erneut. Er deutete auf die Akte auf seinem Schreibtisch.

»Brenner leitete damals die Ermittlungen in der Mordsache Viola Faber. Er hatte zu der Zeit noch ein weiteres Ermittlungsverfahren an der Backe, das ihn ebenfalls in Schach gehalten hat.«

»Du meinst, Brenner könnte überlastet gewesen sein und den Fall Faber zu voreilig zum Abschluss gebracht haben?«

Schwarzenberg nickte. »Du kennst Brenner. Er ist von der schnellen Truppe. Bei einem so eindeutigen Tathergang ordnet er keine Überstunden an, um Beweise für die Unschuld des danach einzig infrage kommenden Täters zu suchen.«

Welsch rieb sich die Augen. »Das hätte bei der Beweislage gegen Stocker vermutlich kaum jemand anders gemacht. In so einer Situation schließt man die Akte gern zügig.«

»Eben.«

»Und du willst jetzt, über fünf Jahre nach der Tat, den Fall wieder aufrollen?«

»Vincent Herzog meint, Stocker könne der Statur nach nicht der Täter gewesen sein, selbst wenn man seine fünf Jahre im Knast berücksichtigt. Was also, wenn der wahre Mörder noch immer ungeschoren herumläuft?«

Welsch grinste. »Die Vorstellung ist dir unerträglich.«

Schwarzenberg erwiderte ihr Lächeln. »Du kennst mich inzwischen schon ganz gut.«

»So lange zurückliegende Erinnerungen dürfen wir nicht für bare Münze nehmen. Das wissen wir aus unzähligen Zeugenbefragungen. Vincent Herzog leidet zudem unter einer schlimmen Amnesie. Jetzt will er sich plötzlich an etwas erinnern. Seiner Wahrnehmung würde ich nicht so ohne Weiteres trauen. Was also hast du vor?«

»Keine Angst. Ich werde die Pferde schon nicht scheu machen. Nur klassische Ermittlungsarbeit. Ich überprüfe ein paar Angaben und anschließend sehen wir weiter.«

»Das klingt für mich nicht nach dem Kollegen, den ich kenne. Komm schon, du hast doch etwas Bestimmtes im Sinn.«

»Kann schon sein«, schmunzelte Schwarzenberg. »Ist aber aus der Luft gegriffen und nur zum Zeitvertreib. Deinen Kopf will ich damit nicht belasten.«

Er behielt lieber für sich, womit er den freien Tag zu verbringen gedachte. Nur ungern wollte er sich mit verwegenen Theorien aus dem Fenster lehnen, um anschließend zugeben zu müssen, dass er falschgelegen hatte, und sich Welschs leisem Spott ausgesetzt zu sehen.

Er folgte einer reinen Eingebung. Nichts, mit dem man Staatsanwälte, Richter und auch nicht seine Kollegin überzeugen konnte. Die Chance, dass er fündig wurde und Zweifel an Stockers Täterschaft säen konnte, war äußerst gering. Aber für seinen eigenen Seelenfrieden sah er sich gezwungen, ein paar Dinge abzuklären, bevor er die Akte Viola Faber zurück ins Archiv gab.

25

»Entschuldigen Sie bitte, wie geht es der Patientin Zoe Behrend?«, fragte Vincent eine Schwester, die den Gang entlangkam, als er aus Zoes Zimmer kam.

Zoe war noch nicht aus der Narkose erwacht. Neben der Tür stand ein Polizeibeamter zu ihrem Schutz, der über Vincents Besuch vorab informiert worden war und ihn ins Zimmer gelassen hatte.

»Sind Sie mit der Patientin verwandt?«, erkundigte sich die Schwester.

Vincent nahm sie ein Stück zur Seite. »Ich bin ihr Bruder«, log er ohne Umschweife.

»Ihre Schwester hat viel Blut verloren. Die Operation ist aber gut verlaufen. Eine akute Lebensgefahr besteht nicht mehr. Es wird vermutlich keine bleibenden Schäden geben. Sie hatte großes Glück.«

Vincent atmete tief durch. »Das ist sehr beruhigend zu hören.« Eine Zentnerlast schien von ihm abzufallen. »Vielen Dank. Ich würde gern im Zimmer bei ihr warten, bis sie zu sich kommt.«

Die Schwester nickte und ging weiter.

Vincent betrat erneut das Krankenzimmer und zog einen Stuhl nahe an Zoes Bett heran. Es war gegen vier Uhr morgens und draußen war es noch dunkel. Die zugezogenen Vorhänge würden das später einfallende Tageslicht dämpfen.

Zoe war mit blinkenden Geräten verkabelt, die ihre Lebensfunktionen überwachten. In ihrem Handrücken steckte eine Kanüle, die über einen Schlauch mit einem Flüssigkeitsbeutel verbunden war, der an einem Tropfständer hing.

Im Halsausschnitt ihres Nachthemdes sah er einen Teil des Verbandes, der um ihren Rücken und ihre Schulter verlief. Zoes Gesicht war noch genauso blass wie kurz nach der Attacke, als er sie gehalten hatte. Vorsichtig ergriff er ihre freie Hand.

Wie sollte es jetzt weitergehen? Irgendwo da draußen war jemand, der ihn töten wollte. Dieser Jemand hatte Toni auf dem Gewissen und Zoe war lebensgefährlich verletzt worden.

Er wollte nicht wieder in ein neues Leben mit anderer Identität flüchten. Er wollte Lisa heiraten und mit ihr eine Familie gründen.

Doch selbst wenn der Killer geschnappt würde, wäre es nicht ausgestanden. Die Organisation würde vermutlich jemand anderes schicken, um ihn zu liquidieren.

Wegen ihm war Hanna bei einem Bombenattentat gestorben. Er durfte nicht riskieren, dass Lisa ebenfalls in Lebensgefahr geriet.

Und wie sollte er ihr ein guter Ehemann sein, wenn zu befürchten stand, dass er etwas mit dem Tod von Viola Faber zu tun hatte? Lisa wusste noch nicht einmal, dass er diese Frau zwanghaft beobachtet hatte.

Während er Zoe betrachtete, ging er seine Optionen zur Lösung seiner Probleme durch. Dabei kam er zu dem Schluss, dass er im Moment nur eine Sache verfolgen konnte. Er musste versuchen, weitere Teile seiner Vergangenheit zu rekonstruieren.

Zoe hatte ihm die neue Adresse von Viola Fabers Ehemann besorgt. Ein Foto von diesem hatte er nicht.

Zoe stöhnte leise und bewegte sich. Ihre Lider zitterten leicht, als sie die Augen langsam aufschlug. Mit trübem Blick sah sie ihn an. Sie lächelte. Es kostete sie Kraft. Das merkte er.

»Es wird alles wieder gut. Du wirst wieder ganz gesund«, versprach er.

»Ich bin fahrlässig mit der Situation umgegangen«, wisperte Zoe.

»Danke, dass du mir das Leben gerettet hast.«

»Das ist mein Job.«

»Es ist nicht selbstverständlich, eine Kugel abzufangen, die für jemand anderen bestimmt ist.«

Sie lächelte.

»Gibt es jemanden, den ich für dich verständigen soll?«, fragte Vincent.

»Nein. Da ist niemand. Aber du brauchst jetzt Schutz.«

»Dafür ist gesorgt. Die Polizei bewacht mein Haus.«

»Hast du denen erzählt, wie dein richtiger Name ist?«

»Nein, ich habe nur gesagt, dass meine Vergangenheit schuld an den Geschehnissen sein könnte.«

»Das ist gut.« Sie schluckte schwer. Dann bat sie ihn um etwas zu trinken.

Auf dem Beistelltisch stand eine Flasche Mineralwasser. Vincent fand ein Glas und füllte es bis zur Hälfte. Er half Zoe, sich ein wenig aufzurichten, und flößte ihr das Wasser ein.

»Ich bin müde«, sagte sie anschließend. Ihre Lider senkten sich.

Er streifte ihr übers Haar. »In ein paar Stunden fühlst du dich besser.«

»Ich muss dir noch etwas sagen«, flüsterte sie in abgehackten Worten, dann hatten sich ihre Augen geschlossen.

Vincent erwog kurz, sie noch einmal zu wecken. Er hielt sich jedoch zurück. Zoe musste sich zuerst von der Schussverletzung und der Operation erholen. Er verließ mit leisen Schritten ihr Zimmer und schloss die Tür hinter sich.

Die Station lag in der fünften Etage, dennoch benutzte Vincent wie schon bei seiner Ankunft die Treppe. Er spürte, dass der gestrige Anschlag auf sein Leben ihn vorsichtiger hatte werden lassen. Aufmerksamer als sonst durchschritt er den ausladenden Eingangsbereich des Krankenhauses und behielt die Menschen im Auge, die sich dort aufhielten.

Vor der Tür schaute er sich in alle Richtungen um. Es war, als ob der notwendige Schock nach dem Erlebten erst jetzt mit Verzögerung in sein Bewusstsein drang.

Erleichtert nahm er die beiden an ihren Dienstwagen gelehnten Streifenpolizisten wahr.

Während sie ihn nach Hause fuhren, verstärkte sich sein Gefühl der inneren Beklemmung. Und er war froh, als sie ankamen und er aussteigen und frische Luft atmen konnte.

Bevor er sich endlich schlafen legen konnte, betrat der jüngere der beiden Polizisten das Haus und suchte es systematisch inklusive des Kellers von unten nach oben ab. Schließlich gab er Vincent und seinem Kollegen grünes Licht. Abschließend warf er einen Blick auf den Dachboden und kontrollierte den Garten.

»Bleiben Sie am besten im Haus«, riet sein älterer Kollege, der im Flur bei Vincent geblieben war. »Wenn Ihnen etwas nicht koscher vorkommt, wählen Sie den Notruf. Ein Streifenwagen bleibt in der Nähe und ist in dem Fall schnell vor Ort. Außerdem zeigen wir Präsenz und patrouillieren einmal in der Stunde an Ihrem Haus vorbei.«

»Alles sauber«, sagte der Jüngere, als er zurückkam.

»Ich danke Ihnen«, versicherte Vincent. Die Polizisten nickten und verließen sein Haus.

Vincent sah auf die Wanduhr. Es war fast halb sechs morgens. Er horchte in die Stille. Das Ticken der Uhr machte ihn nervös und er entfernte die Batterien. Ein unterschwelliges Angstgefühl wollte nicht aus seiner Brust weichen. Vielleicht hätte er das Angebot eines durchgängigen Personenschutzes, das der Kommissar ihm gemacht hatte, nicht so leichtherzig ablehnen sollen. Er kontrollierte die Fenster und die nach außen führenden Türen im Erdgeschoss.

Während er anschließend in der Küche mehrere Gläser Wasser leerte, wurde er ruhiger. Er bemühte sich, nachzudenken, war aber zu keinem klaren Gedanken mehr fähig. Eine leichte Übelkeit überkam ihn. Er war hundemüde. Ein wenig Schlaf würde ihm guttun. In sein Schlafzimmer in der oberen Etage wollte er sich nicht begeben. Hier unten war es ihm angenehmer.

Mit einer Decke legte er sich auf die Couch. Er musste an Toni denken, der seine letzten Nächte dort verbracht hatte.

Er schloss die Augen. Lisa kam ihm in den Sinn. Er musste sich bei ihr melden, sie machte sich sicherlich Sorgen um ihn. Sein Handy lag griffbereit neben der Couch. Er musste unbedingt vermeiden, dass sie es mit der Angst zu tun bekam und von der Situation noch mehr überrollt würde, als es bisher schon geschehen war. Es musste einen Weg geben, dass alles wieder werden würde wie früher.

Wenn er mit Lisa telefonieren würde, müsste er ihr über den gestrigen Abend berichten. Belügen wollte er sie nicht. Deshalb beschloss er, ihr fürs Erste eine kurze Textnachricht zukommen zu lassen. Da Lisa nach dem Aufstehen ohnehin nicht viel redete und heute Vormittag ab zehn Uhr arbeiten musste, würde sie hoffentlich keinen Verdacht schöpfen, wenn er sie nicht anrief.

In seiner Nachricht, die er mit unzähligen Herzen versah, schrieb er ihr, dass es ihm in der Nacht nicht gut gegangen sei und er deshalb kaum geschlafen habe. Das war wenigstens nicht gelogen. Weiter versprach er, dass er sie abends nach ihrer Arbeit anrufen würde.

Es war ebenso bedrückend wie verständlich, dass Lisa nach dem Mord an Toni noch nicht wieder in den eigenen vier Wänden schlafen konnte. Sein einziger Trost war, dass er im Moment seine Verlobte bei ihren Eltern sicher aufgehoben wähnte. Deshalb bat er sie, sich alle nötige Zeit zu nehmen und so lange dortzubleiben, bis sie sich wieder in der Lage fühlte, ihr gemeinsames Heim zu betreten.

Nachdem er auf Senden gedrückt hatte, legte er sein Handy neben sich auf den Couchtisch und schloss die Augen.

Bis heute Abend wäre derjenige, der ihn hatte töten wollen, vielleicht verhaftet und würde hinter Schloss und Riegel sitzen, sodass er um Lisa und sich vorläufig keine Angst mehr zu haben brauchte.

Wenn er geschlafen hätte, würde er zu Bruno Faber fahren, um sich den Mann anzusehen. Stockers Anblick hatte ihm mit seinen Erinnerungen auf die Sprünge geholfen. Er hoffte, dass es ihm mit Bruno Faber ebenso erging.

Vincents Lider wurden schwer und er gab dem Drang, sie zu schließen, nach. Nach einer Weile verblassten die bedrängenden Bilder und er schlief ein.

26

Schwarzenbergs Augen brannten vor Müdigkeit, als er die Ermittlungsakte im Fall Viola Faber im Licht seiner Schreibtischlampe nochmals unter die Lupe nahm.

Normalerweise herrschte reges Treiben in dem Gang, der zu seinem und den zahlreichen anderen Dienstzimmern führte. Klingelnde Telefone und Unterhaltungen drangen durch offene Bürotüren und schlecht schallisolierte Wände. So still wie jetzt war es sonst nur am frühen Morgen, kurz bevor die Tagschicht begann.

Gegen sechs Uhr dreißig traf der Dezernatsleiter ein.

Die Ermittlungen bezüglich des auf Herzog verübten Mordanschlags würden bis zur morgigen Übernahme des Falles durch die SOKO nach seinen Maßgaben weitergeführt werden. Schwarzenberg übergab Welschs Bericht und informierte zudem mündlich über das Geschehene und den Stand der Dinge.

Anschließend gönnte er sich dreieinhalb Stunden Schlaf auf seiner Bürocouch.

Um zehn Uhr dreißig weckte ihn der Alarm auf seinem Handy aus verworrenen Träumen.

Er gähnte und fuhr sich durch die Haare. Ein paar Stunden mehr hätten es ruhig sein dürfen. Aber er hatte sich einiges für den Tag vorgenommen.

Er gab sich einen Ruck, stand auf, streckte sich und klopfte die Knitterfalten aus seiner Anzughose.

Im Gegensatz zu den meisten Kollegen bevorzugte er einen gehobeneren Kleidungsstil. Das schloss auch die Schuhe mit ein und selbstverständlich durfte die zu seinem Hemd passende Krawatte nicht fehlen.

Nachdem er sich im WC frisch gemacht hatte, begab er sich zu seinem Wagen. Dabei rief er sich seine Theorien wieder ins Gedächtnis, die im Zuge der Vernehmung Herzogs und der Lektüre der Ermittlungsakte zum Fall Viola Faber in ihm gereift waren.

Für ihn gab es demnach drei Möglichkeiten. Die erste war dabei die naheliegendste: Vincent Herzog war ein Spinner und Luis Stocker hatte seine Ex-Frau Viola Faber ermordet.

Die zweite Variante bestand darin, dass Herzog die Frau erstochen hatte. Herzog hatte einen Tag zuvor beobachtet, wie Stocker das Messer gegen die Frau richtete, und könnte es ihm am nächsten Tag nachgemacht haben. Mit dem Unterschied, dass Stocker nur gedroht und Herzog tatsächlich zugestochen hatte. Dank seiner Beobachtung hatte er davon ausgehen können, dass der Verdacht auf Stocker fallen würde. Blieb allerdings die Frage nach dem Tatmotiv.

Herzog könnte mit seiner angeblichen Erinnerung an einen ominösen Maskierten, dessen äußeres Erscheinungsbild ein anderes war als das Luis Stockers, einen Hinweis auf sich selbst als Täter gegeben haben. Ein unbewusster Hilferuf seines gequälten Gewissens. So etwas kam vor, wenn auch sehr selten. Schwarzenberg war ein solcher Fall bekannt.

Ein unbescholtener und friedfertiger Bürger hatte aus einer Kurzschlusshandlung heraus ein grausames Verbrechen begangen, das nie aufgeklärt werden konnte. Aus Angst, sie könnte ihn erpressen, hatte er eine Prostituierte erdrosselt, nachdem er mit ihr geschlafen hatte. Jahre später meldete sich der Mann als angeblicher Zeuge bei der Polizei, verwickelte sich jedoch bei seiner Aussage schnell in Widersprüche und brach bei einem schärferen Verhör schließlich zusammen.

Herzog litt angeblich unter einer dauerhaften Amnesie, die praktisch zeitgleich mit Viola Fabers Tod eingesetzt hatte. Das konnte ein Zufall sein oder auch nicht. Eher nicht. Neben der schweren Kopfverletzung, die Herzog sich zugezogen hatte, konnte auch die als traumatisch erfahrene brutale Mordtat den Gedächtnisverlust ausgelöst oder verstärkt haben.

Falls Stocker und Herzog wider Erwarten beide unschuldig waren, lieferte die Statistik eine dritte Lösungsvariante.

Bei der Mehrzahl der Tötungsdelikte kam der Täter aus dem näheren Umfeld des Opfers. Meist handelte es sich um Angehörige. Wenn eine Frau gewaltsam zu Tode gekommen war, handelte man klug, zuerst den Ehemann beziehungsweise Partner ins Visier zu nehmen. Wenn der noch dazu wie in Viola Fabers Fall eine Lebensversicherung einstrich, war das nur ein Grund mehr.

Bruno Faber hatte laut Akte angegeben, zur Tatzeit beim Arzt gewesen zu sein. Das hatten die Kollegen damals überprüft und das Alibi hatte sich als korrekt erwiesen.

Da Faber nur Platz drei seines persönlichen Täterrankings einnahm, beschloss Karsten Schwarzenberg, sich zunächst mit Vincent Herzog, seiner Nummer zwei, zu befassen, der auch noch als Mörder von Anton Heckmann infrage kam.

Weder sein Abteilungsleiter noch Sonja Welsch liebten Alleingänge. Aber die Aussicht, gleich zwei Fliegen mit einer Klappe schlagen und Herzog eines Doppelmordes überführen zu können, war einfach zu reizvoll.

Die Adressen derjenigen Personen, denen er einen Besuch abstatten wollte, hatte er sich bereits besorgt.

Als Erstes würde er zu Hubert Koller fahren, um ihn zu befragen. Erwartungsvoll setzte sich Schwarzenberg in seinen Wagen und startete den Motor.

Nach einer halben Stunde bog er in das Industriegebiet ein, in dem die Security-Firma Kollers ihren Firmensitz hatte.

Schwarzenberg parkte vor dem Bürogebäude einer stillgelegten Fabrik, in dem neben Koller noch andere kleinere Unternehmer Geschäftsräume gemietet hatten.

Die Haupteingangstür war nicht verschlossen. Schwarzenberg drückte sie auf, ging die Treppe hinauf in die erste Etage, wo er einem Wegweiser nach rechts in einen spärlich beleuchteten Korridor folgte. Etwa in der Mitte hing neben einer der Türen ein Schild mit der Aufschrift Koller Security an der Wand. Schwarzenberg klopfte an und bekam ein lautes »Herein« zur Antwort. Er trat in einen kleinen Büroraum mit weiß gestrichenen Wänden, in dem lediglich die knallroten Fensterrahmen einen ästhetisch etwas fragwürdigen Farbtupfer setzten.

Das Mobiliar bestand aus Metallschränken und Ordnerregalen sowie einem Schreibtisch, hinter dem ein großer korpulenter Mann mit kahl rasiertem Schädel saß. Er war in seinen Computerbildschirm vertieft.

»Kriminalpolizei«, sagte Schwarzenberg und stellte sich mit seinem Namen vor.

Der Mann sah von seinem Monitor auf. Er wirkte überrascht und lehnte sich in seinen Stuhl zurück. »Was kann ich für Sie tun? Brauchen Sie in der Ferienzeit bei der Polizei ein wenig Verstärkung durch private Sicherheitsunternehmen?«

»Sind Sie Herr Koller, dem die Firma gehört?«

»Allerdings«, antwortete Koller und grinste. »Das mit der Verstärkung war natürlich nur ein Spaß.«

»Ich habe ein paar Fragen an Sie. Es geht um Ihren Angestellten Vincent Herzog.«

»Ex-Angestellten«, stellte Koller richtig. »Ich habe ihn rausgeworfen.« Er deutete auf den Stuhl vor seinem Schreibtisch. »Bitte nehmen Sie Platz.«

Schwarzenberg bedankte sich und setzte sich.

»Warum haben Sie ihm gekündigt?«, fragte Schwarzenberg.

»Er ist ein Mordverdächtiger und war deswegen in Haft. Das ist schlecht fürs Image einer Sicherheitsfirma und spricht sich äußerst schnell rum.«

»Verstehe«, sagte Schwarzenberg und nickte. »Sonst noch etwas, das an Herzog auszusetzen wäre?«

»Eigentlich nicht viel. Allerdings ist er zuletzt nicht wie vereinbart zur Arbeit erschienen. Deshalb hatte ich ihn ohnehin auf dem Kieker.«

»Neigt Herr Herzog zu Gewalttätigkeit?«

»Nein, das nicht. Er schreitet entschlossen ein, wenn es Ärger gibt. Aber Vincent ist keiner, der bei einem Streit Öl ins Feuer gießt.«

»Wann hat Herzog angefangen, bei Ihnen zu arbeiten?«

Koller ließ seinen Blick zur Decke wandern. Dann sah er wieder Schwarzenberg an. »Das muss vor ungefähr sechs Jahren gewesen sein. Zuerst als freier Mitarbeiter. Ein Jahr später habe ich ihm eine Festanstellung gegeben.«

»Hat sich an seinem Wesen über die Jahre etwas verändert?«

Koller lächelte verschmitzt. »Da brauche ich nicht lange zu überlegen. Nach seiner Amnesie war er ein anderer. Ist ja auch klar, wenn man sich an nichts aus seinem früheren Leben erinnert.«

»Gibt es etwas, das Ihnen ab da besonders aufgefallen ist?«

Koller seufzte. »Er hat vorher gern einen über den Durst getrunken, war in sich gekehrt und wirkte bedrückt. Nach dem Gedächtnisverlust habe ich nie wieder eine Fahne bei ihm gerochen und er kam mehr aus sich heraus. Das war auch der Grund, warum ich ihm einen Arbeitsvertrag angeboten habe.«

Schwarzenberg kratzte sich an der Wange.

»Welche Referenzen hatte Herzog für den Job bei Ihnen?«

Koller lachte auf. »Ich verlange keine schriftliche Bewerbung mit Lebenslauf von meinen Mitarbeitern.« Er beugte sich vor. »Ich lasse sie einmal zur Probe arbeiten und wenn sie sich gut anstellen, werden sie beim nächsten Mal für einen Job bezahlt. Herzog schien mir ein normaler Typ zu sein. Zudem hatte er einige Tricks zur Verteidigung auf Lager. Das ist mehr als der Durchschnitt derer, die bei mir anheuern. Die Sachkundeprüfung für den Job hat er selbstverständlich abgelegt. Darauf habe ich bestanden.«

»Das heißt, Sie wissen nicht, was er gemacht hat, bevor er ins Saarland gezogen ist?«

Koller verzog die Mundwinkel nach unten und hob entschuldigend die Hände. »Muss ich das?«

Schwarzenberg schwieg. Ihm war klar, dass in der Sicherheitsbranche auch Mitarbeiter gebraucht wurden, die dazu bereit waren, die gesetzlichen Grenzen ein wenig zu strapazieren. Meist waren dies diejenigen, deren Vita ohnehin nicht mustergültig war. Solange etwaige frühere Straftaten nicht offenkundig wurden, war es den meisten Chefs egal.

Schwarzenberg erhob sich von seinem Stuhl. »Danke für Ihre Zeit, Herr Koller.«

»Ich helfe der Polizei immer gern, wenn ich kann.« Er machte ein ernstes Gesicht. »Meinen Sie, Vincent hat Toni umgelegt?«

Schwarzenberg lächelte. »Tut mir leid, aber über laufende Ermittlungen ...«

»... dürfen Sie keine Auskunft geben, schon klar«, vervollständigte Koller. »Aber einen Versuch war es wert.«

»Auf Wiedersehen«, sagte Schwarzenberg. Er drehte sich zur Tür um und verließ das Bürozimmer.

27

Ein lautes Poltern riss Vincent aus dem Schlaf und ließ ihn auf der Couch hochschrecken. Um ihn herum war es stockdunkel. Schemenhaft sah er die Möbel seines Wohnzimmers im Schein des hereinfallenden Mondlichts.

Ein weiteres dumpfes Geräusch zerfetzte die Stille. Er blickte zur Decke. Es kam aus seinem Schlafzimmer, das sich direkt über ihm befand, und entsprach in etwa einem schweren Gegenstand, der auf den Boden gefallen war. Da oben musste jemand sein. Augenblicklich war er hellwach.

Er stand von der Couch auf und horchte. Nichts. Sein Herz pochte dumpf in seiner Brust und sein Atem ging schnell und flach. Im Inneren des Hauses blieb es nun totenstill. Er hastete leise zum vorderen Fenster.

Im Schein der Straßenlaterne parkte ein Streifenwagen. Sein Atem stockte. Vor der geöffneten Beifahrertür lag eine Polizistin auf der Straße. Eine Blutlache breitete sich unter ihr aus.

Hinter dem Fahrzeug ragte der Kopf eines zweiten auf dem Boden liegenden Beamten hervor. In der Stirn klaffte ein Einschussloch.

Sein Herz raste. Warum hatte er keine Schüsse gehört? Er vernahm ein Knarren. Die feinen Härchen auf seinen Unterarmen richteten sich auf. Das kam von den hölzernen Treppenstufen im Flur. Der Killer war im Haus. Vermutlich hatte er ihn oben gewähnt und festgestellt, dass er nicht in seinem Bett lag.

Fieberhaft dachte Vincent nach. Er hatte keine Waffe, mit der er sich zur Wehr setzen konnte. Die Polizei anzurufen, brachte wohl nichts, es würde zu lange dauern, bis sie da waren. Er musste etwas tun. Nur was?

Vor ihm auf der Fensterbank waren neben einer Lampe und einer Vase mehrere Fotorahmen aufgereiht. Es würde zu viel Zeit beanspruchen, die Gegenstände wegzuräumen und aus dem Fenster zu steigen. Und wenn er sie hinunterwarf, würde der Lärm den Killer sofort auf den Plan rufen. Außerdem befand sich die Fensteröffnung recht hoch über dem Erdboden. Bei einem Sprung war das Risiko groß, sich zu verletzen. Der Killer brauchte nur ans Fenster zu treten und ihn von dort aus zu erschießen.

Vincent sah zu der Terrassentür am anderen Ende des Raumes. Bis dahin waren es fast neun Meter. Würde er es schaffen, dorthin zu gelangen, die Tür zu öffnen und über den Garten zu entkommen, bevor der Kerl im Zimmer war? Es blieb ihm keine Wahl. Er musste es versuchen. Jetzt. Er sprintete los.

Schnelle Schritte trampelten nun die Treppe im Flur herunter. Als Vincent an der Terrassentür ankam und die Hand an den Griff legte, flog die angelehnte Wohnzimmertür auf und krachte an die dahinterliegende Wand. Panisch drehte er sich um.

Die Silhouette von zwei dicht beieinanderstehenden Menschen füllte den Türrahmen aus. Eine Hand betätigte den Lichtschalter. Es war der Mann mit der Sturmhaube, der aus dem Auto geschossen hatte. Die andere Person war Zoe. Sie trug ein Nachthemd und war barfuß. Der Killer hielt ihr eine Pistole mit Schalldämpfer an die Schläfe. Er musste sie aus dem Krankenhaus entführt haben.

Vincent hob die Hände. Der Killer schob Zoe in Vincents Richtung. Sie stolperte zu ihm und stellte sich neben ihn.

»Ladys first«, sagte der Killer. Er zielte auf Zoes Kopf und schoss. Leblos sackte sie in sich zusammen.

»Und jetzt bist du dran«, sagte der Mann.

Vincent sah einen Blitz.

Dann wachte er auf.

Er sprang von der Couch auf. Hektisch sah er sich um. Tageslicht erhellte den Raum. Er war allein. Erst jetzt realisierte er, dass er geträumt hatte. Sein Herz galoppierte, und die Angst ließ ihn nicht richtig durchatmen.

Er raufte sich durch das schweißnasse Haar und sah auf die Uhr. Es war kurz vor halb elf vormittags. Er hatte gut fünf Stunden geschlafen.

Er begab sich zum Fenster und warf einen Blick auf die Straße. Da waren kein Streifenwagen und keine toten Polizisten. Anschließend untersuchte er die Fenster und Türen im Erdgeschoss. Es war alles in Ordnung. Vorsichtig ging er die Treppe hinauf und überprüfte die Zimmer. Auch hier deutete nichts auf einen Eindringling hin.

Nach einer kalten Dusche fühlte er sich besser. Er trank einen Kaffee und aß Haferflocken dazu. Um zwölf Uhr verließ er das Haus und machte sich auf den Weg zu Bruno Faber.

Zwanzig Minuten später bog er in eine Wohnsiedlung ein, in der modern gestaltete Neubauten dominierten.

Im Schritttempo ließ er seinen Wagen über das Straßenpflaster an dem neuen Haus Fabers vorbeigleiten. Es handelte sich um ein zweistöckiges Gebäude mit Flachdach im Bauhausstil.

Vincent parkte auf einem der öffentlichen Stellplätze mit Blick auf den Hauseingang und die Garageneinfahrt.

Möglicherweise war Bruno Faber bei der Arbeit und kam erst gegen Abend nach Hause. Vincent hatte darüber nachgedacht und war zu dem Schluss gekommen, dass er bereit war, notfalls auch ein paar Stunden Wartezeit in Kauf zu nehmen.

Umso überraschter war er, als eineinhalb Stunden später plötzlich das Garagentor nach oben rollte. Dahinter kamen ein Mann, bei dem es sich um Bruno Faber handeln musste, und ein kleiner Junge von ungefähr drei bis vier Jahren zum Vorschein. In der Mitte der Garage stand ein schick aussehender

Wagen. Faber holte ein an der Wand stehendes Trekkingrad, auf dessen Gepäckträger ein Kindersitz montiert war.

Vincent griff nach seinem Handy. Während Faber das Kind in den Sitz hob, zoomte Vincent den Bildausschnitt nahe heran und machte Fotos von Faber. Dieser legte lächelnd den Sicherheitsgurt um den Oberkörper des Kleinen. Eine adrette Frau kam in die Garage und reichte Faber einen Kinderrucksack, den er sich über die Schulter hängte. Vincent schätzte Faber auf Mitte vierzig. Seine blonde Frau sah deutlich jünger aus. Sie streichelte dem Kind, augenscheinlich ihr Sohn, übers Haar und setzte ihm einen Fahrradhelm auf. Bevor Faber auf das Rad stieg, gab sie beiden einen Kuss. Lange hatte Bruno Faber offenbar nicht um seine Frau Viola getrauert, dachte Vincent. Aufgrund des Alters des Kindes schätzte er, dass er nur ein halbes Jahr hatte verstreichen lassen, bis er zu einer neuen Beziehung bereit gewesen war. Vorausgesetzt, es handelte sich um sein leibliches Kind.

Ein Gefühl der Scham überkam Vincent. Er wurde sich bewusst, dass ihn das alles nichts anging und es keinen Sinn ergab, Spekulationen über das Privatleben eines Menschen anzustellen, den er nicht kannte. Gleichzeitig fühlte er sich schlecht, weil er Faber und seiner Familie nachstellte. Es erinnerte ihn daran, wie er Viola Faber beobachtet hatte. Zu allem Überfluss löste der Anblick Fabers nichts in ihm aus. Die erhofften neuen Erinnerungen stellten sich nicht ein.

Als Faber sich auf sein Fahrrad schwang, steckte Vincent sein Handy weg. Das Duo rollte über die leicht abschüssige Einfahrt auf die Straße und vorbei an Vincents Wagen.

Einen kurzen Moment trafen sich Bruno Fabers und Vincents Blicke. Vincent meinte, in Fabers Augen ein argwöhnisches Aufblitzen wahrzunehmen.

Sicher fragte sich der Familienvater, was ein fremder Mann in einem Auto um diese Uhrzeit in ihrer beschaulichen Wohnsiedlung, in der vermutlich jeder jeden kannte, zu suchen hatte.

Als Vincent Faber und dem Kind hinterhersah, legte sich aus unerfindlichen Gründen ein bleiernes Gefühl der Panik auf seine Brust.

Vincent schloss die Augen und wischte sich mit der Hand übers Gesicht. Hinter seiner Stirn manifestierte sich ein pochender Schmerz.

Sein Leben stand kopf, ohne Aussicht auf Besserung. Kein Wunder, dass seine Psyche sich über den Umweg körperlicher Symptome zu Wort meldete.

Er gab sich einen Ruck. Vermutlich brachte Faber seinen Sohn mit dem Rad in den Kindergarten und würde gleich zurückkommen.

Vincent wollte nicht von ihm angesprochen und gefragt werden, was er hier wollte. Er startete den Wagen und verließ die Wohnsiedlung.

Während der Fahrt war sein Kopf wie leer gefegt. Er wusste nicht, wohin, und überlegte, ob er zu Zoe ins Krankenhaus fahren oder Lisa auf der Arbeit im Kaufhaus besuchen sollte.

Auch der Gedanke, Kommissar Schwarzenberg, der ihm seine Visitenkarte gegeben hatte, anzurufen und ihn nach dem Stand der Ermittlungen zu fragen, kam ihm in den Sinn. Am Ende tat er nichts von alledem. Er fühlte sich bedrückt und ihm war nicht nach Unterhaltung zumute.

Andererseits wollte er, obwohl er sich auf dem Weg dorthin befand, noch nicht zurück in sein Haus. An einer Bäckerei mit angeschlossenem Café hielt er an. Da keiner der Tische im Inneren besetzt war, hatte er die freie Auswahl. Er bestellte ein Sandwich und eine Cola. Aus dem Handschuhfach seines Wagens hatte er eine Paracetamol-Tablette mitgenommen, die er mit dem Getränk hinunterspülte.

Während er lustlos auf dem Brot herumkaute, versuchte er, einen klaren Gedanken zu fassen. Es gelang ihm nicht. Er spürte, dass etwas in ihm rumorte, konnte die Ursache aber nicht benennen. Vergleichbar mit der Antwort auf eine Frage, die einem nicht einfallen wollte, obwohl sie zum Greifen nah schien.

Nachdem er gegessen hatte, beschloss er, sich durch einen Spaziergang ein wenig Bewegung zu verschaffen. Er hoffte, dass die frische Luft und die Tablette seine bohrenden Kopfschmerzen vertreiben würden.

Hinter dem Ortsausgang parkte er auf dem kleinen Platz am Rande der Straße, die durch den Wald verlief. Er hätte einen anderen Ort zum Spazierengehen wählen und sein Auto auf dem großen Waldparkplatz abstellen können. Doch mittlerweile ging es auf vier Uhr nachmittags zu und um diese Zeit wimmelte es dort von Joggern und Personen, die ihre Hunde Gassi führten. An dieser Stelle war es hingegen einsamer, und er war zuletzt mit Toni hier gewesen, was dem Ort etwas Besinnliches gab.

Vincent lehnte sich in den Sitz zurück. Es war nicht weit bis zu der Stelle, von der aus er den Mord an Viola Faber beobachtet hatte. Auf dem Beifahrersitz lag sein damals benutztes Fernglas. Es war, als würde es ihm zurufen, dass er es noch ein letztes Mal benutzen solle. Schließlich ergriff er es, stieg aus und ging los.

28

Nach der Unterhaltung mit Hubert Koller hatte Schwarzenberg im Vorbeifahren die am Wegrand aufgestellte Schiefertafel mit dem angebotenen Mittagstisch einer Gaststätte entdeckt und spontan entschieden, dort einzukehren.

Die Mahlzeit schmeckte hervorragend und er fühlte sich gestärkt. Zum Abschluss trank er einen Kaffee, um seiner aufkeimenden Müdigkeit entgegenzuwirken. Beim Bezahlen hatte er der netten Kellnerin ein ordentliches Trinkgeld gegeben.

Sein nächstes Ziel war die Adresse der Eltern von Herzogs Verlobter Lisa Friedrich gewesen. Um sein Bild von Herzog zu verfeinern, hätte Schwarzenberg gern ihr selbst ein paar Fragen gestellt, aber leider war sie bei der Arbeit in der Stadt. So hatte er mit den Eltern vorliebnehmen müssen.

Sie gaben ihm bereitwillig Auskunft und machten auch keinen Hehl daraus, dass sie Vincent Herzog keine besonders starken Sympathien entgegenbrachten. Lisas Vater fand klare Worte. »Wir wissen praktisch nichts über den Mann, den unsere Tochter heiraten will. Er hat sein Gedächtnis verloren und war, wie Sie ja vermutlich wissen, gerade sogar vorübergehend in Haft, weil man ihn verdächtigt hat, seinen Freund umgebracht zu haben. Seinen ohnehin schlecht bezahlten Job hat er wegen der Sache verloren. So jemand wünscht man sich nicht als Schwiegersohn.«

Es war noch zu früh, um sich ein abschließendes Urteil zu bilden. Aber nach allem, was er gehört hatte, schloss Schwarzenberg nicht aus, dass Herzog Viola Faber getötet hatte. Einen Tag vor dem Mord hatte Herzog beobachtet, dass Luis Stocker mit dem Messer auf Viola Faber losgegangen war. Herzog hatte gewusst, dass die Polizei als Erstes den Ex-Mann des Opfers verdächtigen würde, und könnte ihm das Tatmesser untergeschoben haben.

Es mangelte allerdings weiterhin an Beweisen, die gegen Herzog sprachen, und an einem Motiv. Jedoch gab es Fälle, in denen Stalker den Frauen, die sie lange lediglich belästigten und verfolgten, schließlich körperliche Gewalt antaten. Vielleicht war Herzogs Wahn so weit gegangen, dass er Viola Faber getötet hatte. Aber das war weiterhin nur eine These. Einzig Herzogs Vernehmung würde möglicherweise noch die Wahrheit ans Licht bringen.

Für Schwarzenberg war es nun an der Zeit, seine Aufmerksamkeit auf Bruno Faber zu richten, den Ehemann der Ermordeten.

Gegen sechzehn Uhr traf Schwarzenberg an Fabers Haus ein. Der Ermittlungsakte nach hatte Faber sein Büro an dem Tag der Ermordung seiner Frau vormittags nach ein paar Stunden verlassen. Er hatte sich noch kränker als tags zuvor gefühlt und war zu seinem Hausarzt gefahren. Da er ohne Termin kam, hatte er eineinhalb Stunden warten müssen, bis er an der Reihe war.

Die Angaben Bruno Fabers waren damals überprüft worden und hatten sich als korrekt erwiesen. Hauptkommissar Brenner, der die Ermittlungen leitete, hatte das gereicht, um Faber als Verdächtigen zu streichen.

Aus der Akte ergab sich nicht, ob eine der Angestellten der Arztpraxis sich erinnern konnte, dass Faber tatsächlich die gesamte Wartezeit in den Praxisräumen verbracht hatte.

Schwarzenberg hatte mittels eines Routenplaners festgestellt, dass Faber zwischen der Anmeldung beim Arzt und seiner Behandlung eigentlich genügend Zeit zur Verfügung stand, um den Mord an seiner Frau zu begehen und Stocker die Tatwaffe unterzuschieben.

Auf dem Klingelschild des modernen Hauses stand unter dem Namen Faber auch der Name Beyer. Schwarzenberg hatte im Vorfeld recherchiert, dass Faber wieder geheiratet hatte und seine neue Frau Alina ihren Nachnamen behalten hatte.

Er betätigte die Klingel. Kurz darauf hörte er im inneren Schritte und die Tür wurde geöffnet. Eine blonde schlanke Frau öffnete ihm die Tür. Sie trug ein blaues Sommerkleid und Pumps. Ihr kurzes zurückgekämmtes Haar, die hohen Wangenknochen und ihre kerzengerade Haltung verliehen ihrem Äußeren eine gewisse Strenge.

»Hauptkommissar Schwarzenberg, Kripo Saarbrücken«, stellte er sich vor und hielt ihr seinen Dienstausweis hin.

Das schmale Lächeln auf den Lippen Alina Beyers verschwand. Ihre Stirn legte sich leicht in Falten und sie sah ihn mit einem ungläubigen Gesichtsausdruck an.

»Ich würde gerne mit Ihrem Mann sprechen, ist er zu Hause?«

Sie atmete sichtlich erleichtert aus und lächelte.

»Mein Mann ist vor einer Stunde zum Golfplatz gefahren. Ich dachte schon, ihm sei etwas zugestoßen. Anders konnte ich mir Ihren Besuch nicht erklären. Worum geht es denn?«

Schwarzenberg kniff die Lippen zusammen. Er war unangekündigt aufgetaucht und hatte auf das Überraschungsmoment gesetzt. Er hatte vorgehabt, Bruno Faber damit zu konfrontieren, dass es einen neuen Zeugen für den Mord an seiner Frau Viola gab und dass Stocker seine Strafe möglicherweise zu Unrecht verbüßte. Von Fabers spontaner Reaktion darauf hatte er sich einigen Aufschluss erhofft. Aber nun, da er schon mal hier war, könnte ihm Alina Beyer zumindest die eine oder andere allgemeine Frage beantworten.

»Wissen Sie, was mit der ersten Frau Ihres Mannes passiert ist?«

Alina Beyer nickte betroffen. »Selbstverständlich. Das war grausam.«

»Deswegen bin ich hier.«

»Aber der Mord an der ersten Frau meines Mannes liegt über fünf Jahre zurück. Der Täter ist verurteilt. Warum wollen Sie in dieser Angelegenheit noch mit meinem Mann reden? Verstehen Sie mich nicht falsch. Aber es wird ihn furchtbar aufwühlen, wieder mit dem Mord konfrontiert zu werden.«

»Das verstehe ich und es tut mir leid«, beteuerte Schwarzenberg. »Wäre es für Sie in Ordnung, wenn ich reinkommen würde und wir meine Beweggründe drin besprechen.«

Alina Beyer nickte und ließ ihn eintreten. Im Flur fiel Schwarzenbergs Blick auf mehrere gepackte Koffer, die an der Wand neben der Garderobe standen. »Wir fliegen morgen in den Urlaub«, erklärte die Frau, während sie auf eine offen stehende Schiebetür zuging, die offensichtlich ins Wohnzimmer des Hauses führte.

»Wohin soll's denn gehen?«, fragte Schwarzenberg, während er ihr folgte.

»Kanada«, erwiderte Frau Beyer. »Wir unternehmen eine Rundreise mit dem Wohnmobil.«

»Das klingt nach einem Abenteuer«, zeigte Schwarzenberg sich begeistert.

In der Mitte des Wohnzimmers blieb Alina Beyer stehen und verschränkte die Arme vor der Brust. »Ich habe nur eine Viertelstunde Zeit. Um halb fünf muss ich unseren Sohn vom Kindergarten abholen.«

Der Boden des modern eingerichteten Raumes war mit großen glänzenden Fliesen ausgelegt. Es war angenehm kühl. Vermutlich verfügte das Haus über eine Klimaanlage.

»Es wird nicht lange dauern«, sagte Schwarzenberg. Er machte eine Pause und setzte einen gewichtigen Gesichtsausdruck auf. »Ein neuer Zeuge ist aufgetaucht. Er behauptet, Luis Stocker sei nicht der Mörder von Viola Faber.«

Alina Beyer zog die Augenbrauen zusammen. »Ein neuer Zeuge? Nach so vielen Jahren?« Ihre Augen flackerten nervös.

»Er hat einen Maskierten bei der Tat beobachtet, dessen Äußeres nicht zu Luis Stocker passt.«

Alina Beyer schluckte. »Warum kommen Sie damit zu uns? Meinen Mann wird das sicher stark mitnehmen und weiterhelfen kann er Ihnen nicht.«

»Ich dachte, dass er davon erfahren sollte. Eigentlich ist es ein routinemäßiger Vorgang«, erläuterte Schwarzenberg.

Alina Beyer strich sich eine Strähne aus der Stirn. »Vermutlich haben Sie recht.« Sie sah auf die Uhr und seufzte.

Schwarzenberg war sich nicht sicher, ob sie wegen ihres Kindes oder wegen seiner Anwesenheit nervös auf ihn wirkte. Er wollte sie noch ein wenig aus der Reserve locken.

Ihn interessierte, wie Bruno Faber so schnell eine solch tolle Frau finden konnte, die er zudem so bald geheiratet hatte. Er selbst war seit Jahren geschieden und hatte seitdem keine feste Beziehung mehr gehabt, aber diesen Gedanken schob er sofort wieder beiseite.

»Wie haben Sie und Ihr Mann sich kennengelernt?«, wollte er wissen.

Alina Beyer sah ihn erstaunt an. »Ich wüsste nicht, was Sie das angeht und wozu Sie das wissen müssen.«

»Sicher. Entschuldigen Sie, das sind reine Routinefragen«, log Schwarzenberg. Sein Blick ging an Alina Beyer vorbei zur Wand. Dort hing ein gerahmtes Foto im Großformat, das sie mit einem Kind auf dem Arm und einen Mann zeigte, der sie an sich drückte.

»Sie sind eine hübsche Familie, beneidenswert«, sagte Schwarzenberg und deutete mit dem Kopf auf das Foto.

Alina Beyer drehte sich kurz um und wandte sich Schwarzenberg mit einem Lächeln gleich wieder zu. »Wir sind sehr glücklich.«

»Das sieht man auf dem Foto. Darf ich fragen, was Sie beruflich machen?«

»Ich bin Apothekerin. Und um Ihre Frage von eben doch noch zu beantworten, mein Mann und ich haben uns in einer Trauergruppe kennengelernt.« Alina Beyer senkte den Blick. »Mein erster Mann war Arzt. Er starb an einem Herzinfarkt.«

Sie fuhr sich einmal über die Augen und sah wieder auf.

Schwarzenberg überlegte, ob er nach der Adresse des Golfplatzes fragen sollte, entschied sich aber dagegen. Sicher würde Alina Beyer ihren Mann anrufen und ihm ankündigen, dass er sich auf dem Weg zu ihm befand. Faber würde sich anschließend nicht mehr anmerken lassen, ob ihn das Auftauchen eines neuen Zeugen beunruhigte.

»Würden Sie Ihrem Mann bitte ausrichten, dass er mich gerne anrufen kann.« Er gab Frau Beyer seine Visitenkarte. »Ich wünsche Ihnen einen schönen Urlaub.«

Schwarzenberg wandte sich zum Gehen um und Alina Beyer begleitete ihn zur Tür. Als er nach draußen trat, drehte er sich noch einmal zu ihr um und tippte sich mit dem Zeigefinger gegen die Stirn. »Gestatten Sie mir noch eine letzte Frage. Was für einen Wagen fährt Ihr Mann?«

»Einen Mercedes. Warum wollen Sie das wissen?«

»Ehrlich gesagt, ich benötige noch etwas Stoff, um nachher meinen Bericht zu füllen. Irgendwie war heute so ein ereignisarmer Tag. Hätten Sie bitte noch Farbe und Kennzeichen für mich?«

Nachdem sie ihm auch diese Informationen gegeben hatte, bedankte sich Schwarzenberg und ging zu seinem Auto auf die andere Straßenseite.

29

Vincent spähte vom Waldrand aus auf das Haus, in dem Viola Faber getötet worden war. Es kam ihm unwirklich vor, dass er einst stundenlang hier verharrt hatte, um eine fremde Frau in ihrem Haus zu beobachten, weil sie seiner verstorbenen Ehefrau ähnelte.

Die neuen Eigentümer hatten ebenfalls auf Gardinen vor den Fensterscheiben und der Terrassentür verzichtet. Frau Schiffer, die den Notarzt alarmiert hatte, nachdem er vor ihrer Haustür zusammengebrochen war, befand sich in der Küche und war mit dem Abwasch beschäftigt.

Er setzte sich auf einen Baumstumpf und schloss die Augen. War seine Obsession so weit gegangen, dass er Viola Faber getötet hatte? Er presste die Zähne aufeinander. Seine Wangenmuskeln zuckten. Das Fernglas umklammerte er mit beiden Händen so fest, dass sich die Haut über den Knöcheln weiß verfärbte.

Vielleicht war er damals zu der Überzeugung gelangt, dass er erst Ruhe finden würde, wenn auch diese Frau, die so aussah wie Hanna, tot wäre. Hatte er sich ihr genähert und war abgewiesen worden? Hatte er Viola Faber deshalb umgebracht? War sein Geist, ohne dass er sich dessen heute bewusst war, so krank gewesen? Hatte sein Verstand anschließend beschlossen, das Monster, das in ihm wohnte und zu dieser bestialischen Tat fähig gewesen war, für immer wegzusperren? Hatte ihn deshalb die Amnesie ereilt? Oder war der Auslöser doch die am gleichen Tag erlittene Schädelfraktur?

Und falls er Viola Faber erstochen hatte, was hatte er anschließend gemacht? War er im Wald joggen gewesen und hatte ihm dort ein vom Sturm abgerissener Ast den Kopf eingeschlagen? Fand man ihn deshalb mehrere Kilometer von diesem Haus entfernt? Oder war er angriffen worden?

Er schlug sich mit der Hand mehrmals fest gegen die Stirn. Am liebsten hätte er die Antworten auf all die Fragen selbst aus sich herausgeprügelt.

Fakt war, wer ihm nahekam, begab sich in Gefahr. Hanna, Toni und Viola Faber waren tot. Zoe war lebensgefährlich verletzt worden.

Nach wie vor quälten ihn höllische Kopfschmerzen. Tränen rannen ihm über die Wangen. Er wischte sie mit der Hand fort und atmete mehrmals durch. Langsam beruhigte er sich.

Er nahm sein Handy hervor und betrachtete ein paar Minuten lang die Fotos, die er von Bruno Faber aufgenommen hatte.

Die leise Hoffnung, dass dessen Anblick irgendetwas in ihm freisetzen würde, löste sich auf.

Aus den Augenwinkeln registrierte er, dass sich im ehemaligen Haus der Fabers etwas tat. Die Terrassentür öffnete sich.

Frau Schiffer ging mit einem Wäschekorb in den Garten. Sie hängte Kleidungsstücke an eine Wäschespinne.

Vincent wollte auf keinen Fall von ihr entdeckt werden und versteckte sich vorsichtshalber hinter einem dicken Baumstamm. Plötzlich hatte er das Gefühl, in die Vergangenheit katapultiert zu werden.

Vorsichtig lugte er hinter dem Stamm hervor. Wie ferngesteuert führte er das Fernglas langsam vor seine Augen und stellte den Bildausschnitt scharf, in dem die Frau beim Wäscheaufhängen nun stark vergrößert zu sehen war.

Nach einer Weile kam ein Mann ins Bild. Sie begrüßten sich lächelnd und gaben sich einen Kuss.

Die Frau stellte den geleerten Korb auf den Boden und gemeinsam begaben sie sich ins Haus zurück. Als sie die Terrassentür hinter sich zuzogen, beobachtete Vincent das Paar durch die Fensterscheiben.

Frau Schiffer setzte Kaffee auf. Doch vor diese Realität schoben sich auf einmal andere Szenen. Erinnerungen, die ihn mit Schrecken erfüllten und seine Lippen beben ließen.

Auf dem Feldweg, der seitlich am Haus entlang in den Wald führte, näherte sich schnellen Schrittes eine Person, offenkundig ein Mann. Er trug eine Sturmhaube und Handschuhe und schlüpfte zwischen den am Wegrand stehenden Lorbeersträuchern in den Garten. An der Terrassentür setzte er das mitgebrachte Stemmeisen an und hebelte die Tür auf. Er legte das Einbruchswerkzeug ab, bevor er das Wohnzimmer betrat, versteckte sich hinter einem Vorhang und zückte ein Messer.

Viola Faber, die vermutlich durch das Geräusch der gewaltsam geöffneten Fenstertür aufmerksam geworden war, kam mit einem ängstlichen Gesichtsausdruck aus einem der vorderen Zimmer in den Raum und sah sich suchend um. Ihr Blick fiel auf die aufgehebelte Tür. Sie wollte sich umdrehen und weglaufen. Doch in dem Moment kam der Eindringling aus seinem Versteck. Sie erstarrte. Ihr panischer Gesichtsausdruck ließ erkennen, dass sie schrie. Der Maskierte ging mit dem Messer auf sie los.

Vincent sah die sich überstürzenden Ereignisse rasend schnell vor seinem geistigen Auge ablaufen. Er sah sich selbst auf das Haus zulaufen. Voller Verzweiflung, die er jetzt wieder wie damals in sich spürte. Sein Handy hatte er im Auto auf dem Parkplatz gelassen. Deshalb hatte er nicht die Polizei anrufen können. Es wäre ohnehin sinnlos gewesen. Aber er musste Viola irgendwie helfen. Vincent schrie, während er auf das Haus zulief, und wedelte wie verrückt mit den Armen. Doch weder Viola Faber noch der Maskierte nahmen Notiz von ihm.

Viola Faber wich vor dem Angreifer zurück, stolperte nach hinten, kroch auf dem Rücken liegend weg von ihm, bis die Wand ihrer hoffnungslosen Flucht ein Ende machte. Er beugte sich über sie und stach zu. Sie bekam seine Sturmhaube zu fassen und riss sie ihm vom Kopf. Ihre Augen wurden groß. Wieder und wieder rammte er ihr das Messer in den Leib.

Als sein Werk vollendet war, nahm er die Sturmhaube an sich und drehte sich zum Gehen um. Sein Blick fiel auf Vincent, der nur noch etwa fünfzehn Meter vom Haus entfernt war.

Vincent nahm das Fernglas von den Augen und ließ es langsam nach unten sinken. Jetzt wusste er, wer der Mann mit der Sturmhaube gewesen war. Er hatte ihn heute fotografiert. Es war Bruno Faber. Er hatte seine eigene Frau brutal ermordet.

Während der Flashback Vincent am ganzen Körper zittern ließ, lief der Film vor seinem geistigen Auge weiter.

Er hatte im Garten des Hauses abrupt abgestoppt. Violas Ehemann und Mörder fixierte ihn kurz mit kaltem Blick. Dann rannte Bruno Faber zur Terrassentür in Vincents Richtung.

Vincent musste sich schnell entscheiden. Flucht oder Angriff. Um Hilfe rufen würde nichts bringen. Hier war weit und breit niemand.

Im nächsten Moment war Bruno Faber vor der Tür auf der Terrasse. Er ergriff das auf dem Boden liegende Stemmeisen und raste damit in der einen Hand und mit dem Messer in der anderen auf ihn zu.

Vincent drehte sich um und lief weg. Er hatte Bruno Faber nichts entgegenzusetzen. Er war ein Zeuge. Falls es Faber jetzt gelingen würde, ihn ebenfalls zu töten, könnte er Vincent als Täter dastehen lassen. Faber bräuchte ihm nur noch das Messer in die Hand zu drücken und behaupten, er habe Violas Mörder überrascht, diesen verfolgt und bei einem Kampf getötet.

Während der grausame Flashback anhielt, hechelte und schwitzte Vincent. Seine Beine gaben nach und er ging in die Knie.

Er sah sich wegrennen, so schnell er konnte. Es ging um sein Leben. Mehrmals drehte er sich nach seinem Verfolger um. Wie damals an fast jedem Tag, so hatte Vincent auch an diesem zu viel getrunken und war in schlechter körperlicher Verfassung. Faber holte zu ihm auf. Als Vincent die Mitte des Feldes hinter dem Garten erreichte, stolperte er über eine Erderhebung und stürzte. Faber war sofort über ihm. Vincent sah ihn mit dem Stemmeisen ausholen. Dann nichts mehr.

Vincent ließ das Fernglas fallen und setzte sich achtlos auf den Waldboden. In seinen Ohren rauschte das Blut wie ein Wasserfall. Er brauchte eine Zeit lang, um die neuen Eindrücke zu verarbeiten. Nicht er hatte Viola Faber umgebracht, sondern ihr Ehemann Bruno.

Vincent fragte sich, warum Faber ihn damals nicht ebenfalls getötet und ihm den Mord an Viola in die Schuhe geschoben hatte.

Letztlich war das egal. Das würde die Polizei klären müssen. Erleichterung überkam ihn, da er jetzt wusste, dass er kein Mörder war. Und Luis Stocker war ebenfalls unschuldig. Bruno Faber hatte ihm das Messer nach der Tat untergeschoben.

Vincent nahm sein Handy und die Visitenkarte von Kommissar Schwarzenberg aus seiner Hosentasche. Er wollte gerade die Nummer des Kommissars eintippen, als das Handy klingelte. Die Nummer, die auf dem Display erschien, war die seines eigenen Festnetzanschlusses.

Mit einem unguten Gefühl im Magen drückte er auf das grüne Hörersymbol. »Hallo?«

»Komm bitte sofort nach Hause!« Es war Lisa. Sie klang ängstlich und flehend. Er wollte etwas sagen, aber sie kam ihm zuvor.

»Hier ist jemand. Er richtet eine Pistole auf mich.« Sie wimmerte. »Er sagt, er bringt mich um, wenn du die Polizei rufst. Er sagt, er gibt dir maximal eine Viertelstunde Zeit, um zu erscheinen. Wenn du dann nicht da bist, erschießt er mich.«

»Lisa«, schrie Vincent.

»Beeil dich! Ticktack. Die Zeit läuft ab jetzt!«, ertönte eine männliche Stimme dumpf aus dem Hintergrund.

30

Vincent rannte sofort los. Auf dem Boden liegende Äste brachen knackend unter seinen Schuhen. Nach wenigen Metern verfing er sich mit einem Fuß im Dickicht und stürzte. Strauchdornen gruben sich schmerzhaft in seine Beine und Hände. Er sprang auf, erreichte den Waldweg und hetzte weiter.

Seine Gedanken überschlugen sich. Der Killer, der vom Auto aus auf Zoe geschossen hatte, musste sich Zutritt zum Haus verschafft und dort auf ihn gewartet haben. Vermutlich war Lisa im Anschluss an ihre Arbeit nach Hause anstatt zu ihren Eltern gefahren und ihm in die Arme gelaufen.

Kurz erwog Vincent, die Polizei zu alarmieren. Doch er hatte nur eine Viertelstunde. Der Weg war in dieser Zeit kaum zu schaffen. Wenn er auch noch mit der Polizei sprach, käme er sicher zu spät und diese ohnehin. Er durfte unter keinen Umständen riskieren, dass der Killer die Geduld verlor und Lisa umbrachte.

Er schwitzte und ein Schwarm Mücken umkreiste ihn. Mit einer fahrigen Bewegung versuchte er, ihn zu verscheuchen. Endlich kam sein Wagen in Sichtweite. Noch nie war ihm die Waldstrecke so lang vorgekommen.

Auf den letzten Metern versuchte er im Laufen, den Schlüsselbund aus seiner Hosentasche zu ziehen. Beim Versuch, gleich den Wagenschlüssel zu fassen zu kriegen, glitt ihm der Bund aus den Händen und flog in hohem Bogen in die am Wegrand wachsenden Farne.

Vincent fluchte verzweifelt. Er drückte die großen grünen Blätter beiseite und fand die Schlüssel nach wenigen Sekunden wieder. Trotzdem brachte ihn der Gedanke fast um den Verstand, dass seine Unachtsamkeit Lisa das Leben kosten würde. Er musste unbedingt ruhiger werden, wenn er sie retten wollte.

Als er sich hinter das Lenkrad seines Autos setzte und den Motor anließ, brannte seine Lunge wie Feuer und sein T-Shirt war schweißnass. Er war ein trainierter Dauerläufer. Doch lange Sprints wie diesen war er nicht gewohnt. Sein Herz trommelte in seiner Brust und die Angst schnürte ihm die Kehle zu. Mit quietschenden Reifen bog er auf die Landstraße und beschleunigte.

Er hatte noch keinen Plan, wie er Lisa befreien sollte. Zuerst musste er es schaffen, das Ultimatum zu erfüllen und rechtzeitig in seinem Haus sein. Er konnte nur beten, dass der Killer sich an seine Worte hielt und Lisa in der Zwischenzeit nichts antat.

Vierzehn Minuten nach dem Anruf bremste Vincent vor seinem Haus scharf ab. Er sprang aus dem Wagen, warf die Tür ins Schloss und rannte zur Eingangstür.

In der Einfahrt parkte Lisas Wagen. Nichts deutete darauf hin, dass etwas anders war als sonst.

Bevor er die Haustür aufschloss, sah Vincent sich noch einmal um. Die Straße war wie leer gefegt. Der stündlich vorbeifahrende Streifenwagen war nicht in Sicht.

Mit zitternden Händen öffnete er die Tür, trat über die Schwelle und schlich durch den Flur in Richtung Wohnzimmer.

Sein Herz schlug ihm bis zum Hals und eine nahezu lähmende Furcht hatte von jeder Faser seines Körpers Besitz ergriffen.

Als er die Tür öffnete und eintrat, verschlug der Anblick ihm kurz den Atem.

Lisa saß von ihm abgewandt auf einem Stuhl. Ein Seil war um ihren Oberkörper und die Lehne gewickelt. Ihre Fußknöchel waren an die vorderen Stuhlbeine gefesselt.

Sie drehte den Kopf zu ihm um. Ihre aufgerissenen Augen waren rot unterlaufen und verrieten ihre Panik. Ihr flehender Blick zerriss ihm das Herz. In ihrem Mund steckte ein Knebel aus Stoff, der von einer Schnur, die um ihren Kopf gebundenen war, in Position gehalten wurde.

Neben der vermutlich aufgehebelten Terrassentür, die einen Spalt offen war, stand ein Mann. Er schwenkte den Lauf seiner Pistole langsam von Lisa auf ihn.

Es war nicht der Auftragskiller der kriminellen Organisation, die ihm Rache geschworen hatte. Es war der Mann, den er heute auf dem Fahrrad zusammen mit seinem kleinen Jungen im Kindersitz fotografiert hatte. Es war Bruno Faber.

»Überrascht?«, höhnte Faber. Seine Stimme klang seltsam ruhig und tief. Ganz so, als bereite ihm die Situation keinerlei Stress.

Das war ungewöhnlich für einen Mann, der ein bürgerliches Leben führte und sein Geld nicht im kriminellen Milieu verdiente. Faber hatte einen runden kahl rasierten Schädel und einen breiten vorstehenden Unterkiefer. Seine Augen standen auffällig eng beieinander und waren durch die Schlitze, die seine Lider bildeten, kaum zu erkennen.

Vermutlich steckte hinter dieser äußeren Erscheinung ein Soziopath, der seine brodelnde Gewaltbereitschaft im Alltag perfekt kontrollieren und verstecken konnte.

Vincent registrierte für einen Moment mit Erstaunen, dass er in einer solchen Stresssituation in der Lage war, ein psychologisches Profil seines Gegenübers zu erstellen. Möglicherweise kamen seine Fähigkeiten, die er in seinem früheren Leben als V-Mann benötigt hatte, nun unterbewusst zum Tragen.

Sofort wich die Erkenntnis wieder dem Gefühl der Verzweiflung. Er musste schlucken. »Warum tun Sie das?«

Faber deutete mit dem Kopf auf die Waffe in seiner Hand. »Meinen Sie die Pistole?« Er machte eine Pause und sprach betont langsam weiter. »Damit werde ich Sie erschießen. Aber zuerst ist Ihre Freundin dran. Sie hat mir verraten, dass sie Lisa heißt. Praktisch, dass Lisa hier aufgetaucht ist. Es wird so aussehen, als hätte ihr eigener Verlobter sie erschossen, bevor er sich selbst richtete.«

Lisa rüttelte wie wild an ihren Fesseln und schrie in ihren Knebel, der nur dumpfe Laute nach außen dringen ließ. Ihr Gesicht verfärbte sich rot und ihre Halsschlagader trat hervor.

»Schnauze halten«, brüllte Faber und trat gegen ihren Stuhl. Lisa verstummte augenblicklich und sah Vincent unter Tränen an.

»Damit kommen Sie nicht durch«, rief Vincent mit bebender Stimme.

»Oh doch, das werde ich«, erwiderte Faber. »Ich lasse mir von Ihnen nicht mein Leben kaputtmachen. Für die Polizei wird es so aussehen, als seien Sie durchgedreht. Zuerst haben Sie Ihren Freund ermordet und nun, da Ihre Verlobte sich von Ihnen trennen wollte, sahen Sie keinen anderen Ausweg, als sie und sich auch noch zu töten.«

»Das wird niemand glauben.«

Faber legte den Kopf schief und wies mit der Waffe auf einen Bogen Papier und einen Kugelschreiber auf dem Tisch. »Möglich. Deshalb werden Sie zur Ausräumung jeglicher Zweifel einen entsprechenden Abschiedsbrief verfassen.«

31

»Das mache ich nicht«, protestierte Vincent.

»Kein Problem. Es geht auch ohne Abschiedsbrief. Dann stirbt Ihre Freundin jetzt auf der Stelle«, drohte Faber und zielte auf Lisas Kopf.

»Warten Sie«, beschwor ihn Vincent und hob beschwichtigend die Hände. Er musste unbedingt Zeit gewinnen. Zum Zeichen, dass er Fabers Aufforderung Folge leisten wollte, setzte er sich an den Tisch und zog die Schreibutensilien zu sich heran.

»Gut so«, sagte Faber und lächelte kalt.

»Warum haben Sie mich damals, als ich Ihren Mord an Ihrer Frau beobachtet habe, nicht einfach umgebracht?«, fragte Vincent.

Faber lachte spöttisch auf. »Ich dachte, das hätte ich getan. Ich habe Ihnen mit dem Stemmeisen den Schädel eingeschlagen. Sie rührten sich nicht mehr und einen Puls konnte ich bei Ihnen auch nicht mehr fühlen. Sie hätten eigentlich tot sein müssen.« Er zuckte mit den Schultern. »Ich habe Sie im Kofferraum meines Wagens wegtransportiert und Sie im Wald in der Nähe eines einsamen Rastplatzes in einer Mulde unter Blättern und Ästen verscharrt. In den letzten fünfeinhalb Jahren ging ich davon aus, dass ich Sie umgebracht hätte. Ich muss zugeben, die Überraschung, als ich erkennen musste, dass Sie von den Toten auferstanden sind, ist Ihnen wirklich gelungen.«

»Ich wurde bewusstlos hinter einer Bank auf einem Rastplatz gefunden.«

Faber grinste höhnisch. »Dann sind Sie wohl, als ich weg war, wieder zu sich gekommen und haben sich aus dem Wald heraus bis dahin geschleppt. Gratuliere! Sie haben ein paar

Lebensjahre dazugewonnen. Aber nun sterben Sie schließlich doch noch.« Er lachte lauthals.

Vincent musste weiter auf Zeit spielen. Faber schien die Situation zu genießen. »Wann haben Sie davon erfahren? Erst eben, als wir uns vor Ihrem Haus in die Augen gesehen haben?«

Faber lachte erneut auf. »Ein bisschen früher war es schon. Ich habe die Käufer meines alten Hauses bei der Schlüsselübergabe gebeten, meine neue Adresse nicht weiterzugeben, falls sie jemals jemand danach fragen sollte, sondern mich in dem Fall zu informieren. Und das hat die gute Frau Schiffer auch getan. Ihren richtigen Namen und Ihre Adresse haben Sie der Frau bei Ihrem zweiten Besuch bei ihr genannt. Auch darüber hat sie mich brav in Kenntnis gesetzt.«

Vincent wurde klar, dass nur Faber derjenige gewesen sein konnte, der aus dem Auto heraus auf ihn geschossen und Zoe getroffen hatte. Die Organisation hatte seinen Aufenthaltsort nicht herausgefunden, vermutlich hatte sie die Suche inzwischen eingestellt. Demzufolge gab es auch keinen Auftragskiller, der hinter ihm her war. Faber steckte hinter allem. Der Wahnsinnige musste auch Toni ermordet haben.

»Als Ihnen klar geworden war, dass Sie beim letzten Mal keine ganze Arbeit geleistet hatten, haben Sie beschlossen, Ihr Werk zu beenden und mich zu töten, um den einen Zeugen zum Schweigen zu bringen, der Sie noch hinter Gitter bringen konnte«, stellte Vincent fest.

»Ganz so schnell habe ich die Entscheidung nicht gefällt«, korrigierte ihn Faber. »Nachdem ich von Frau Schiffer Ihren Namen und Ihre Adresse erfahren hatte, fuhr ich zu Ihrem Haus und habe im Verborgenen gewartet, bis Sie rauskamen. Ich habe Sie sofort als denjenigen wiedererkannt, den ich dachte, getötet zu haben. Anschließend habe ich ein wenig über Sie recherchiert und herausgefunden, dass Sie unter einer dauerhaften Amnesie leiden. Das hat mir erklärt, warum Sie in all den Jahren nicht zur Polizei gegangen sind.« Faber klang überheblich. Als wolle er mit seinem Wissen prahlen. Er machte eine Pause und sah Vincent eindringlich an. »Allerdings schienen Ihre Erinnerungen an jenen Tag, an dem Viola von uns schied, langsam zurückzukehren«, fuhr er fort. »Warum sonst hätten Sie nach all der Zeit vor einer Woche zu meinem früheren Haus fahren und wenig später einen Psychologen konsultieren sollen. Da ich immer lieber auf Nummer sicher gehe, beschloss ich, Sie ein für alle Mal auszuschalten. Als ich Sie vor ein paar Stunden vor meinem neuen Haus gesehen habe, wusste ich, dass ich mich nicht getäuscht hatte. Mir wurde klar, dass Sie auf dem besten Weg sind, sich in Kürze an den Mord an Viola zu erinnern und mich in den Knast zu bringen.«

»Das konnten Sie nicht riskieren«, stellte Vincent fest.

Faber spitzte die Lippen. »Glauben Sie mir, ich habe keine sonderliche Lust, mir wieder die Hände schmutzig zu machen. Aber ich habe Familie. Wer soll für meine Frau und mein Kind sorgen, wenn ich im Gefängnis bin. Wir wollen morgen in den Urlaub starten. Wer wird schon gerne im Anschluss an eine Kanada-Reise am Flughafen von der Polizei mit Handschellen in Empfang genommen?«

Vincent starrte Faber wütend an. Die emotionale Kälte dieses Mannes machte ihn fassungslos.

Faber reagierte mit Gleichgültigkeit. »Wann ist es Ihnen wieder eingefallen, dass ich Viola erstochen habe?«

»Kurz bevor Sie mich angerufen haben, habe ich mich daran erinnert.«

Vincent glaubte, bei seinem Gegenüber zum ersten Mal Unsicherheit und ein nervöses Zucken der Augenlider zu erkennen.

»Weiß die Polizei schon davon?«, fragte Faber.

Vincent zögerte einen Moment zu lange. »Ja«, log er dann.

Faber lächelte und schüttelte den Kopf. »Sie hatten noch keine Gelegenheit, es den Bullen zu stecken. Ist es nicht so?«

»Wenn doch, dann ist es vollkommen unnötig, dass Sie Lisa und mich auch noch umbringen.«

Faber wedelte mit der Pistole hin und her. »Da liegen Sie falsch. Angenommen die Polizei hätte von Ihnen erfahren, dass ich Viola umgebracht habe. Dann wird denen klar werden, dass Ihr Freund ebenfalls auf mein Konto geht, ebenso wie die Frau vor der Kneipe. Mein Leben wäre vorbei. Ich würde lebenslänglich in den Knast wandern. Es würde für mich also gar keinen Unterschied mehr machen, wenn ich Sie und Ihre süße Lisa auch noch töte.«

Faber hatte es gerade zugegeben, schoss es Vincent durch den Kopf. Er hatte Viola und Toni auf dem Gewissen. Und Zoe hatte er fast getötet.

»Toni hatte Ihnen nichts getan.«

»Er war zur falschen Zeit am falschen Ort. Ich habe erwartet, Sie schlafend auf der Couch vorzufinden. Stattdessen lag dort dieser Penner.«

Vincent sprang auf. »Reden Sie nicht so über ihn.«

»Hinsetzen«, befahl Faber. Ein kurzer Blick auf Lisa, und Vincent wusste, dass er keine Wahl hatte.

»Genug geredet«, schnauzte Faber ihn an. »Schreiben Sie mit Ihren Worten, dass Sie Ihren Freund im Laufe eines Streits getötet haben, dass sich Ihre Verlobte von Ihnen trennen wollte, dass Sie diese deshalb im Affekt getötet haben und nun keinen Sinn mehr sehen, weiterzuleben.«

Vincent begann zögerlich zu schreiben.

Nach dem ersten Satz hielt er inne und sah auf. »Wenn Sie uns mit der Pistole erschießen, wird Ihr Plan nicht aufgehen. Die Untersuchung der Projektile wird ergeben, dass es sich um die gleiche Waffe handelt, mit der Zoe Behrend verletzt wurde.«

Wieder grinste Faber. »Wer sagt denn, dass ich nur eine Pistole besitze. Ich war jahrelang im Schützenverein. Da baut man Beziehungen auf, die einem neben der registrierten auch die eine oder andere nicht registrierte Waffe beschaffen. Alles nur eine Frage des Geldes.«

Faber warf einen Blick auf das Blatt, das Vincent mit zitternden Händen allmählich vollschrieb. »Weitermachen! Und etwas zügiger«, befahl er.

Nach ein paar Minuten beendete Vincent den letzten Satz.

»Unterschreiben«, knurrte Faber.

Vincent tat auch das.

»Nun schieben Sie das Blatt zu mir rüber, damit ich es lesen kann.«

Vincent nahm das Schriftstück in die Hand. Faber näherte sich. Es musste sich eine Gelegenheit ergeben, ihn anzugreifen und ihm die Waffe abzunehmen. Mit gespielter Unbeholfenheit schob Vincent das Blatt so weit über den Tischrand hinaus, dass es zu Boden segelte. Einem Reflex folgend beugte sich Faber nach vorn, um es aufzufangen. Vincent sprang auf und wollte sich auf Faber stürzen, doch im letzten Moment richtete der sich wieder auf und machte einen großen Schritt zurück. Er zielte mit der Pistole auf Vincents Stirn. »Ein ziemlich mieser Trick«, stellte er nüchtern fest.

Ohne Vincent aus den Augen zu lassen, zog Faber das Blatt mit der Fußspitze zu sich heran und hob es auf. Zufrieden überflog er, was er darauf geschrieben fand. Dabei behielt er über den Rand des Blattes Vincent im Auge, sodass dieser keinen neuerlichen Angriffsversuch starten konnte.

»Sehr gut«, sagte Faber. »Und nun rauf auf den Tisch mit Ihnen.«

Vincent fragte sich, was Faber vorhatte. Erst nachdem er auf den Tisch geklettert war, sah er das hinter Faber liegende Kletterseil.

Einen Teil davon hatte Faber benutzt, um Lisa zu fesseln. Daneben lag ein langes Küchenmesser, mit dem er das Seil durchtrennt hatte.

Vincent musste irgendwie weitere Zeit gewinnen. Die einzige Chance war, Faber in ein Gespräch zu verwickeln.

»Warum haben Sie damals Stocker und nicht mir den Mord an Viola in die Schuhe geschoben?«, fragte er. »Sie dachten, Sie hätten mich getötet. Sie hätten mich auf dem Feld hinter dem Haus liegen lassen und behaupten können, dass Sie den Mörder Ihrer Frau überrascht und auf der Flucht in Notwehr mit seinem eigenen Einbruchswerkzeug erschlagen haben.«

»Eine berechtigte Frage«, gestand ihm Faber großmütig zu und nahm das Seil vom Boden auf. »Tatsächlich habe ich kurz darüber nachgedacht. Doch ich habe mich dazu entschlossen, bei meinem ursprünglichen Plan zu bleiben.«

»Was hat Sie dazu bewogen?«

»Ich wusste nicht, wer Sie waren. Vielleicht eine Person mit tadellosem Leumund, der man einen Mord überhaupt nicht zutrauen würde? Stocker hingegen war ein vorbestrafter Gewalttäter, er hatte Viola früher geschlagen und noch tags zuvor mit dem Messer bedroht. Stocker war der perfekte Sündenbock. Mir war klar, dass die Polizei diesen Köder ohne langes Nachdenken schlucken würde.« Er warf Vincent das Seil zu. »Binden Sie das freie Ende an die Halterung des Kronleuchters.«

Erst jetzt bemerkte Vincent, dass sich am anderen Ende des Seils eine Schlinge befand.

»Ich dachte, Sie wollten uns erschießen?«

»Kleine Planänderung«, sagte Faber. Er hob das Messer vom Boden auf. »Es ist glaubwürdiger, wenn Sie Ihre Verlobte erstechen und sich anschließend erhängen.«

Vincents Atemrhythmus beschleunigte sich und er biss die Zähne zusammen.

Sicher hätte die Polizei sich gefragt, woher Vincent die Schusswaffe hatte. Außerdem war es nicht leicht, einen Selbstmord mittels Pistole zu fingieren, da der Schusswinkel nachvollzogen werden konnte.

»Machen Sie schon«, brüllte Faber. Er schien den Spaß an ihrer Unterhaltung verloren zu haben. »Oder soll ich Ihre Verlobte doch erschießen. Das funktioniert auch.«

Vincent fragte sich, ob er es riskieren sollte, sich vom Tisch aus auf Faber zu stürzen. Dieser stand ein paar Meter weit weg und zielte auf ihn. Mit Sicherheit würde er sich eine Kugel einfangen. Danach wäre es der Polizei ein Leichtes, festzustellen, dass er sich nicht selbst gerichtet hatte. Doch das änderte nichts daran, dass es seinen und Lisas sicheren Tod bedeuten würde.

»Letzte Chance!«, warnte Faber. »Ich zähle jetzt bis drei. Wenn Sie das Seil bis dahin nicht befestigen, erschieße ich Sie beide. Eins, zwei ...«

»Schon gut«, lenkte Vincent ein. Er schlang das Seil, um den Deckenhaken, an dem der Kronleuchter befestigt war, und knotete es fest. Die Schlinge hing neben dem Leuchter frei in der Luft. Hoch genug, sodass er nicht mit den Füßen den Boden berühren würde, wenn er erst einmal daran baumelte.

Faber schien zufrieden zu sein. »Interessiert es Sie, warum ich Viola umgebracht habe?«, fragte er.

Vincent nickte.

»Viola war hübsch und herzensgut. Aber ihr mit Abstand größtes Talent bestand darin, mein Geld auszugeben. Manchmal schneller, als ich es verdienen konnte.«

Fabers Augen flackerten leicht. Er machte auf Vincent zunehmend den Eindruck eines Wahnsinnigen. Es fiel Vincent schwer, das Seil in Händen, mit dem er sich erhängen sollte, Ruhe zu bewahren. Aber um weitere Sekunden zu schinden, musste er ausnutzen, dass Faber von sich aus redete.

»Das war alles? Deshalb haben Sie Ihre Frau brutal erstochen?«

»Sie wollte keine Kinder bekommen. Ich habe eine Frau kennengelernt, die besser zu mir passt.«

»Sie hätten sich scheiden lassen können.«

»Nie und nimmer. Das wäre mich teuer zu stehen gekommen. Durch ihren Tod hingegen habe ich sogar noch ein Geschäft gemacht, indem ich ihre Lebensversicherung ausbezahlt bekam.«

Vincent ekelten Fabers Skrupellosigkeit und seine Geringschätzung des Lebens anderer an. Geld schien ihm mehr als alles andere zu bedeuten.

Faber grinste. Er schien Vincents Todesangst noch einen Augenblick auskosten zu wollen. »Wie kam es, dass Sie damals so schnell im Garten hinter dem Haus aufgetaucht sind?«

Selbst in dieser prekären Situation empfand Vincent diese Frage noch als unangenehm. Er wollte auf keinen Fall, dass Lisa jetzt erfuhr, dass er Viola Faber damals wie ein Stalker beobachtet hatte.

»Ich war im Wald unterwegs und habe zufällig gesehen, dass Sie von hinten ins Haus eingebrochen sind.«

Faber schüttelte schmunzelnd den Kopf, wie zum Zeichen, dass er ihn einer Lüge überführt hatte. »Vom Waldweg aus kann man nicht aufs Haus sehen. Sie müssen am Rand des Waldes gewesen sein. Und Sie müssen sich dort versteckt haben, denn ich habe dort hinaufgesehen, bevor ich ins Haus eingedrungen bin.«

»Sie irren sich«, beteuerte Vincent.

»Ist ja auch egal«, brach Faber das Gespräch ab. »Kommen wir zum Ende. Legen Sie sich die Schlinge um den Hals!« Bei diesen Worten richtete er die Waffe auf Lisa.

Lisa bäumte sich auf. Sie rüttelte an ihren Fesseln und schrie in den Knebel. Vergeblich.

Vincent ergriff die Schlinge und hielt inne. Wenn er diese erst einmal umgelegt hätte, wäre es zu spät.

»Los, machen Sie schon!«, herrschte Faber ihn an.

Vincent hatte das Gefühl, vor Angst verrückt zu werden. Er musste sich zwingen, das Seil nicht einfach von sich zu werfen.

In dem Moment, als er sich die Schlinge um den Hals legen wollte, durchbrach eine laut brüllende Stimme die Stille.

»Polizei! Legen Sie die Waffe langsam auf den Boden!«

Die Aufforderung kam aus dem Garten. Vincent und Faber wandten sich reflexartig um. Dabei ließ Faber das Messer fallen, schwenkte seine Pistole in einer fließenden Bewegung in Richtung der Stimme und schoss durch das Glas der Terrassentür. Zeitgleich feuerte Kommissar Schwarzenberg zurück. Der Polizist ging zu Boden. Seine Kugel hingegen schlug hinter Faber in einer Glasvitrine ein.

Die Scheibe der Terrassentür zerbarst. Ins Wohnzimmer prasselnde Glassplitter trafen Faber und Lisa im Gesicht. Vincent nutzte den Moment, in dem Faber von ihm abgelenkt war.

Er setzte vom Tisch aus zu einem Hechtsprung an und riss seinen Widersacher mit Wucht zu Boden. Sie kämpften miteinander. Faber lag auf dem Rücken und versuchte, die Pistole auf Vincent zu richten. Doch der umklammerte Fabers Handgelenk und hielt dagegen. Faber bekam die andere Hand frei und drosch mit der Faust gegen Vincents Kopf. Benommen von dem Schlag rammte Vincent seine Stirn, so fest er konnte, gegen Fabers Nasenbein. Es knackte wie ein brechender dünner Ast. Blut spritzte über Fabers Gesicht. Sein Widerstand schien für einen Augenblick zu erschlaffen. Aber die Verletzung schien Faber noch rasender vor Wut zu machen. Indem er sich wild aufbäumte, gelang es ihm, Vincent von sich zu werfen.

Wieder rangen beide miteinander. Schließlich lag Vincent auf dem Rücken und Faber war über ihm. Er umklammerte nach wie vor Fabers Handgelenk. Aber der Lauf der Pistole neigte sich bedrohlich in Richtung seines Kopfes.

Das Blut aus Fabers gebrochener Nase ergoss sich über Vincents Gesicht. Faber drückte ihm mit der freien Hand die Kehle zu. Vincent versuchte, sie wegzureißen, schaffte es aber nicht. Er erhaschte einen kurzen Blick auf Lisa. Das Messer, das Faber hatte fallen lassen, war vor ihrem gefesselten rechten Fuß gelandet. Er registrierte, dass sie der Klinge einen Schubs mit der Zehenspitze in seine Richtung gab.

In einem Akt der Verzweiflung streckte Vincent den Arm aus, ließ seine Finger über den Boden wandern und berührte das Messer. Faber drückte ihm nun, da er keine Gegenwehr mehr leistete, noch fester die Luft ab. Vincent wurde schwarz vor Augen. Mit letzter Kraft schaffte er es, das Messer Stück für Stück mit den Fingern näher zu sich heranzuziehen, bis er den Griff in die Hand nehmen konnte. Faber bemerkte es zu spät. Vincent rammte ihm das Messer in den Leib, zog es heraus und stach erneut zu. Faber riss die Augen auf. Seine Gegenwehr ließ nach und versiegte bald ganz.

Vincent warf das Monster von sich und nahm ihm die Pistole ab. Als er sich aufrichtete und nach draußen sah, lag Schwarzenberg noch an der gleichen Stelle reglos auf der Terrasse und rührte sich nicht.

Ohne Faber aus den Augen zu lassen, holte Vincent sein Telefon und alarmierte den Notruf. Anschließend befreite er Lisa.

32

Zwei Tage später

Vincent stieg am späten Nachmittag in den Aufzug des Krankenhauses und drückte den Knopf für die fünfte Etage.

Morgen würde Tonis Beisetzung stattfinden. Ein mulmiges Gefühl machte sich bei dem Gedanken daran in ihm breit. Im Anschluss wollte er zusammen mit Lisa das Fernglas, das Toni in dem Hochsitz gefunden hatte, dorthin zurückzubringen.

Ein Signalton verkündete, dass die gewünschte Etage erreicht war. Die Aufzugtüren schoben sich zur Seite. Bedächtig schritt Vincent durch den Trakt, an dessen Ende Zoes Zimmertür lag. Er klopfte an, wartete einen Augenblick und trat ein.

Zoe saß in ihrem Krankenbett mit dem Rücken an das hochgestellte Kopfteil gelehnt. Sie lächelte ihm zu und legte das Buch, das zugeklappt in ihrem Schoß gelegen hatte, auf dem Beistelltisch ab.

Vincent hatte Zoe bereits gestern angerufen und ihr erzählt, was sich zugetragen hatte. Er hatte gehofft, dadurch etwas zu ihrer Genesung beitragen zu können.

Er zog einen Stuhl an Zoes Bett heran und setzte sich neben sie. »Wie geht es dir?«

»Den Umständen entsprechend gut. In ein paar Tagen werde ich entlassen. Und wie fühlst du dich?«

»Ich bin in Ordnung. Aber wäre Kommissar Schwarzenberg nur ein paar Sekunden später aufgetaucht, hätte ich mir die Schlinge umgelegt und wäre vom Tisch gesprungen.«

»Es muss für Lisa und dich die Hölle gewesen sein«, sagte Zoe mitfühlend.

»Das war es. Lisa wird vermutlich noch lange daran zu knabbern haben. Zum Glück waren die Verletzungen in ihrem Gesicht von den Glassplittern nur oberflächlich und sie wird keine Narben davontragen. Wir brauchen beide Zeit, um zu verarbeiten, was geschehen ist.«

»Das würde mir nicht anders gehen.«

Vincent senkte kurz den Blick.

»Was ist denn?«, fragte Zoe, die seine Bedrücktheit bemerkt zu haben schien.

»Hätte ich Viola Faber nicht beobachtet, wäre das alles nicht passiert. Als ich begann, mich daran zu erinnern, habe ich eine Kettenreaktion ausgelöst, die Toni das Leben gekostet hat und dich und Lisa um ein Haar auch.«

All das hatte Faber getan, weil er verhindern wollte, dass Vincent ihn als Mörder seiner Frau Viola entlarvte.

»Du darfst dir deswegen keine Vorwürfe machen. Du konntest nicht ahnen, dass du Zeuge eines Mordes wirst.«

Ein Lächeln huschte über Vincents Lippen. »Mag sein. Ich frage mich trotzdem, ob Lisa damit klarkommt.«

»Das wird sie bestimmt. Hast du schon daran gedacht, dass dank dir nun ein Unschuldiger aus dem Gefängnis entlassen wird?«

Vincent nickte. Luis Stocker hatte über fünf Jahre für einen Mord hinter Gittern gesessen, den er nicht begangen hatte.

Zoe griff nach dem gefüllten Wasserglas auf ihrem Beistelltisch und trank einen Schluck.

Sie bewegte sich immer noch langsam und vorsichtig. »Wird Schwarzenberg durchkommen?«, fragte sie und stellte das Glas wieder zurück.

»So wie es aussieht, ja. Die Kugel hat kein lebenswichtiges Organ getroffen. Die Ärzte gehen davon aus, dass er über dem Berg ist.«

»Das sind zur Abwechslung mal gute Neuigkeiten.«

Vincent nickte nachdenklich. Bruno Faber hatte ebenfalls großes Glück gehabt. Trotz der Stichverletzungen hatte er überlebt. Vincent war froh darüber.

Er hatte in Notwehr gehandelt. Dennoch hätte er fortan nicht gern mit der Gewissheit weitergelebt, einen Menschen getötet zu haben.

Bruno Faber hätte ihn vor fünfeinhalb Jahren beinahe umgebracht, indem er ihm den Schädel mit einem Stemmeisen eingeschlagen hatte. Nun hatte er selbst im Gegenzug Faber beinahe das Zeitliche segnen lassen. Mit einem Messer, demjenigen ähnlich, das Faber benutzt hatte, um seine Frau Viola zu töten.

»Karma«, flüsterte Vincent.

»Was?«

Verdutzt schaute er Zoe an. Ihm war nicht bewusst gewesen, dass er das Wort ausgesprochen hatte. »Ach nichts«, sagte er und winkte ab.

»Ich werde nach meiner Entlassung sofort abreisen«, verriet ihm Zoe. »Du benötigst keine Beschützerin mehr.«

Vincent presste die Lippen zusammen und nickte. »Die Camorra hatte keinen Auftragskiller auf mich angesetzt. Die wissen nicht, wo ich bin. Hoffen wir, dass es dabei bleibt.«

Zoe zog die Stirn in Falten. »Ich habe nie erwähnt, dass du dort eingeschleust warst.«

Die Camorra war eine der größten kriminellen Organisationen in Italien und hatte ihre illegalen Aktivitäten auf alle Länder der Europäischen Union ausgeweitet.

Vincent tippte sich mit dem Zeigefinger an die Schläfe. »Ich habe mit meiner Aussage vor Gericht ihren Berliner Statthalter in den Knast gebracht. Er hat mir wie einem Freund vertraut und ich habe ihn verraten. Es kehren immer mehr Erinnerungen zurück. Auch andere Teile meines früheren Lebens sind mir wieder präsent. Insbesondere gemeinsame Erlebnisse mit Hanna.«

»Wow, das ist fantastisch und das freut mich für dich.«

»Mein Psychologe meint, das vollständige Durchleben der Ermordung Viola Fabers habe möglicherweise wie ein Erdbeben gewirkt, das die Schleusen zu meinem Gedächtnis geöffnet hat. Die schlechten Erinnerungen zurückzubekommen, ist allerdings weniger schön. Und dass mein richtiger Name Maik Potschka ist, daran kann ich mich nicht gewöhnen.«

»Das brauchst du auch nicht. Potschka gibt es nicht mehr«, sagte Zoe. Sie schaute ihn durchdringend an. »Weiß Lisa, weshalb du ausgerechnet im Wald hinter Fabers Haus warst, als der Mord geschah?«

Vincent seufzte. »Sie hat mich danach gefragt. Ich habe ihr alles erzählt. Dass ich vor meinem Umzug hierher für die Polizei als verdeckter Ermittler gearbeitet habe, mit Hanna verheiratet war und wir gemeinsam untertauchen sollten, Hanna aber kurz zuvor getötet wurde.« Er musste schlucken. »Und ja, Lisa weiß, dass ich in meiner Trauer Viola Faber obsessiv beobachtet habe, weil sie Hanna zum Verwechseln ähnlich sah.«

»Wie hat sie darauf reagiert?«

»Wütend, verletzt und zunächst verständnislos. Sie hat viel geweint. Allmählich kommt sie besser damit zurecht. Sie gesteht mir zu, dass ich damals nicht ich selbst gewesen bin. Ich habe mir die Schuld an Hannas Tod gegeben und den Schmerz mit Alkohol betäubt.«

»Es ist bestimmt nicht leicht zu verdauen, wenn man solch schwerwiegende Dinge über jemanden erfährt, den man zu kennen glaubte und den man liebt.«

»Das ist mir bewusst. Lisa ist ein großartiger Mensch und ich liebe sie über alles. Ich würde alles tun, um sie von meiner Integrität zu überzeugen.«

Eine Weile sahen sie sich schweigend an.

»Aber hängt nun, da du dich wieder an Hanna und dein Leben mit ihr zu erinnern beginnst, dein Herz nicht auch wieder an ihr?«, fragte Zoe.

Vincent sah zu Boden und streifte sich mit der Hand verlegen übers Haar. »Das ist tatsächlich nicht leicht. Ich habe Hanna ebenso sehr geliebt wie jetzt Lisa. Nun blühen die alten Schuldgefühle an Hannas Tod wieder auf.« Seine Augen wurden feucht. Er seufzte. »Ich erinnere mich wieder daran, dass ich in das Hochhaus zurückgegangen bin, in dem wir in Berlin unsere Wohnung hatten, weil ich mein Handy vergessen hatte, und an die Explosion des Wagens kurz darauf. Die Wände haben gebebt und Fensterscheiben sind von der Druckwelle zersprungen. Ich bin rausgelaufen. Das Wagenwrack stand in Flammen. Ich habe immer wieder ihren Namen geschrien und konnte ihr doch nicht mehr helfen. Es war der schrecklichste Moment in meinem Leben.«

Vincent stand auf und ging zum Fenster, wo er auf die hinter dem Krankenhaus gelegenen Felder und Bäume blickte.

»Wird deine Hochzeit mit Lisa stattfinden?«, fragte Zoe.

Vincent sah weiterhin aus dem Fenster. »Lisa braucht Bedenkzeit. Sie will sicher sein, dass Hannas Tod für unsere Beziehung keine Belastung darstellt.« Er wandte sich zu Zoe um. »Als ich nach deiner OP hier bei dir war, warst du noch sehr geschwächt. Du wolltest mir etwas sagen, etwas Wichtiges. Gleich darauf bist du eingeschlafen und ich wollte dich deswegen nicht wieder aufwecken.«

Zoe schluckte. Vincent bemerkte, dass sie sich auf die Unterlippe biss und die Stirn leicht in Falten legte. Ihr schien etwas auf der Seele zu liegen.

»Ich denke, dass du das Recht hast, es jetzt zu erfahren. Es wird sich danach für dich alles ändern. Es geht um Hanna. Sie lebt.«

33

Für einen Moment starrte Vincent Zoe regungslos an. »Das ist unmöglich«, sagte er und setzte sich wie in Zeitlupe auf den Stuhl. »Ich habe Hanna sterben sehen.«

»Hast du das wirklich?«

»Sie saß auf dem Beifahrersitz, als ich reingegangen bin. Kurz darauf erfolgte die Explosion und das Auto ist komplett ausgebrannt.«

Zoe ergriff seine Hand und drückte sie. »Hanna war nicht mehr im Wagen, als die Bombe hochging.«

Vincents Wangenmuskeln zuckten. Sein Körper versteifte sich. Tränen traten in seine Augen. Auf seine Ohren legte sich ein schmerzhafter Druck.

»Ich verstehe das nicht. Wie kann das sein?«

Zoe setzte sich im Bett etwas höher auf. »Deine Erinnerungen sind nicht ganz vollständig. Deine Beziehung zu Hanna war zuletzt nicht mehr so harmonisch wie in deiner jetzigen Vorstellung.«

»Was meinst du damit?« Hinter Vincents Stirn begann es zu pochen.

»Dein Job machte ihr schon seit längerer Zeit Angst. Du warst andauernd unterwegs, hattest nie Zeit für sie.«

»Das ist nicht wahr.«

»Doch das ist es. Sie spielte mit dem Gedanken, sich von dir zu trennen. Als auch sie zu ihrem eigenen Schutz eine andere Identität annehmen musste, haderte sie damit, gemeinsam mit dir ein neues Leben zu beginnen. Sie wollte mit dir darüber sprechen, aber die Autobombe kam ihr zuvor.«

Vincent schluchzte. »Das ist nicht wahr.«

»Doch. Leider ist es das. Hanna wollte nicht in der ständigen Furcht leben, dass ihr beide aufgespürt und ermordet werdet.«

Vincent drückte Zoes Hand fester. Er zitterte am ganzen Leib. »Warum war sie nicht im Auto, als es in die Luft flog?«

»In dem Moment, als du die Haustür aufgesperrt hast, sah Hanna zwischen den Autos auf der anderen Straßenseite eine Katze. Sie wollte verhindern, dass das Tier überfahren wird. Deshalb ist sie ausgestiegen und zu der Katze gegangen, um sie ein Stück weit von der Straße wegzuscheuchen. Da erst explodierte der Sprengsatz. Hanna wurde von der Druckwelle nach vorn geschleudert, hatte sich aber so weit vom Wagen entfernt, dass sie unverletzt blieb. Allerdings stand sie unter Schock und lief ohne klares Ziel davon, so schnell sie konnte.«

»Das passt zu ihr, dass sie die Katze retten wollte«, sagte Vincent und schmunzelte. Hanna liebte Tiere. Deshalb war sie Tierärztin geworden. In ihrer Freizeit hatte sie sich für den Tierschutz engagiert.

»Es war ein purer Zufall, dass sie überlebt hat. Sie sah es als Zeichen. Sie hat mich angerufen und mich gebeten, ihr zu helfen, unabhängig von dir unterzutauchen. Sie wusste, dass du ihre Entscheidung nicht akzeptieren und immer nach ihr suchen würdest, wenn du wüsstest, dass sie lebt. Dadurch hättest du aber dich und sie in Gefahr gebracht. Ich und mein Team mussten Hanna recht geben. Euch jeweils allein untertauchen zu lassen und dich glauben zu machen, Hanna sei tot, war sicherer für euch beide.«

Vincent atmete tief durch und richtete sich gerade auf.

»Warum erzählst du mir das jetzt nach all den Jahren?«

»Weil es lange genug her ist und du nun Lisa hast. Eure Beziehung soll nicht weiterhin mit deinen Schuldgefühlen über Hannas Tod belastet werden.«

»Weißt du, wie es Hanna geht?«, wollte Vincent wissen.

Zoe nickte. »Sie hat einen neuen Mann gefunden. Sie arbeitet wie früher als Tiermedizinerin und hat zwei Kinder. Sie ist glücklich. Du hast nun die Chance, auch glücklich zu werden.«

Vincent stand auf und trat erneut ans Fenster. Er sah nach draußen. Aber diesmal war sein Blick leer und er nahm die Schönheit des Tages und das Grün der Felder und Bäume nicht wahr.

»Nach deiner Umsiedlung ins Saarland haben du und ich alle paar Monate kurz miteinander telefoniert«, sagte Zoe. »Es fiel mir immer schwerer, dir zu verschweigen, dass Hanna noch am Leben ist. Gerade als ich mich entschieden hatte, dir die Wahrheit zu sagen, verlorst du dein Gedächtnis. Ich wusste, wie sehr du davor unter Hannas angeblichem Tod gelitten hattest. Daher hielt ich es für das Beste, deinen Erinnerungen an dein früheres Leben nicht auf die Sprünge zu helfen und nicht mehr in Erscheinung zu treten.«

Vincent drehte sich zu ihr um und lehnte sich an die Fensterbank. »Bis ich deine Telefonnummer fand, die ich in dem Buch versteckt hatte, und dich angerufen habe.«

Zoe nickte. »So ist es.«

Vincent glaubte, innerlich zu zerbrechen. Unterschiedliche Gefühle flammten in ihm auf. Neben der Freude, dass Hanna lebte, fühlte er in erster Linie Wut auf Zoe, die ihn in dem Glauben gelassen hatte, Hanna sei tot.

Nach seiner Aufnahme in das Schutzprogramm hatte er ein Jahr unter höllischen Seelenqualen gelitten, da er die Schuld an Hannas Ermordung nicht ertragen konnte. Er hatte versucht, sich mit Alkohol zu betäuben, und Viola Faber, eine fremde Frau, wegen ihrer Ähnlichkeit mit Hanna beobachtet.

Zoe hatte ihn leiden lassen. Aber wenn er ehrlich zu sich war, konnte er ihre Entscheidung nachvollziehen. Eine Lösung, die allen Beteiligten gerecht wurde, konnte es nicht geben. Hanna hatte Angst, dass seine Feinde sie töten könnten, um damit ihn zu treffen. Die Autobombe hatte bewiesen, dass diese Leute auch vor dem Tod Unbeteiligter nicht zurückschreckten. Ohne ihn weiterzuleben, war für Hanna wesentlich gefahrloser gewesen. Und wenn es stimmte, was Zoe sagte, war Hanna sich ihrer Liebe zu ihm schon vor dem Anschlag nicht mehr sicher gewesen. Vermutlich hätte er das damals nicht akzeptiert. Er hätte sie nicht gehen lassen. Er hätte nach ihr gesucht und sie dadurch beide in Gefahr gebracht. Plötzlich spürte er eine tiefe Erleichterung in sich. Hanna lebte. Erst jetzt wurde ihm diese Erkenntnis in ihrer ganzen Tragweite bewusst. Es war, als ob eine tonnenschwere Last von ihm abfiel.

»Gut, dass du es mir gesagt hast«, dankte er Zoe.

Sie nickte ihm wohlwollend zu. Als er ihr die Hand gab, um ihr Lebewohl zu sagen, wurde ihm bewusst, dass dies wahrscheinlich der endgültige Abschied von Zoe Behrend und seinem früheren Leben als Maik Potschka war.

Er drehte sich um und verließ das Zimmer, ohne sich noch einmal umzudrehen.

Während er im Treppenhaus des Krankenhauses langsam Stufe für Stufe nach unten ging, weilte er in Gedanken bei dem Gespräch mit Zoe.

Im Erdgeschoss ging er durch die Schwingtür, die vom Treppenhaus in das Foyer des Krankenhauses führte. Die strahlende Helligkeit hinter der Ausgangstür gab einen Vorgeschmack auf die Schönheit dieses Sommertages.

Plötzlich konnte er es nicht mehr erwarten, nach draußen zu kommen, und beschleunigte seine Schritte. Ein paar Meter vor dem Gebäude blieb er stehen und bewunderte den blauen, wolkenlosen Himmel. Dabei atmete er die frische Luft tief ein und spürte den warmen Sonnenstrahlen auf seiner Haut nach.

Als er um die Ecke zu der kleinen Parkanlage des Krankenhauses bog, winkte ihm Lisa zu, die auf einer Bank im Schatten einer Buche auf ihn gewartet hatte.

Sie kam auf ihn zu, nahm ihn an der Hand und zog ihn mit sich. »Wollen wir eine Runde spazieren gehen.«

»Sehr gerne«, freute er sich. Er hatte Lisa gesagt, er wolle sich bei Zoe nochmals persönlich für ihren Einsatz bedanken und sich von ihr verabschieden. Dass Zoe ihm verraten hatte, dass Hanna noch lebte, würde er Lisa später erzählen. Jetzt schien ihm der Zeitpunkt dafür nicht geeignet.

»Ich hätte Lust auf Kaffee und ein Stück Kuchen«, sagte Lisa.

»Du sprichst mir aus dem Herzen. Etwas Süßes könnte ich jetzt auch gebrauchen«, stimmte Vincent zu. »Mir ist aber eher nach einem großen Eisbecher mit Früchten und Sahne.«

»Das klingt auch nicht schlecht«, sagte Lisa.

»Von hier aus brauchen wir höchstens fünfzehn Minuten bis in die Innenstadt. Wie wäre es, wenn wir uns in der Fußgängerzone draußen vor ein Café setzen und uns die vorbeischlendernden Menschen ansehen würden?«

»Ja, das haben wir schon lange nicht mehr gemacht«, strahlte Lisa.

Nachdem sie eine Weile schweigend Hand in Hand gegangen waren, hielt Lisa an und sah Vincent tief in die Augen. »Ich liebe dich, Vincent, ich liebe den Mann, den ich vor vier Jahren kennengelernt habe und der mich seitdem glücklich macht«, sagte sie mit tiefer Überzeugung in der Stimme.

»Mir geht es ganz genauso«, sagte er.

Sie umarmte ihn und sie küssten sich.

Er wusste nicht, ob Lisa ihn heiraten würde, doch er hatte nie aufgehört, daran zu glauben. Und zum ersten Mal seit Lisa die Wahrheit über ihn kannte, hatte er das Gefühl, dass die Chancen dafür wieder gut standen.

34

Zwei Monate später

Hauptkommissar Schwarzenberg trat vor die Tür des an der Berliner Promenade in Saarbrücken gelegenen Bürogebäudes.

Die Sonne schien ihm ins Gesicht. Er steckte den Umschlag mit den soeben erhaltenen Fotos in die Innentasche seines Jacketts, ging über den breiten Gehweg zu dem Geländer auf der anderen Seite und schaute auf die Saar, die unter ihm floss.

Noch nie war er ein guter Schütze gewesen. Dies und die Tatsache, dass er einen Sekundenbruchteil nach Faber abgedrückt hatte, wäre ihm im Garten von Vincent Herzogs Haus beinahe zum Verhängnis geworden.

In den ersten Tagen nach seiner Notoperation hatte ihn der Schusswechsel mit Faber in seinen Träumen verfolgt.

Aber sein Einsatz hatte sich gelohnt. Er hatte dadurch das Leben von Lisa Friedrich und Vincent Herzog gerettet. Die Eindrücke waren ihm noch so präsent, als wenn sie von gestern stammten.

Nach dem Gespräch mit Fabers Frau Alina war ihm die Idee gekommen, zu Vincent Herzog zu fahren, um ihn nochmals zu dem Mord an Viola Faber zu befragen.

Insgeheim hatte er gehofft, Herzogs Verlobte bei ihm anzutreffen, um auch ihr ein paar Fragen zu stellen.

Auf dem Weg zu dem Paar war ihm in einer Nebenstraße ein schwarzer Mercedes aufgefallen. Herzogs Haus lag praktisch um die Ecke.

Von Fabers Frau wusste er, dass ihr Mann einen schwarzen Mercedes fuhr, und in der Nacht, als Anton Heckmann starb, hatte eine Anwohnerin ein solches Auto in der Nähe parken gesehen.

Die Nummernschilder passten zwar nicht zu Fabers Wagen. Doch Schwarzenbergs telefonische Überprüfung ergab, dass es sich um die gleichen gestohlenen Kennzeichen handelte, die an dem Auto angebracht waren, aus dem auf Zoe Behrend und Vincent Herzog geschossen worden war.

Daraus hatte er den Schluss gezogen, dass Faber hinter allem stecken musste und nun sein Werk vollenden und Herzog töten wollte.

Schwarzenberg war über eins der Nachbargrundstücke in Herzogs Garten gelangt und dort zum sofortigen Handeln gezwungen gewesen.

Ohne sein Einschreiten wären Herzog und seine Verlobte Lisa jetzt tot. Auch wenn er fast mit seinem Leben für seinen Alleingang bezahlt hatte, würde er jederzeit wieder so handeln.

Anhand von Bruno Fabers Kreditkartenabrechnung konnte nachgewiesen werden, dass er an dem Abend, an dem aus einem roten Toyota auf Behrend und Herzog geschossen worden war, ein solches Auto gemietet hatte. Faber hatte zugegeben, die Kennzeichen des Mietwagens gegen die von ihm gestohlenen ausgetauscht zu haben.

Nach langen Verhören hatte Faber auf Anraten seines Anwalts auch die Morde an seiner Frau Viola und Anton Heckmann gestanden.

Es erfüllte Schwarzenberg mit Genugtuung, dass Faber für seine Verbrechen eine sehr lange Zeit, vielleicht sogar für immer hinter Gitter wandern würde.

Nachdem sich Schwarzenbergs Zustand stabilisiert hatte, war Vincent Herzog im Krankenhaus erschienen und hatte sich bei ihm bedankt.

Herzogs Aussage bei der Polizei hatte Fabers Motiv für den Mord an seiner Frau Viola ans Licht gebracht. Faber hatte eine andere Frau kennengelernt und wollte sich nicht von seiner Ehefrau scheiden lassen, weil er sich vor den finanziellen Folgen fürchtete.

Während der Zeit im Krankenhaus war Schwarzenberg ein Gedanke nicht aus dem Kopf gegangen. Fabers neue Frau Alina hatte ihm erzählt, dass sie und Bruno Faber sich in einer Trauergruppe kennengelernt hätten.

Das hätte bedeutet, dass Faber und sie sich erst nach Violas Tod über den Weg gelaufen wären. Er bezweifelte diese Darstellung.

Schwarzenberg hatte sich deshalb nach seiner Entlassung aus dem Krankenhaus unter anderem in dem Golfklub umgehört, in dem Faber Mitglied gewesen war.

Dabei war er auf einen Kellner des zum Verein gehörenden Restaurants gestoßen. Dieser gab ihm die Auskunft, dass sich vor Jahren bei ihm ein Detektiv nach Bruno Faber erkundigt habe.

Der Schnüffler hatte dem Kellner Geld angeboten für Informationen darüber, was für ein Typ Faber sei und ob er anderen Frauen gern schöne Augen machte.

Der Kellner hatte geschwiegen und das Geld abgelehnt. Er hatte ohnehin nichts Besonderes über Faber gewusst. Das Ereignis war aber so ungewöhnlich gewesen, dass er sich bis heute daran erinnerte. Er hatte sogar noch die Visitenkarte, die der Detektiv ihm damals für den Fall zugesteckt hatte, dass es sich anders überlegen würde.

Die Visitenkarte hatte Schwarzenberg zu einer Einmann-Detektei geführt, die ihren Sitz in Saarbrücken hatte und soeben hatte er mit dem Inhaber gesprochen.

Der Privatermittler war erstaunt, dass ihn ein Kriminalkommissar nach fast sechs Jahren auf sein Interesse an Bruno Faber ansprach. Der Detektiv hatte sich gegrämt, seinen Auftraggeber von damals preiszugeben, seinen Widerstand jedoch aufgegeben, als Schwarzenberg seinen Verdacht offen äußerte.

»Es stimmt, meine Auftraggeberin war Viola Faber«, räumte er ein. »Ich habe meinen Job erledigt, aber die Frau wurde umgebracht, bevor ich ihr die Fotos überreichen konnte. Auf meiner Rechnung bin ich sitzen geblieben.«

»Was sollten Sie für Viola Faber tun?«

»Ein Klassiker. Sie glaubte, ihr Mann würde sie betrügen. Ich sollte die Beweise beschaffen.«

»Und hatte sie recht?«

Der Detektiv nickte. »Und ob. Ich habe Fotos von ihrem Mann und einer Frau beim Candle-Light-Dinner gemacht. Sie haben sich andauernd geküsst. Anschließend sind die beiden Turteltauben zusammen in einem Hotelzimmer verschwunden.«

»Haben Sie die Fotos noch?«

»Sicher.« Der schwergewichtige Mann stand auf und begab sich zu einem verschließbaren Metallschrank.

»Warum sind Sie nach der Ermordung Viola Fabers mit den Fotos nicht zur Polizei gegangen?«, wollte Schwarzenberg wissen.

Der Mann öffnete den Schrank, kramte darin herum und brachte einen braunen Umschlag zum Vorschein. Er reichte ihn Schwarzenberg, zuckte mit den Achseln und ließ sich in seinen Chefsessel fallen.

»Ich wusste nicht, wozu das hätte gut sein sollen. Der Mörder war schnell gefasst. Es war der Ex-Mann des Opfers.«

Schwarzenberg nahm die Fotos aus dem Umschlag und betrachtete sie. Es war, wie er es sich gedacht hatte.

Die Frau, die Bruno Faber auf den Fotos küsste und mit der er aß und Wein trank, war Alina Beyer, mit der er heute verheiratet war. Sie hatten sich also nicht erst in einer Trauergruppe kennengelernt.

Der Detektiv hatte nichts dagegen, dass Schwarzenberg die Fotos mitnahm.

Ein kleines Motorboot tuckerte auf der Saar unterhalb der Promenade an Schwarzenberg vorbei. Er schaute dem Boot über das Geländer gelehnt hinterher und überlegte, was diese Fotos bedeuteten.

Alina war der Grund, weshalb Faber seine Frau Viola getötet hatte.

Alinas Mann war ein Arzt gewesen, dem, wie er schnell herausgefunden hatte, wegen Trunksucht vor zehn Jahren die Zulassung entzogen worden war. Der Mediziner war nur wenige Monate vor Viola Fabers Tod an einem Herzinfarkt gestorben.

Alina war Apothekerin. Es gab Wirkstoffe, die einen Herzinfarkt herbeiführen konnten. Hatte Alina ihren Mann ebenfalls umgebracht, damit sie und Bruno Faber zusammen ein neues Leben anfangen konnten?

Ausgeschlossen war es nicht. Aber selbst wenn es sich so zugetragen hatte, würde es sich nicht mehr beweisen lassen.

Schwarzenberg sah noch eine Weile einem Vogel zu, der sich in einer Wasserpfütze am Ufer munter das Gefieder putzte. Als das Tier aufgescheucht durch einen Passanten wegflog, setzte Schwarzenberg seine Sonnenbrille auf und schlenderte zufrieden in Richtung seiner wenige Kilometer entfernten Wohnung.

Noch war er nicht in den Dienst zurückgekehrt. Aber er hoffte, in ein bis zwei Wochen wieder an seinem Schreibtisch zu sitzen.

Nachwort

Liebe Leserin, lieber Leser,

jeder Schaffensprozess beginnt mit einer Idee. Die Grundidee zu diesem Buch entstand vor ein paar Jahren beim Joggen. Während ich lief, kam mir aus heiterem Himmel eine seltsame Frage in den Sinn: Was wäre, wenn du vom Laufen zurückkommst und in deinem Haus wohnt ein Fremder, der dir erzählt, dies sei gar nicht dein, sondern sein Haus? Dein Schlüssel passt nicht mehr ins Türschloss, deine Familie ist verschwunden, niemand in der Straße hat dich je zuvor gesehen.

Den Rest meiner Laufstrecke habe ich nach einem einleuchtenden Grund für eine solche Begebenheit gegrübelt. Eingefallen ist mir dabei zunächst nichts Vorzeigbares. Doch die Idee wollte mir nicht mehr aus dem Kopf gehen. Immer wieder habe ich darüber nachgedacht, welche plausible Erklärung es für ein solches Geschehen jenseits einer psychischen Erkrankung geben könnte. Irgendwann fiel mir eine Lösung ein. Entstanden ist daraus das vorliegende Buch.

Mein Lektor meinte, die Handlung sei schon etwas komplexer als in meinen zuvor von ihm bearbeiteten Thrillern. Da stimme ich ihm durchaus zu. Bei solch einer paradoxen Ausgangssituation, wie eingangs beschrieben, war es besonders knifflig, nachvollziehbare Antworten auf alle offenen Fragen zu liefern und eine glaubwürdige Geschichte zu erzählen, die ohne Mystery-Elemente in der Realität verhaftet bleibt. Ich hoffe jedenfalls, die Geschichte, die ich um meine Ausgangsfrage gesponnen habe, hat Ihnen gefallen und Ihnen ein paar spannende sowie überraschende Lesestunden bereitet. Übrigens gibt es den im Buch beschriebenen Fall des Patienten Benjaman Kyle tatsächlich. Diese Feststellung war Teil meiner Recherche, als ich auf die Idee kam, meine Hauptfigur mit einer dauerhaften, vollständigen Amnesie auszustatten.

Vielen Dank, dass Sie mein Buch gekauft oder ausgeliehen haben und mir als Autor damit Ihr Vertrauen schenkten. Bei der großen Anzahl neu erscheinender Bücher und den vielen anderen medialen Verlockungen unserer Zeit weiß ich dies sehr zu schätzen. Ich hoffe, Ihre Erwartungen wurden erfüllt. Falls das Buch Ihnen gefallen hat, würde ich mich sehr freuen, wenn Sie dies mit einer positiven Kundenbewertung bei Amazon kundtun würden. Sie wissen ja: Fünf Sterne bedeuten für uns Autoren den Himmel. Zeigt es doch, dass unsere Arbeit geschätzt wird und anderen geneigten Lesern geben die Kundenrezensionen eine erste Orientierung. Wenige Worte reichen schon aus. Es ist sogar möglich, eine reine Sternebewertung ganz ohne Text abzugeben.

Wenn Sie möchten, können Sie mir gern auch eine E-Mail schreiben oder mich per Facebook kontaktieren. Ich bemühe mich, Ihnen zeitnah darauf zu antworten.

Per E-Mail erreichen Sie mich unter:
karlden@chriskarlden.de

Per Facebook wie folgt:
www.facebook.com/chriskarlden.de

Mit all diesen Aktivitäten unterstützen Sie mich als Autor und motivieren mich, mir weiterhin spannende Geschichten für Sie auszudenken und niederzuschreiben.

Wenn Sie bis hierher weitergelesen haben, Hut ab! Den Rest schaffen Sie auch noch. In unserer immer schnelllebigeren Zeit bewahrheitet sich mehr und mehr der Spruch: Aus den Augen aus dem Sinn.

Damit uns dies nicht passiert, möchte ich abschließend noch eine sehr wichtige Bitte an Sie richten:

Lassen Sie uns in Kontakt bleiben!

Sie finden mich selbstverständlich auf Facebook und Instagram, wo ich mich über jede Freundschaftsanfrage, jeden neuen Follower und jedes „Gefällt mir" von Ihnen freue.

Falls Sie aber wirklich sichergehen wollen, dass wir in Verbindung bleiben und Sie keinen neuen Roman sowie keine Informationen rund um mein Schriftstellerleben verpassen, lege ich Ihnen meinen exklusiven und selbstverständlich kostenlosen Newsletter als Mittel der Wahl wärmstens ans Herz. In meiner Newsletter-Liste versammeln sich meine treuesten Leserinnen und Leser, und ich würde mich sehr freuen, wenn auch Sie dabei wären.

Eintragen können Sie sich auf meiner Homepage unter
https://www.chriskarlden.de/newsletter
schnell und einfach per Eingabe Ihrer E-Mail-Adresse.

Mit diesen Worten verabschiede ich mich von Ihnen. Wer weiß, vielleicht schon bis bald. Ich würde mich jedenfalls freuen, wenn wir uns demnächst wiederlesen würden.

Herzliche Grüße
Ihr Chris Karlden

Weitere Bücher des Autors

DAS MEDIKAMENT

Ein Medikament, dessen Nebenwirkungen unvorhersehbar sind. Eine Entscheidung, die einen wahren Albtraum heraufbeschwört.

Aufgrund einer seltenen Erkrankung verschwimmen für den jungen Anwalt Jan Flemming zunehmend die Grenzen zwischen Realität und falscher Wahrnehmung. Seinen Job in einer renommierten Hamburger Kanzlei musste er deshalb bereits aufgeben. Zudem droht seine Ehe unter der Last der immer schlimmer werdenden Symptome zu zerbrechen. Da er seine Frau nicht verlieren will, stellt er sich als Testpatient für ein Heilung versprechendes Medikament zur Verfügung. Kurz darauf passieren schreckliche Dinge, in die Jan verstrickt zu sein scheint. Um seine Unschuld zu beweisen, ermittelt er auf eigene Faust. Dabei stößt er auf Erkenntnisse, die ihn zutiefst schockieren und eine Wahrheit, die alles verändert.

DER TOTENSUCHER
(Ein Speer-und-Bogner-Thriller, Band 1)

Ein Serienmörder. Eine verschwundene Tochter. Ein Wettlauf gegen die Zeit.

Adrian Speer hat alles verloren: Seit ihrer Entführung vor zwei Jahren ist seine Tochter verschwunden und von seinem Job wurde er suspendiert. In einer Abteilung für besonders grausame Gewaltverbrechen wagt er einen Neubeginn. Der erste Fall führt ihn und seinen Partner zu einer alten Fabrikhalle, in der sie eine bestialisch zugerichtete Leiche finden. Schon am nächsten Tag taucht ein weiteres Opfer auf, das nach demselben Muster getötet wurde. Auf dem Handy des Toten entdecken sie ein aktuelles Foto von Speers Tochter. Die fieberhafte Jagd nach dem Serienmörder beginnt.

DER TOTENSÄER
(Ein Speer-und-Bogner-Thriller, Band 2)

Ein Vater auf der verzweifelten Suche nach seiner Tochter. Ein Mörder, der verhindern will, dass er sie findet. Wie weit werden beide gehen?

Über zwei Jahre ist es her, dass Lucy, die Tochter von Hauptkommissar Adrian Speer, entführt wurde. Unverhofft finden sich im Zuge der Aufklärung einer Mordserie erstmals Hinweise auf ihren Verbleib. Ein ominöser Unbekannter mit dem Decknamen Sammler hat Lucy zusammen mit zwei weiteren Mädchen in seiner Gewalt. Mit Hilfe seines Partners Hauptkommissar Robert Bogner stürzt Speer sich in eine atemlose Suche. Gleichzeitig zieht ein eiskalter Mörder eine blutige Spur durch die Stadt. Als die beiden Ermittler einen Zusammenhang mit Lucys Entführung herstellen können, geraten plötzlich auch Speer und seine Familie ins Visier des Killers. Schon bald können Speer und Bogner nur noch wenigen Menschen trauen, während sich die Ereignisse gnadenlos zuspitzen und der Sammler das Schicksal der Mädchen besiegeln will.

DER TOTENRÄCHER
(Ein Speer-und-Bogner-Thriller, Band 3)

Wer Gewalt sät, erntet den Tod.

Zwei Todesfälle, die von der Polizei als Selbstmorde eingestuft wurden, geben Hauptkommissar Speer und seinem Partner Bogner Rätsel auf. Ausgerechnet der inhaftierte Auftragskiller Hauser, der einst Speer und seine Familie umbringen wollte, behauptet, es handle sich um vorsätzliche Tötungen. Bei ihren Recherchen stoßen die Ermittler auf Gemeinsamkeiten der vermeintlichen Selbstmörder. Beide waren in der Unterhaltungsbranche tätig und ihre Angehörigen wurden Monate zuvor kaltblütig erschossen. Zudem weist noch ein anderer Fall Parallelen auf. Nach und nach verdichten sich die Hinweise, dass tatsächlich ein skrupelloser Serienmörder am Werk ist, der seine Taten als Suizide tarnt. Können Speer und Bogner weitere Morde rechtzeitig verhindern? Und welche Fäden hält Gefängnisinsasse Hauser bei dem tödlichen Spiel in der Hand?

DER TRÄNENJÄGER
(Ein Speer-und-Bogner-Thriller, Band 4)

**Er stiehlt deine Tränen. Er nimmt dir dein Leben.
Er entsorgt deine Leiche.
Ein Körperteil von dir behält er als Trophäe zurück.**

Grausame Morde versetzen Berlin in Angst. Entschlossen verfolgt der Täter sein Ziel. Er verwischt seine Spuren. Niemand kann ihn stoppen. Und wenn sein Werk vollendet ist, werden viele Tränen geflossen sein.

Kriminalhauptkommissar Bogner ist frustriert. Kein aktuelles Verbrechen fällt in die Zuständigkeit seiner Sonderabteilung für besonders grausame Gewalttaten, sodass er und sein Partner Speer sich mit alten ungelösten Fällen herumschlagen müssen. Das ändert sich, als sie zum Fundort einer bestialisch zugerichteten Leiche gerufen werden. Dem strangulierten Opfer wurden die Beine entfernt. Eine frische Rose in der Wohnung der Toten scheint ein Hinweis auf den Täter zu sein, der auch die Presse in sein Spiel einbezieht. Ein weiterer Mord geschieht, die gleiche Handschrift, wieder nimmt der Mörder eine Trophäe an sich, und sein Drang zu töten ist noch lange nicht gestillt. Die Ermittlungen führen die beiden Polizisten tief in die Vergangenheit und werden schließlich zu einem erbarmungslosen Kampf gegen die Zeit. Dabei steht für einen von ihnen alles auf dem Spiel und letztlich entscheiden nur wenige Sekunden über Leben und Tod.

"Dieser verstörende Thriller lässt den Leser nicht zur Ruhe kommen und schnürt ihm die Kehle zu. Chris Karlden ist ein phantastischer Erzähler." Recensio Online

DER TODESPROPHET

Ein Mörder mit einer grausamen Botschaft.
Ein Mann, der ihn aufhalten muss, um nicht alles zu verlieren.

Ein Jahr ist es her, dass der Journalist Ben Weidner in Äthiopien Grausames erlebte. Seitdem leidet er unter Panikattacken und Erinnerungslücken. Auch seine Beziehung zu Nicole, der Mutter der gemeinsamen Tochter Lisa, ist am Ende. Als Ben die Leiche einer Frau findet, deuten erste Hinweise auf ihn als Mörder. Bei dem Versuch, seine Unschuld zu beweisen, gerät Ben mehr und mehr in ein Netz aus unglücklichen Verstrickungen. Schon bald beginnt ein gnadenloser Wettlauf gegen die Zeit, bei dem ihn seine Vergangenheit einholt und weit mehr auf dem Spiel steht als nur der Verlust seiner Freiheit.

MONSTRÖS

Ein psychopathischer Killer in einem einsamen Berghotel. Abgeschnitten von der Außenwelt. Er ist auf der Jagd. Auf der Suche nach einer bestimmten Person. Doch er ist nicht der Einzige, der hier Spaß am Morden hat ...

Der ehemalige Strafverteidiger Martin Waller hat sich auf das Restaurieren antiker Möbel spezialisiert. Ein Auftrag führt ihn während der Saisonferien in ein nobles Berghotel, wo sich neben dem Hoteldirektor und der Eigentümerin nur noch wenige Angestellte aufhalten. Noch am Abend seiner Ankunft erhält Martin eine E-Mail, die ihn völlig aus der Bahn wirft. Denn Absender ist seine Frau Anna, doch die ist auf den Tag genau seit drei Jahren tot. Später am Abend ein weiterer Schock: Ein Mann liegt bewusstlos vor dem Hotel. Martin kennt ihn. Es ist Eddie Kaltenbach, ein psychopathischer Mörder und der Grund, warum Martin einst seinen Job als Anwalt aufgeben musste. Erst im Lauf der endlosen Nacht, in der die Zahl der Überlebenden unaufhörlich abnimmt, kommt Martin einem monströsen Plan auf die Spur. Nichts ist, wie es scheint. Alles hat seinen Grund. Und Martin muss sich seiner Vergangenheit stellen, will er das Rätsel lösen und die Nacht überleben.

Zeitfracht Medien GmbH
Ferdinand-Jühlke-Straße 7
99095 Erfurt, Deutschland
produktsicherheit@kolibri360.de